2016
中国最佳
杂文

主　编｜王　蒙

分卷主编｜王　侃

辽宁人民出版社

© 王侃　2016

图书在版编目（CIP）数据

2016中国最佳杂文 / 王侃主编. —沈阳：辽宁人民出版社，2017.1（2020.6重印）
（太阳鸟文学年选 / 王蒙主编）
ISBN 978-7-205-08790-6

Ⅰ. ①2… Ⅱ. ①王… Ⅲ. ①杂文集—中国—当代
Ⅳ. ①I267.1

中国版本图书馆CIP数据核字（2016）第274613号

出版发行：辽宁人民出版社
　　　　　地址：沈阳市和平区十一纬路25号　邮编：110003
　　　　　电话：024-23284321（邮　购）　024-23284324（发行部）
　　　　　传真：024-23284191（发行部）　024-23284304（办公室）
　　　　　http://www.lnpph.com.cn
印　　刷：龙口市新华林文化发展有限公司
幅面尺寸：170mm×240mm
印　　张：16
字　　数：246千字
出版时间：2017年1月第1版
印刷时间：2020年6月第4次印刷
责任编辑：艾明秋　赵维宁
装帧设计：丁末末
责任校对：赵　晓　等
书　　号：ISBN 978-7-205-08790-6
定　　价：33.00元

我们的"矛"与我们的"盾"

王 侃

就普罗大众而言，杂文比之其他文体可能更具有一种亲切感：小说、诗歌、戏剧……自有其恢弘不凡约气度与风采，但这种气度与风采也因了所谓的"文学性"，继而自行设置出相应等级的门槛限制。旁人或许可以蹲在"门槛"外晃着脑袋瞧个热闹、图个新鲜，但这"热闹"与"新鲜"，于己又如同相隔千里之外。杂文则不同——小说家、诗人、剧作家固然可以在杂文这块"园地"上"伸伸懒腰""显显身手"，当惯了"听众"的寻常百姓家也能够依据自身的经历体悟，以振聋发聩之音作"投枪""匕首"，将那澎湃激烈的情感喷薄出去。尤其是在这个"自媒体"的时代里，人人都似乎拥有属于自己的平台去"指点江山"并"激扬文字"一番。即使那只是家长里短、鸡毛蒜皮，又有何妨？

不知道是否缘由于此，现如今已少有为了一部小说、一首诗歌、一幕戏剧而争得面红耳赤、挥胳膊抡拳头的火爆场面了——即便有，那也是文学圈里"关起门来"的"内部矛盾"，"门外"的人是少有机会窥得一二的。但一个二十啷当岁的毛头小伙子今晚临睡前在自家博客上写下的"火气十足"的千字杂文，则很有可能明天早上还没等小伙睁开眼，这篇文章就已借助互联网的"隐性翅膀"越过千山万水，成了全球范围内那些"酱油君""吃瓜群众"驻足围观的热点话题。在某种程度上，当下杂文创作的"繁华盛景"或多或少是与"骂声"联系在一块儿的。很多人将"骂声"视作"矛"，谁将"矛"掷得越远，就越能博得眼球和满堂喝彩，但与此同时，又少有人问津这"矛"可否掷对了方位。

我们总有一种深切的感受：当下杂文创作的"声音"的的确确是越发"响亮"了，但听来听去，却又"响亮"得有些雷同——你俯下身撕扯开这些"声音"的纷扰外在，持着手电往"声音"的最深处探照进去，会发现平日里貌似大义凛然、仗义执言的"声音主人"，很有可能正惬意地卧榻于其所发出"声音"的背面，甚至于，他们只是"目标单纯"地为了"发声"而"发声"。现如今早已被"各路大仙"肢解得面目全非的鲁迅先生就曾说过："如果貌似讽刺的作品，而毫无善意，也毫无热情，只使读者觉得一切世事，一无足取，也一无可为，那就并非讽刺了，这便是所谓'冷嘲'。"（鲁迅：《且介亭杂文二集》）无奈的是，相比于充满"善意"与"热情"的杂文，那些貌合神离的"冷嘲"之作，却总能以"霸屏"的形式充斥在我们所能眼见的周围。这时，深陷其中的你我，不禁要发问一句："我们的杂文究竟怎么了？"

依愚孔见，杂文其实也是需要进行"规范"的。对于杂文的"规范"，并非某种形式框架的捆绑固定，抑或域外理论的遵循套用，而是能否让杂文创作与主体内心产生休戚关联。无论你笔下的是"矛"，还是"盾"，它都应该是你最为本初的感观与见地，无须粉墨，无须修饰，这即是最真实、最天然的自己。在当下的杂文创作中，有太多假冒伪劣的"矛"与"盾"，有太多不知其所以然的"矛"与"盾"，有太多假借"我们"之名的"矛"与"盾"，那徒有其貌的花哨表象，往往经不起深层次推敲。但令人感到恐慌的是，这些行迹可疑的"矛"亦"盾"，却能在这方不知该称呼其"大"还是"小"的时代里，搔首弄姿，招摇撞市，继而登堂入室。这也给那些想要在杂文领域有所作为的"初生牛犊"造成非常糟糕的"负面示范"——似乎只要学会些许诡辩的雕虫小技，以前后矛盾、粗鄙不堪的激烈言辞"搏出位""秀下限"，那就是"思想斗士"，那就是"当代鲁迅"了。

正是有鉴于此，我们在编选这本《2016中国最佳杂文》的时候，所依据的评判准则简约而又不简单——此人此文是否"合乎本心"，是否具有"真性情"。平心而论，每年的杂文选编的确是在"浩如烟海"的文章中"披沙拣金"。综观这些杂文，其中有杂文老将们在评点世态中继续发力，更有杂文新秀们在崭露头角中承续精神。客观地说，如今写出经典的杂文的确是越来越难，但即便如此，编者还是可以惊喜地找出其中很多让人拍案叫绝的杂文。它们在各擅其妙中记录着这个时代的生活并透视着这个世界的文化。这本《2016中国最佳杂文》涉及诸多话题，这些话题包含了我们所遇到的与我们或许将要遇到的棱棱角角、方方面面。可能选于此的杂文不一定每篇都可以起到"针针见血"的效果，但是在"披沙拣金"之后的它们绝对是对整个社会的发展用心的思索和探求。

杂文这种文体虽着眼于"杂"，但同时也要做到"杂"而不"乱"。高明的杂文作者总能从千丝万缕的头绪中抽丝剥茧，直抵问题的核心。且看这本《2016中国最佳杂文》：介子的《批评家蜕变吹捧家》由题目便可知，这绝不是一篇"心慈手软"的文章。果然，介子在这篇文章里对现如今"吹捧可以成为职业"的现象进行了火力凶猛的揭露，并指出真正的批评应该是"使对方打开思想空间的一条路径"。雨茂的《怎么让世界读懂中国?》则认为假如要让世界读懂中国，则中国社会当下"畅行无阻"的种种"官话""套话"需要进行改变。现居于杭州的艾伟是出版过《南方》《风和日丽》《爱人有罪》《爱人同志》等小说的知名作家，然他于书画上竟也颇有建树。虽然艾伟自嘲是"乱写乱画""涂鸦"，但就《迷恋于视觉的不可穷尽》这篇文章透露出来的真知灼见，便可知艾伟在书画上的见识造诣，绝非如他所言那般耳耳。华东师范大学青年学者毛尖的《冷淡和反冷淡》落脚点有趣，论述有趣，毛尖自身的学识才情融于此间，令人称道。吴志翔在《为师最当有情怀》这篇文章中，表达出了他对于"情怀"的认识："不是空洞无所凭依的，不是虚无缥缈、转瞬即逝的'一朝风月'，而是要靠平常扎扎实实的用功来堆砌和累积成就的人生态度。"而这"情怀"在吴志翔看来，恰恰是中小学教师们所最为需要的。木虫的《带着刀子去读书》也是一篇有趣的文章。读书怎么还要带着刀子？但你读完文章就会明白，读书时只有在心头横着一把"刀子"，才能从书中汲取真正的力量，而不至于如作者所言那般"让人愚昧""让人变傻、变呆""乃至变得残暴无情，野兽一般"！同样"杂而不乱"的好文章，还包括张鸣的《读书的障碍》、羽戈的《玄理与大义》、鲍鹏山的《潘金莲的砒霜，武松的刀》、杨雷的《我们把诗歌丢了》等。

优秀的杂文作者凭借充沛的知识储备与激扬的情感态度，不但"论今"，且也能"谈古"。青年作者张佳玮素有"信陵公子"之美誉，聊书，聊美食，聊音乐，聊体育，都相当了得，极富功力。他的《这字不让写，你给换一个！》说的是历史那些事儿，虽然各处均"点到为止"，但这"点"的力度与气度着实让人拍案叫绝。现如今早已为我们所习以为常的"压岁钱"，在田东江的笔下原来大有来历，其经历演变也体现出中华民俗的博大精深（《压岁钱》）。黄桂元的《"饶舌"时代》、赵威的《造神·拜神·灭神》、卞毓麟的《闲话"谁更聪明"》、张炜的《愤怒和恐惧》、陈益的《正襟危坐的理由》、程丹梅的《中国的圣人们红起来了》等文章，都在相应程度上展现出作者的开阔视野与敏锐观察，表现出他们对历史与现实的思考。

　　杂文素来讲究"快人快语"，尤其是"草根百姓"来书写发生在身边的种种事件时，因为情真意切，又不存在所谓的"形式束缚""理论迷障"，读来正是让人深感痛快！王小柔的《心灵鸡汤这伪娘》，文如其题，单刀直入，鞭辟入里，将那"心灵鸡汤"的伪象撕将下来："还是泼盆冷水，让那些伪娘见鬼去吧！"刘第红的《旅行的最高境界》同样是篇读之有味的好文，读罢此文，才知原来旅游还分多层境界。而依刘第红所见，"寻找自我，发现自我"才是旅游的最高境界（这或许同样也是杂文创作的最高境界吧）。当然，在这"快人快语"的队伍中也不乏名家的身影。素来语不惊人死不休的周国平以一篇《异性之间能有纯粹的友谊吗？》道出他对异性友谊的看法，且不论周国平的观点是否极端，单就其引经据典来论证自己的观点的"认真劲儿"，就足以让读者们会心一笑。文坛前辈从维熙先生的《杯中百味》以手中一杯酒，笑看世间百态。孙昌建的《没有人问我在想什么》或可说是一篇"随想"，从练字、看书到引力、外星人，从学生时代隔壁班的女生到校门口地摊上的新漫画，漫无目的，又妙趣横生。此外，《如果你不是小王子钟爱的那朵玫瑰》《有一种幸福叫听你说"不"》《何必事事争个"第一"》《好官也要不怕骂》《当不了童星》等文章也各具看点。

　　杂文的一个重要特质，就是关注普通个体的当下境遇。在此，我们着重推荐张怡微的《霾的联想》、石破的《学习肯定是辛苦的吗？》、王璐的《山药，那个蛋》，以及何日辉的《别再污名化"抑郁症"》。作为"八〇后"女作家的个中翘楚，张怡微以小说创作在当代文坛崭露头角，但这位上海姑娘写起杂文来也有一副矫健的身手。《霾的联想》的开头有句让人眼前一亮的话："人们抵抗污染的空气，实际上是在抵抗无常命运的强力。"继而张怡微以《寂寞心房客》与《我记得》这两部电影为切入点，将她那由霾所联想到的种种全盘托出："会毁灭的只有人类，只有这因无知而舒适的虚度。"毫无疑问，《霾的联想》是一篇标志性的"海派"文章。不随波发声，不逐流呐喊，只于独处将精致的"小心思"浅浅地哼唱出来，听来却也别有韵致。石破的《学习肯定是辛苦的吗？》将视角对准了当下的中小学教育。不知从何时起，一谈起中小学教育就少不了要"火力全开"地"批判一番"，但假如你去细细分辨，有关中小学教育的"挺"与"骂"都大抵只是依着自己性子所发出的自以为正确无误的"何不食肉糜"之声，并未真正深入到国内中小学教育的根结所在。石破在《学习肯定是辛苦的吗？》这篇文章中，记录了自己的女儿是如何将学习变成一件快乐的事情的。尽管这位家长的教育方式并不一定就是最好的，他却为那些正一筹莫展的"虎爸""虎妈"们提供了不无道理的教育启发。王瑢的《山药，那个蛋》有一个俏皮的题目，写山药蛋的"今生今世"也是妙趣横生。山药蛋如何煮食、如何储藏，王瑢写得津津有味，我们看得也是津津有味。《别再污名化"抑郁症"》的作者何日辉是一位长期在精神心理领域充实临床研究和治疗的专业人士，所以整篇文章虽然只有寥寥千字，但由浅入深，循序渐进，对长久以来外界强加于"抑郁症"其身的"污名"进行了强有力的反驳。除此之外，尼德罗的《如何设计人脉》、艾小羊的《真正幸福的人，不必活在婚纱照里》、海黎的《不如就在今天》、叶永烈的《怎一个潮字了得》、李悦的《所有一切终将在死亡面前消解》等文章都属于其中翘楚。

　　杂文的另一个重要特质，就是与热点时事联系在一起，即所谓的"急就章"。陈鲁民的《大师拒称"大师"》刻画出当代的淡泊名利的"真大师"与哗众取宠的"假大师"。孙立平的《绝望比贫穷更可怕》对于当下社会所出现的贫富差距问题进行了分析，同时他认为"仅仅是贫富差距大一点还不要紧，最怕的即是穷人失去向上流动的希望，一种绝望的感觉"，这话着实发人深思。郭寿荣的《"社会"在哪里？》则一针见血地指出："你想要什么样的社会，你就必须成为什么样的人。你成为什么样的人，然后再要求还你一个什么样的社会。"对当下的诸种乱象提出了自己的观点。《转发前，我们应该想什么？》《按照"标题"摸大象》《中国式思维》《新话语系统背后的大众价值观》《直播监管，坚决不让衣服掉下来》等文章也都是作者在对热点时事进行观察分析后的"精神产出",皆值得言说。限于篇幅,在此就不一一细述了。

由于中华大地幅员辽阔,除去全国各地的海量纸质媒体,各类社交媒介上的妙文佳作也是层出不穷,眼花缭乱。故而可以想见,这本《2016中国最佳杂文》在选编过程中,势必会有"遗珠之憾"。但诚如上文所述,我们并不希冀面面俱到,网罗尽天下好文(当然这也是不可能做到的),但求能通过这本《2016中国最佳杂文》逐渐摸索出当代杂文创作中的某些可经得起推敲的"规范",以便杂文界能涌现出更多的、真正的"矛"与"盾"。与此同时,那些滥竽充数于"我们"之中的"南郭先生"也可借此现出面目狰狞、丑陋不堪的"真身",继而速速退下。

事实上,在我们最终完成这部《2016中国最佳杂文》的编选工作时,内心还是颇感欣喜的:至少就我们目之所及,全国各地还是有那么多投注了自己热忱情感的创作者——无论是专业人士还是普通百姓——在为杂文创作的发展贡献出自己宝贵的才智。我们也坚信,当代杂文创作的队伍必将在今后更为壮大,也会有越来越多的新锐力量参与进来,投出自己的"矛",亮出自己的"盾"。

毕竟,我们需要真正的"矛",也需要真正的"盾"。

批评家蜕变吹捧家

◎介　子

批评家好当，说真话的批评家不好当。

苏秦出游求官，铩羽而归，嫂不为炊。遂刺股苦读，终佩六国相印。待衣锦还乡，嫂等俯伏在地，不敢抬头，转而服侍用饭。苏秦问嫂前倨后恭原因，直言"见季子位高而金多也"。少年刘邦游手好闲，时常在兄嫂家蹭饭，又是嫂子，一忍再忍，无以再忍，终于敲锅逐客。无赖也能发达，其后竟封侄子为"羹颉侯"，即"敲吃饭锅侯"，流氓政治必由流氓者发端。刚肠疾恶，轻肆直言，遇事便会抹杀；诛心之论，不近人情，举足尽是危机。刘邦嫂子是位客观的批评家，但一声敲锅，抹去了先前所有的饭功。兄不压嫂，兄必厚道之人，自古嫂子就是小叔子的克星，嘴上克星即批评家。

"非汤武而薄周孔，越名教而任自然"式的指桑骂槐也不可，司马氏将借古喻今的嵇康也杀了。生死当前而不变，固然是批评家的壮烈，也悲哀。之后，人们便学乖了，明哲自保，全身而退，成为人生最高境界，批评家蜕变吹捧家。

重是非者绝，重利害者滥，放言高论、元气淋漓者消失后，场子为阿其所好、趋炎附势者占据。"今天下英雄，惟使君与操耳。"智慧出，有大伪，枭雄曹操见草根刘备，也不忘恭维几句。袁枚学问大，其吹捧后生张问陶云："吾年近八十可以死，所以不死者，以足下所云张君诗犹未见耳。"学问大，技法自然也不凡。古代女子有氏无名，批评家却不乏沉鱼落雁、闭月羞花之类的赞美，今者妇女地位空前提高，赚钱不给老婆、限制老婆花钱，就算家暴，故而赞美词汇也随时代花样翻新。"人见人爱，花见花开，车见车爆胎，佛见佛发呆"，役使百灵，感动神鬼，哄死人，不偿命。

吹捧可以成为职业，尤其是以批评家身份出现的吹捧家。雷达述说当下文艺批评："批评家有时会出现在好几个会场，说着大同小异的观点，所有评论者的声音、词汇，好像预先被录音师调好了似的相似，而且每个时期都有一套时尚的话语和表达方式，就像最近'给力'一词一夜之间覆盖了所有媒体一样……这虽然不是所有的事实，却是普遍的事实。这种复制性具有不可阻抗性，它威胁着每一个具有独立批评话语能力和艺术个性的批评家，这才是真正最可怕的。"垒起七星灶，铜壶煮三江，摆开八仙桌，招待十六方，来的都是客，全凭嘴一张，相逢开口笑，过后莫思量，批评家已成开茶馆的生意人。日月两盏灯，人生一场戏，从朝演到暮，谁识其中意，欲望时代，批评家的功能与人格同，高空坠落，不可阻拦。

偶一失言祸不及，政治的最高境界是无情，批评的最高境界是无声，多磕头，少说话。虽如此，直白批评无声，曲意表达尚存。愚民同乐，植树造零，白收起家，勤捞致富，择油录取，得财兼币，检查宴收，大力支吃，为民储害，提钱释放，攻官小姐，挪动一字而隐晦一旨，曲折一词而舒展一意，民间要高人。

在齐太史简，在晋董狐笔，秉笔直书，悬之国门，为笔之守；邹忌讽齐王，魏徵劝太宗，忠言谠论，刚正不阿，乃谏之职。职守不易，接纳更难，皇皇二十四史，扒拉不出几例。批评是使对方打开思想空间的一条路径，然誉人不赠其美，毁人不益其恶，公正为上。

（《新浪博客》2016年1月16日）

从任政的书法想到闻一多的篆刻

◎徐正濂

任政先生曾经是中国最有名的书法家，甚至可以不加后缀"之一"，在上世纪70年代的时候，可以说是家喻户晓。那时候上海大世界更名为"上海青年宫"，要写一块招牌，虽然当时并无润笔，但因为书法家们被冷落多年，技痒已久，尝试一写的人不少。最后上海当时的领导——后来叫"'四人帮'的余党"——选择了任政先生的手笔，据说他们觉得任政书法比较通俗，"工农兵"能够接受。任政先生因此而出名，求书者接踵而至，之后数年，真可以称"户限为穿"。

后来渐渐地任先生书法不那么红了。我觉得可能的原因是：拨乱反正以后，知识受到了重视，书法接上了古代流传下来、"文革"中中断的意绪，大家觉得书法家首先应该是文化人，而任先生作为邮电局的职员，与大家心目中的大书法家如沈尹默、白蕉、潘伯鹰、王蘧常等在学问上有差距。虽然当代红火的书法家也许未必都有学问，但他们多顶着教授、博导、院长、某级美术师的象征学问的桂冠，有一种文化身份。任先生缺乏这种文化身份就吃亏了。不独任先生，还有写一手好字的赵冷月先生，我觉得也是因为没有文化身份而没有得到应有的评价。

文化身份对于书法家的作用颇巨，内可以高其识、壮其气，外可以美其名、饰其身。没有附加的文化身份，书法上技巧一纯熟，我们会称其为写字匠；而有了附加的文化身份，其实字倒是写得真匠气，我们却称其为"学者字"。古往今来的书法家我们见多了，有着眼于文化之内修作用的，也有关注于文化之外饰功能的，多少于文化上都有所得。

这些都无可非议，我觉得可以多说一句的是：文化作用于书法，首先要存在一定的书法专业基础。有这样的基础，文化的辅佐才如虎添翼，才真正有用。如果没有专业基础，作者对书法本体了解不够，则文化程度越高，非唯无益，还可能有害。盖学问深者自信也强，本来了解不多，却认为书法就是如此，则往往悖谬了。

尝读到大学问家钱锺书先生称宋宰相王安石书法"点画弱而结构懈"（《朱熹与文艺》，《钱锺书论学文选》第五卷），初深信之，及至在上海博物馆看到王安石手札时，才觉得其虽不能与苏、黄、米、蔡颉颃，但还不至于差到那地步。如果要比较，倒是钱锺书先生自己的书法更"点画弱而结构懈"一些。

又如现代文学史上的重要人物、经典新诗《红烛》的作者闻一多先生，管继平兄在《上海书协通讯》的"文人书法"专栏中曾有介绍。继平兄不是不懂书法的人，我明白他的难处，要介绍人家，不得不说其"似乎最擅篆书"——而"似乎"之用也真是春秋笔法。

其实以专业的标准衡量，闻先生的篆书并不高明，他不明白书法的"线条"内涵，只是依样画形而已。不必拿真正的篆书大家如吴昌硕、黄宾虹等来比较，便现今全国书法展览上的作者，就可以"甩他好几条马路"！至于闻先生之"不可不提的篆刻"，虽有当时西南联大的群儒梅贻琦、冯友兰、朱自清、潘光旦、熊庆来、沈从文等共订润例，隆重推出，但就实际作品来看，便明白不知荒唐到哪里去了！也不必拿石开、王镛、韩天衡、刘一闻等当代大家来观照，不才如我，也敢说比他好过几分呢。

闻先生是著名的有骨气、有血性的正直文人，他实在于篆刻不甚明白，他要真明白，是不敢于写信和朋友说"……最近三分之二收入，端赖此道"的。文化之用，可谓大矣；文化之误，也可谓烈矣。

（《文汇报》"笔会"2016年1月1日）

德国"年度恶词"与道德剂量

◎俞　可

岁末年初，德国媒体迎来一场语言狂欢。元月12日，德国2015"年度恶词"出炉，"好人"一词位列669个备选的年度最恶毒词汇之首，只因该词"笼统诋毁宽容与助人为乐，斥之以幼稚、愚蠢、不谙世事，乐善好施综合征或道德律令"。自1991年起，德国语言批判委员会评选"年度恶词"，以"政治正确"（politicalcorrectness）重估公共话语。所有公民均有举荐权，只要写明词语的具体出处。举荐的词语须具备时效性，且背离以下原则：尊严，民主，平等。"好人"这个"年度恶词"2015年频频用以贬谤救助难民的善举，且被民粹主义阵营用于蛊惑人心。

在刚刚逝去的2015年，来自中东与北非的难民如滔天洪水般涌入欧洲，欧盟各国如临大敌，或大举阻截，或袖手旁观，或自扫门前雪，唯有德国以慈悲心怀予以拥抱。仅2015年，数百万难民冲破欧盟边境防线，德国接纳总数高达110万。这是德国1950年有记录以来最大一轮难民潮。12月9日，德国总理默克尔当选美国《时代》周刊2015年度风云人物，实至名归。该刊指出，在经济震荡、恐袭频发、难民潮涌的时代，默克尔力求维护并推动一个开放而无界的欧洲。这是一种"道德领导力"，坚如磐石，甚而不惜与执政党同僚反目，不惜让民意支持率走低，不惜被欧洲盟友冷落。于坚守良知与屈服现实之间，默克尔毅然决然地选择前者，走上一条布满荆棘之路。她"在一个缺乏道德楷模的世界里牢固树立的道德风范"，一句"我们来做"足以展现其"如欲平治天下，当今之世，舍我其谁"（孟子语）之浩气，力挽狂澜，令国际社会无不为之动容，奉其为道德圣人。《明镜》周刊2015年第39期的封面就把默克尔装扮成圣女特蕾莎修女。

其实，这个"年度恶词"系人为炮制，即把状语"好"（gut）与主语"人"（mensch）合并为一个独立单词（gutmensch）。这个新词尽显嘲弄与讥讽，即修辞学上的反话，触摸两大误区：对慈心善举的炫耀，对人性之恶的无知。慈善，刻意抑或盲目，皆须合理把控道德的剂量。譬如对难民潮来者不拒，道德透支势必导致慈善难以为继。

在舆论碰撞尤其政界交锋中，这个"年度恶词"却往往充当道德棍棒。人们一旦精于此伎俩，便可抢占道德制高点，在伦理层面把问题引向极端，棒杀对话伙伴。这与其说是一种修辞策略，不如说是一种修辞恐怖主义。其操纵者可冠以"德之贼"（孔子语），似德非德而乱乎德。德国新闻工作者联合会一项研究显示，以形容词"好"作为一个独立单词的前缀，这种造词术为希特勒惯用伎俩。譬如希特勒言论中的"好心人"即指反法西斯战士。1942年4月29日，奥斯卡·辛德勒被盖世太保缉捕，罪名便是"好心人"（"犹太人之友"）。

辛德勒因史蒂文·斯皮尔伯格执导的鸿篇巨制《辛德勒名单》而广为人知。奥斯威辛的幸存者却责备影片意在组装一个道德化身。诚然，纨绔子弟辛德勒幼时全然一个熊孩子形象：16岁的辛德勒因文凭造假而被勒令退学；虽成长于虔诚的天主教家庭，辛德勒却对宗教活动望而生畏，反而沉湎酒色；趁希特勒入侵波兰之机，辛德勒狂肆敛财；哪怕19岁时的那场婚姻也尽显机会主义，辛德勒觊觎女方的丰厚聘礼，以挽救濒临破产的家族企业。晚年，身无分文的辛德勒只身蜗居在法兰克福火车总站附近的一个单间居室，最终亡于酗酒。这就是一个真实的辛德勒。

拯救1200多名犹太人于纳粹魔掌，辛德勒可谓犹太人的活菩萨，由此诞生一群"辛德勒犹太人"。为此，耶路撒冷的犹太人大屠杀纪念馆1967年授予其"全人类正义者"荣誉称号。生活中的辛德勒则屡屡失范，道德剂量无疑失控。啧啧称奇的是，辛德勒把昔日文凭造假伎俩发挥得淋漓尽致。他伪造各种资料，使私家工厂升级为军工企业，并以扩大战时军事必需品生产为由，从集中营招募大量濒临死亡的犹太人。他还伪造证件，把深陷集中营的学者和孩子包装成为技术工人，进而纳入麾下。这无疑是另一种道德的行为——以非善来攻克邪恶。

1998年9月10日，时任德国总统赫尔佐克授予斯皮尔伯格联邦大十字勋章。颁奖词有曰："您的影片显示，个体个人责任永不泯灭，哪怕是在独裁统治之下。我们没有必要是完美无缺的英雄，但我们有义务行动，即使难于愚公移山。"道德重在践行，于举手投足之间。慈心善举是每个公民的情感表达、价值判断乃至生活选择。在特殊历史境遇下，救人一命是辛德勒唯一力所能及的道德践行，无须斟酌道德的剂量，亦不必权衡道德的手段。由此，一个并不完美无缺的仁者巍然屹立，一座道德乌托邦轰然坍塌。

德国2015"年度恶词"名为激发民众对语言的批判精神，实则点燃民众对人性的审美情趣。

（《文汇报》"笔会"2016年2月28日）

迷恋于视觉的不可穷尽

◎艾　伟

画是乱画，字也是乱写。反正现在作家乱画乱写，都有一个好听的名字，叫文人字画。只要冠上"文人"两字，似乎一切都成立了。这很好，说实在的，作为一个写小说的人，我觉得画画是很好的休息，迅速、简单，不用动脑子，全凭感觉，碰巧画得还可喜的，也有成就感。

说到乱写乱画，是指技术上存在困难。但是艺术的奇妙之处在于，有时候往往是困难造就其个人风格。我一向反对小说家过分的风格化，风格化会使小说家醒目，也有潜在的危险，可能会让小说家难以为继，或丧失其驳杂的可能性。但绘画这种艺术我觉得辨识度越高越好，比如梵高，比如毕加索，比如齐白石，他们的作品一眼就能在千万幅画中被识别出来。当然，这三位大师的个人风格应不是技术的局限所致，而是个人灵魂铸就的。但是对像我这样乱画的人来说，技术上的局限有可能使某些天生的个人特质得以强化。

我当然对专业画家们非常尊敬，但也不是没有意见，现在的水墨，感觉千人一面，匠气很重。我觉得对水墨来说，技术很重要，但可能不是最重要的东西，更重要的是画者的文化修养，这个观点好多人在说，其实也是常识。有些人的画确实字正腔圆，可画得字正腔圆的人多了去了。重要的还是格调，在个人取舍中渗透出来的文化情怀，有时候或许仅仅是一点点趣味，但趣味这东西实在太重要了，它背后同一个人的见识、品行、修为、气质密切相关。所以就水墨画来说，画得像不像不重要，中国画从来也不重形，画出高格才重要。

我画小画首先是好玩，凭性情画就行，说涂鸦也不为过。水墨画是允许涂鸦的，它的神秘性在于不可预测性。这很好玩，一支笔，一张纸，不同的墨色，在某个偶然的时间点，随手画几笔可能涉笔成趣，有时候，你来真的，却往往面目可憎。我着迷于画小画的另一个原因是视觉艺术变化多端，同样的一个对象，角度不同，画出来的感觉完全不同，并且我觉得每个对象的构图几乎是无可穷尽的。我迷恋于视觉的不可穷尽。

画画这件事我极不专业，也不太认真，不过我还是收获了一些心得。中国字画当然博大精深，风格多端，流派纷呈，但如果更简单更直接地说，无非在处理线条和节奏的关系。艺术都是相通的，我们写小说的何尝不是在处理线条和节奏。小说情节的进展我们可以称之为线条，情节的快慢我们可以称之为节奏。就是西洋画，我觉得也是在处理线条和节奏的问题，当然，西洋画的线条我们可以称之为色块，它处理的是色块之间的节奏变化。

无论是线条还是节奏都是需要控制的，犹如小说写作有自己的纪律，水墨当然也需要控制，否则真的会沦为涂鸦的。我觉得水墨画的要义在于不经意的控制。我们杭州有位大书家王冬龄，现在搞"乱书"，我觉得他就是在处理线条和节奏的关系，貌似没有控制，其实有其内在的逻辑，所以他的"乱书"已很难辨读，却有很强的视觉冲击力。

虽然喜欢画点小画，但作为一个小说家，我忍不住要夸夸作家这个行当。如果一部小说（哪怕是短篇）和一张画比，个人认为小说所付出的精神劳动更为复杂，也更为精细。有时候和画家一起玩，我会想，作家真的是这个时代的苦行僧。画家们多轻松啊，他们可以重复着画同一个题材，这在他们行当完全是"合法"的，合乎绘画的伦理。而作家永远需要创造新东西，重复是作家的天敌，甚至一个比喻一生只能用一次。

（《文艺报》2016年2月19日）

我们把诗歌丢了

◎杨　雷

　　如今，诗歌进入大众的视线，往往不是因为诗歌本身，而需要借助某些"文化事件"。比如半年多以前，"穿过大半个中国来睡你"的诗人余秀华火了，据说她的个人诗会排得满满当当，她终于不再担心自己这"一棵稗子，早晚要被除去"了。

　　很多人觉得唐朝是诗的黄金时代，确实，诗歌在唐朝达到顶峰，但诗人大多数还是混得比较惨。《旧唐书》说："有唐以来，诗人之达者，唯适而已。"意思是唐朝的诗人也就高适混得好一点，其他的，没有最惨，只有更惨。李白算好的，虽然只是帮闲，但基本没饿着。杜甫就惨了点，因为除了写诗，实在没别的特长。好不容易当了个左拾遗，马上就因给领导提意见下了岗，后来就一直靠着朋友周济过日子，《茅屋为秋风所破歌》基本是写实。对"朱门酒肉臭，路有冻死骨"这一传世名句大家都不会陌生，其实那首诗里还有一句"入门闻号啕，幼子饥已卒"——他刚回到家，听到妻子在痛哭，原来最小的孩子饿死了。不知那一刻，杜甫是否后悔早先为啥没学点养家糊口的手艺。

　　上世纪80年代，也是诗歌的黄金年代。每个小文青都有一本笔记本，上面尽是北岛、舒婷、顾城，要么就是自己写的诗。很多校园都有油印诗歌小报，你要是会写诗，除了在朗诵会上扬名露脸以外，还可以获得一些额外业务，比如代写情书啥的。

　　可见，即使在诗歌的黄金时代，诗歌也没办法成为诗人的饭碗，但那时毕竟有理想在支撑。如今，诗歌已经渐渐远离我们的视线，诗人们的境况更是少人问津。前两年，诗人梁小斌住院无钱医治的新闻被报道出来，人们才发现，原来诗人的生活也和他们的诗歌一样潦倒。梁小斌已是花甲之年，却还要为生计四处奔波。当年诗人告诉我们"中国，我的钥匙丢了"，如今，我们把诗人丢了，把诗歌丢了。

　　在一篇访谈中，芒克谈到在国外被邀请参加朗诵会的事，"那时候机票、吃住他们都管，参加一些朗诵会还给些报酬，就跟演员一样，有出场费。报酬还可以，日本一般是朗诵一首诗五万日元，美国一千美元左右，法国三千法郎，比起国内，这个出场费着实不低，但以此为生显然是不现实的"。

　　曾和记者去农村探访一位乡村诗人，同村的人说，他在我们这儿就是个笑料。诗人一直穷困潦倒，而且至今未婚，他自己却执拗地说："诗歌是我的老婆。"同去的朋友叹息道，他用生命去爱自己的老婆，深爱着的老婆却给不了他想要的生活。

　　诗歌不死，首先要使诗人们都活着，虽说愤怒出诗人，贫贱造人才，但要是诗人们都饿死了，诗歌也就完了。这个时代还需不需要诗歌，我说不准，但是我同意作家方方说的，地铁里贴诗歌总比贴标语口号要好。

（《今晚报》2016年2月2日）

冷淡和反冷淡

◎毛 尖

　　在文汇笔会上看到蔡翔老师的《猪油菜饭》，马上被撩拨得想吃腌笃鲜，于是冲去菜场。不过因为忘了买咸肉，懒得再跑一趟菜场，就索性按蔡老师的方法，把鲜肉熬猪油，吃猪油拌饭。

　　今天吃猪油拌饭当然没有小时候香，那时缺油水，现在是油水太多。搞得现在的美食电影，得以"性冷淡风"取胜。《乌东》是半冷淡，《寿司之神》是全冷淡，不过日本美食片的性冷淡风可以理解，因为人家主打美学就是清和冷。有意思的是，这些年欧洲以黄油为核心的美食，端出来的《美味情缘》也好，《心灵厨房》也好，看着都很有禅意的样子，令人觉得吃东西是为了悟人生，快感降低，也就冷淡。

　　其实仔细一想，眼下就是性冷淡风主潮的时代，类似一百年前的毛姆老婆装修伦敦。赛丽在伦敦搞室内设计，关键词一个：白。她把伦敦上流社会里里外外整得白花花，白园子，白客厅，白卧室，白沙发，白茶几，白衣服，白鞋子，一路玩到白色点心，赤膊的伦敦让毛姆对赛丽失去全部兴趣，逼着毛姆跑到远东来看丰美的世界。而我们现在的美学追求也差不多单调到白，彩色电影处理得跟黑白电影似的，像《荒野猎人》，看上三遍，简直要雪盲。所以同样是大雪荒野，我宁愿看徐克的《智取威虎山》，好歹老虎和张涵予的玄幻激情戏看上去更有异性冲突的感觉。

　　在这个性冷淡坐标里，今年的奥斯卡，如果没有《疯狂的麦克斯4》，就是一场无能的奥斯卡。《麦克斯》平衡了奥斯卡，也平衡了一整年的电影荷尔蒙。整部电影以浓烈的影像风格摇滚了一路的"狂暴之路"，令人眼球开裂的邪典狂欢让观众对剧情根本没有要求。很显然，如果没有乔治·米勒的影像风格和狂奔节奏，这个后末世时代的人类生存和反抗故事，肯定是铁板钉钉的烂片，但剪辑和音效把高亢的魔性注入了人性，令一个比《复仇者联盟》还要正统的救世故事变成了叫我们胸腔升温的大地英雄片，烈焰黄沙的热血之路才是真正的青春片。

　　看完电影出来，倒是想明白了，为什么新世纪以来，影像世界基情当道，欧美世界如此，中国电影也如此，搞得我们的历史剧也好，功夫武侠片也好，没有一对惺惺相惜的男一号和男二号，历史和剧情主线好像就无处安放。胡歌同时成为我们这个时代最红的男主和女主，既是时势造英雄，也是时势弄英雄。而全球基情表面上是影像惑情的一次大丰富，就像最近的英剧《夜班经理》，人见人爱的男主抖森被男配摸了屁股，作为男主的个人魅力似乎才算表达完整。但粗暴地说，大规模的基情，不过是对影像内外性冷淡的补充，当下爆发在影视剧里的基情，本质上是人类性感的集体落潮，而这次的落潮，将把女权主义和男权话语全部甩开八百里。

　　作为救赎，在西方，《疯狂的麦克斯4》是一条路；在中国，可能徐皓峰也是一条路，正在上映的《箭士柳白猿》虽然徐的个人表达欲望还是太过显豁甚至拖累风格，但徐皓峰够硬，而我们需要用这种硬来抵挡性冷淡，就像猪油可能重建味蕾的快感。

（《文汇报》"笔会" 2016年3月27日）

书信与日记

◎田之章

写信的人现在大概不很多了吧，几十年如一日地坚持写日记的，也许就更少了。但书信和日记，其价值却不因写的人少而消失。

书信和日记，都带有私家著述的性质。书信写给一个人或一家人，日记写给自己。在古代，书信往往是写在简牍上的，所以又叫"尺牍"。林语堂曾把日记、尺牍与论文加以比较，说得很有意思："论文材料是天子王侯、部长科长之事，尺牍材料是朋友借贷、感兴抒情之事，日记材料是朝夕会谈、中夜问心之事。故论文公，尺牍私，而日记私之又私。"

"私"之一字，可以说是书信和日记一个重要的特色。这两种文体，在写作时，都是不拟公开发表的，至少在许多作者生前是这样的。晚清文史学家李慈铭活着的时候，常将他的《越缦堂日记》借给人看。所以鲁迅揶揄他说，越缦写日记时就预备付印的。书信和日记，如果写的时候就想着公开发表，那么与别的著作就没有什么两样了，作者于无意中难免加意矜持，这样一来便失了天然之趣，也就损伤了书信与日记的命根。因为人在前台的架子，总与在后台的面目有些不同。当然，名人的书信和日记，在他身后出版，以供研究之用，那是另外一回事了。

因为"私"，所以"真"。别的著作里不记的事、不说的话，在书信和日记里，可能无所顾忌地记得更加真切、更加真实。黄虎痴编《明人尺牍墨华》自叙云："短柬片札，亲手自书，或言国政，或言交情，或言家常，琐屑极细极微之事，大抵皆仓卒濡毫，不假修饰。寥寥数语，流落人间，而其人品之醇驳，性情之邪正，往往于无意中流露而出。则以言观人，莫尺牍若也。"这"流落"与"流露"的词儿，甚有意趣。一个是说明这些书信不是预备发表，而是作者身后不由自主地风流云散；一个是说其中表达的感情是自然流出而非加意做作。

这里说的虽是书信，但日记也是有着这种特色的。所不同者，日记的写作，不像书信的"仓卒濡毫"，而是一天到晚，大小的事务都已完结，这时候，点起灯来，铺开纸笔，把这天的事拣一点记下来。这记录，不论是达官显宦的，还是普通百姓的，若干年后回过头看，就成为一种有用、有趣的资料。原来不拟印行的私人日记，一旦公之于众，片言只语中常有足以窥见性情之处，让人大吃一惊的地方也定当不少吧！

除了"私"和"真"，"琐"恐怕也要算书信和日记的一种特色了。

历史上的大事件，书信和日记不是不可以记，但那更多的是官书的事，志在立言，意存褒贬，而非书信和日记的正宗。我们不妨拿鲁迅的日记与他的文章作个比较。鲁迅的杂文，深刻隽永，有风云之气、辛辣之味，颇多时代的痕迹、历史的面目。而他的日记，写的多是信札往来、银钱收付，买了什么书、来了什么客，等等。当初，他就这样一天天地记下去。今天，我们这么一页页地往下读，或者有人要怪其太琐碎了吧。但日记的特色，就在这琐碎之中体现出来了。正如林语堂说的："论文只谈要紧事，尺牍可谈要紧及不要紧事，日记并可谈最不要紧事。惟有好的尺牍写来必似日记。谈不要紧事，方是佳翰；写无事忙信，才算知交……"

一个从事文字工作的人，高声大气、发空洞的议论，大概都不是什么难事，难的是写出那种看似说平常琐事，却淡而有味、言之有物的东西。有一位作家就说："身边琐事我自己最不会写，却很喜欢看这一类的文章，可是又难得看见好的。因为大抵都不够琐。"

书信和日记，都是大家爱看的东西，可惜现在文情俱佳的不很多了。所以，披览前人的这类著作，作为思想性情的陶养或作文的预备，大概不是无益的吧。

（《人民日报》2016年3月23日）

怎么让世界读懂中国？

◎雨　茂

这些年来，发现一些语言并没有普遍的适应性，而是逐渐被部分官员所专用。这套话语系统具有封闭性与排他性，圈外人闻之往往不明就里。由于找不到合适的词语来界定，姑且称之为官僚语言。词典对官僚主义的解释是"指脱离实际、脱离群众、做官当老爷的领导作风"。人们对官僚主义一般认识为一种心理与行为方式，其实它也表现为语言方式，官僚语言就是官僚主义的典型表现。

相当长一段时间以来，官场流行说套话、狠话。有的给词语加上有力度的修饰语，比如主抓、铁腕、大力、打造、做大做强等，听起来力道十足，动辄就要打造一个新城，做大做强一个产业。一些大学领导甚至将这些政治词语用于学科与专业建设，徒留笑柄无数，也给继任者留下了一个个烂摊子。有的给词语加上看似亲民、实则恶搞的限定语，比如亲自、亲临、亲手等。领导去一个地方，当然得自己去，难不成还可以派替身抑或送去雕塑与画像应景？这是典型的拍马屁，还拍错了地方，近乎恶搞！社会上曾流传一个段子，说一个下属在方便时遇到上司，于是上前打招呼："××长，亲自上厕所？"我估计，那××长一定像吃了苍蝇般难受。

另有一些词语因为官员的使用频率最高，因而被统称为"中国式官话"。互联网有过统计，中国官员讲话频率最高的词语有12个之多，分别为"有关部门、高度重视、重要讲话、严肃处理、有效措施、不尽如人意、一定的、基本上、阶段性成果、力度、负增长、工作需要"等。而这些词语，老百姓几乎是不使用的。无论是讲话、发言、接受采访还是做报告，都归于应用语言范畴，在写作学中属于应用写作范围，其语言要求除了朴实、庄重、简练之外，准确性与实用性也是最重要的特征。反观上述12个高频词，既不准确实用，也乏庄重朴实。比如"重视"本就表明态度了，为何要加上"高度"二字？既有高度重视，当然就有中度与低度重视？这无异于将颇有强度与力度的"重视"减损了程度，重视就变成了不甚重视，使语言的准确性大打折扣。"重要讲话"这个词语一般借会议主持人之口说出来，往往在领导讲话还没有进行就先行定了调，话还没有讲，怎知重要？！即使讲话结束后再说重要也大有商榷的余地，讲话重不重要应该由历史来检验，经历史去淘洗，不应该由主持人来宣示。"严肃处理"无异于告诉人们，有些处理是不严肃的。"有效措施"则明目张胆地告诉大家，有些措施是无效的，给受众造成了理解歧义，也显得不庄重。至于"有关部门、不尽如人意、一定的、基本上、力度、工作需要"等词语，听后也常让人如坠云雾，不得要领，完全是自说自话。还有"负增长、阶段性成果"等表述，准确的表述是下降与没有完成，无论是负增长，还是所谓的阶段性成果，其实质都是在玩概念，文过饰非，因为前者是统计学术语，后者常用于学术研究，一般人是弄不明白的。

一些官员总喜欢给人造成一团和气、"万众一心"的景象，容不得有不同意见，可众说纷纭本是常态，怎么可能只有"一心"呢？独立思考，有独到见解，才显可贵。中国文化历来讲究和而不同，反对苟同，并不强求一致，认为苟同是小人才有的行为方式。事事要求"万众一心"，是不可能的，不可能还要求同，就只能是苟同，这就非君子所为了。

一些侨民或者境外人士常反映，听不懂中国官员讲话，看不懂中国报纸，因此感到很困惑。其实困惑的岂止是他们！无论是讲话还是发文，目的都是为了传播，要用别人听得懂也看得懂的方式，这是常识。如果一套话语系统总是让局外人费解，就需要想办法改变了。

让世界读懂中国，先从改变话语系统开始吧！

（《杂文选刊（原创版）》2016年第3期）

为师最当有情怀

◎吴志翔

经常听人说起"情怀"二字。做互联网的要有情怀，搞影视的、造汽车的、种柑橘的也都要有情怀。所谓"最有情怀"的辞职信、请假条之类也层出不穷。但究竟何谓有情怀，却鲜见人明确论述。泛泛而言，一个人有情怀，是指其在经营事业时总能保有一种热情、一种执着、一种信念，而在追求理想的过程中，身上自会焕发出一种风度、一种气质、一种襟怀。借用一句流传颇广的话，有情怀就是"除了眼前的苟且，还有诗和远方"。

教师是最具情怀也最需要情怀的。因为育人这件事本身，是直接与一个个鲜活的生命打交道，是在培植身心、养成品格，是在敞开每一个人的可能性，实现"人的完成"这一终极使命。

毫无疑问，要成为一个有情怀的教师，首先离不开对于育人工作的热爱和倾心。我平时与教师接触，发现有的谈起教学来有一种"初恋般的饶舌"，对于所做的事情，眼睛里所流露出来的简直满是爱抚。有个教师痴迷于创意作文写作，一聊起来就没完没了，有时候甚至到了让我想躲开他的地步。但我屡次跟朋友说，这位教师虽然有一点点"悖"，显得"一根筋"，但如果教育领域也有企业界的那种天使投资人的话，我相信一定有人愿意投他，投给这个执着得令他感到"厌烦"的人。没错，能成事的人一定有他的坚持，在坚持中他展示了自己的情怀，也能收获一种近乎"使命式的快感"。

情怀不是空洞无所凭依的，不是虚无缥缈、转瞬即逝的"一朝风月"，而是要靠平常扎扎实实的用功来堆砌和累积成就的人生态度。我认识的另一位教师身上就有这么一种不懈、不骄、不惰的态度。他勤勉地阅读大量报刊书籍，浏览大量教育网站，管理众多教科研互动论坛，不断策划点什么活动，同时静下心来撰写教育教学的文章……短短几年间写了三本书，我在他第三本书的封底推荐语中写道："所谓成长，就是在自己潜能的天花板下弹跳摸高。我始终认为，教师潜能的实现，离不开一点一滴的积累、一字一句的琢磨、一针一线的缝缀。教育之功的养成，恰恰需要'支离事业'——从琐细处出发，在关捩处着力，借助于讲台和其他平台，戒就更大的格局，臻于更高的境界。"

然而，我总觉得，教师的情怀里还应该有一种更为本质的内核，那就是：懂得。懂得学生的需求，懂得成长的规律，懂得包容，懂得宽宥，懂得认取当下和放眼长远，懂得人在各种境遇里的有为和无奈，懂得生命的坚强和脆弱，懂得人性中无法忽略的缺陷和终将绽放的优美。

我常常把情怀视为一种"境"，这个"境"字里包含了两层意味：其一是体察境遇，其二是追求境界。体察他人的境遇就是一种懂得，而懂得就是一种心智逐渐趋于圆融的境界。没有懂得，就没有同情心、同理心。没有懂得的关心让人烦躁，没有懂得的教育干涩而生硬，甚至粗暴，却无半分智慧的含量。

听到过这样的故事：学生喜欢折纸鹤、拧魔方、看小说，可老师见到后只会说一句话："你学这些，有什么用呢？"学生嘴里含着饭出教室去动物角饲养小鸡，可老师看到后不问青红皂白给了一顿批评；学生课间拿着一只蝈蝈在玩，可老师进来后一把抢过扔到窗外，而接下来他要上的课却是有关"生命教育"的……这样的教师，课上得再精彩，也难说有情怀。

什么是有情怀？有情怀就是识得草木本心，能够打破人与人之间的隔膜，深入每一个生命的腹地，聆听心灵的私语。有情怀，就是拥有一种敏锐而丰沛的审美意识，习惯用赏花的心情去面对每一个孩子。有情怀，就是懂得，对一个生命的成全，比普泛意义上的所谓成功，重要一万倍。

（《浙江教育报》2016年3月4日）

"不出于自愿"的血

◎王乾荣

鲁迅在《野草·颓败线的颤动》里，做了一个梦。那是 1925 年夏天，他在溽热里，迷迷糊糊听到一个故事——

一位母亲养活不了女儿，被迫出卖肉体。女儿长大，嫁人，生儿育女之后，却领着全家辱骂衰老的母亲："我们没脸见人，就因为你……"小外孙女也举起干芦叶，大喊着"杀，杀"，朝外祖母冲去……

颤颤巍巍的老妇默默走进荒野，"举两手尽量向天，口唇间漏出人与兽的，非人间所有的，所以无词的语言"——这是"眷念与决绝，爱抚与复仇，养育与歼除，祝福与诅咒"的语言，如撕碎的心，鲜血淋漓。

鲁迅惊醒，大汗如淋，揉揉蒙眬的眼，立地联想到自己："我先前何尝不出于自愿，在生活的路上，将血一滴一滴地滴过去，以饲别人，虽自觉渐渐瘦弱，也自以为快活。而现在呢，人们笑我瘦了，连饮过我的血的人，也在嘲笑我的瘦了。"

鲁迅的血，饲养过二弟作人，二弟成名后，挣钱比鲁迅多的时候，因无谓的家庭琐事，尤其因观念的不同，跟哥哥分道扬镳，反过来咒骂鲁迅，后堕为汉奸。鲁迅帮助过无数苦闷无援青年，青年起色之后，转身把咒骂"换掉姓名挂在暗箭上"，射向鲁迅。

1935 年 4 月鲁迅致萧军说："同道中人都用假名夹杂着真名，印出公开信来骂我。"他们给鲁迅扣上"懒，不做事""调和""破坏国家大计"等大帽子，攻击鲁迅是"封建余孽""堕落文人"等。

这就是"同道中人"所嘲笑的鲁迅的"瘦"。但"同道中人"眼中的这种"瘦"，却是被彻底歪曲了的——这正是鲁迅不得不"举手向天"，借老妇人之口，发出"眷念与决绝"呐喊的根由。

鲁迅爱惜生命。他说，"生命的价值超过世俗社会的伦理价值"，所以其他一切"人生的要义"，均须放在"生命第一义"的基本点上来考察。

生命靠血滋养，血是极其宝贵的，"血的应用，正如金钱，吝啬固然是不行的，浪费也大大地失算"。老妇用她的血肉之躯，换来儿女的生存，对此，她是不吝啬的，连脸面也顾不上要。但这行为又为世俗所不容。然而是谁造成了老妇的悲剧，却少有人提及。社会放过了悲剧制造者，只一味谴责受害者的"堕落"。以别人的牺牲而得以活命、得以"出息"之人（包括牺牲者的亲人），也把恩人以前的牺牲当作大耻，并对之加以羞辱。这才是更大的人生悲剧和社会悲剧。

鲁迅时代的辛亥革命，不乏这种现象。革命者流血牺牲换来了什么呢？鲁迅说，"牺牲为群众祈福，祀了神道之后，群众就分了他们的肉，散胙（sàn zuò，即祭祀后分发祭肉）"。或者，"不过供无恶意的闲人以饭后的谈资，或者恶意的闲人作'流言'的种子"。为解救中华民族，革命先驱秋瑾和徐锡麟领导了浙皖起义。鉴湖女侠秋瑾被捕就义于绍兴轩亭口，看杀人的愚民密密麻麻，却无人为其收尸，中国报馆"亦皆失声"——这是真正的"秋风秋雨愁煞人"啊。革命志士徐锡麟，高唱着"军歌应唱大刀环/誓灭胡奴出玉关/只解沙场为国死/何须马革裹尸还"，刺杀安徽巡抚恩铭，为中华民族而战。他被捕后，心肝被挖，用于炒菜，而这竟成了群氓的谈资。鲁迅在《药》里写到，华老栓还想用蘸上烈士鲜血的馒头"治疗"儿子的痨病呢。

今之富人，其中不乏贪污受贿者、官倒发财者、双规制获益者、借改制攫财者、非法经营者……他们的财富，说到底，不都是老百姓"不出于自愿"的血汗浇注的吗？他们大腹便便之后，便宣扬"富因能干""穷因低能"论，从而嘲笑和谴责穷人的"瘦""懒"和"不做事"，乃至"拖了国家的后腿"……

（《检察日报》2016年3月23日）

文章意思

◎张大春

作为一个现代语词，"作文"二字就是练习写文章的意思。

练习是一种手段，必须有目的，而且最好是明确的目的。十八岁以下的青少年不得不写作文，目的是在升学考试拿高分、进名校。这个目的相当明确，可是人人没把握，老古人早说了："不愿文章高天下，但愿文章中试官。"谁知道批改作文的试官是怎么看待一篇文章的好坏呢？于是，原本明确的目的变得模糊，练习写文章多少带有运气的成分，这也是老古人面对考试结果时早就流传的无奈结论："一命二运三风水，四积阴功五读书。"到头来，关于文章本身的意义和价值反而无人闻问，大凡是舍筏登岸、过河拆桥，又是老古人教训过的话："先考功名，再做学问。"

面对惶惶不可终日的考生及家长，我总想说：如果把文章和作文根本看成两件事，文章能做得，何愁作文不能取高分呢？以考试取人才是中国人沿袭了一千多年的老制度，以考试拼机会更是这老制度转植增生的余毒，既然不能回避，只能戮力向前，而且非另辟蹊径不可。

说得再明白一点：写文章，不要做作文。那么，请容我就几个古人的故事来说说这文章的做法。他们是：洪迈、苏东坡、葛延之。

洪迈是南宋时代的博物学者、文章家，也是一代名臣。他的《夷坚志》《容斋随笔》，至今还是文史学者极为重视的珍贵材料。相传他"幼读书日数千言，一过目辄不忘，博极载籍，虽稗官虞初，释老傍行，靡不涉猎"。这段话里的"稗官虞初"，就是小说杂文——甚至可以看成是与科举作文无关的娱乐文字了。

这样一个人，在他的精力才思、知能智虑迈向巅峰的四十五岁左右，担任起居郎、中书舍人，兼侍读官，日日在学士院待命，替皇帝草拟诏书。有那么一天，也不知道是什么缘故，要草拟的文告特别多，不断有上命递交，自晨过午，已经写了二十多封诏书。

完工之后，他到学士院的小庭园里活动一下筋骨，不期然遇见了一个八十多岁的老人，攀谈之下，发现对方出身京师，为世袭老吏，一向在学士院处理庶务，年轻的时候，还曾经见过苏东坡那一代早已作古的知名文士。多年供职下来，如今子孙也承袭了他的职掌，自己已经退休，在院中宿舍清闲养老。

洪迈一听说老人见过大名鼎鼎的苏学士，不觉精神抖擞，把自己一天之内完成二十多封诏书的成绩显摆一通，老人称赞着说："学士才思敏速，真不多见。"洪迈还不罢休，忍不住得意地问："苏学士想亦不过如此速耳？"他没有想到，老人的答复如此："苏学士敏速亦不过此，但不曾检阅书册。"也就是说：当年苏东坡写文章是不翻阅参考书的。这一则笔记最后说：洪迈听了老人的话之后，为自己的孟浪自喜而惭愧不已。

这故事的教训，难道是说一个文章写得好的人，必须腹笥宽广、博闻强记，把"四书""五经"之语、诸子百家之言，都塞进脑壳，随用随取，才足以言文章吗？看来未必，因为苏东坡自己说过，文章该怎么写，才写得好。

在先前提到的《容斋随笔》以及其他像《梁溪漫志》《韵语阳秋》《宋稗类钞》之类的笔记上，还有一则记载，说的是苏东坡被一贬再贬，最后被放逐到海南岛的儋耳。当时，已经名满天下的"苏学士"有一个大粉丝，叫葛延之，是江阴地方人。他听说苏东坡遭到流放，便一路追踪，自乡县所在之地，不远万里而来到儋耳，和他心目中的偶像盘桓了一个月左右。其间，葛延之向大文豪"请作文之法"。苏东坡是这样说的：

"你看这儋州地方，不过是几百户人家聚居的地方，居民之所需，从市集上都可以取得，却不能白拿，必然要用一样东西去摄来，然后物资才能为己所用。所谓的'一样东西'不就是钱吗？作文也是这样的……"

接下来，我们看笔记所载，苏东坡原话是这样说的："天下之事，散在经、子、史中，不可徒使，必得一物以摄之，然后为己用。所谓一物者，意是也。不得钱不可以取物，不得意不可以用事，此作文之要也。"

葛延之拜领了教训，把这话写在衣带上。据说，他用在那一段居留于儋耳的时日里亲手制作的小工艺品作为答谢，那是一顶用龟壳打造的小冠，苏东坡收下了，还回赠了一首诗，诗是这么写的：

南海神龟三千岁，兆叶朋从生庆喜。智能周物不周身，未死人钻七一二。谁能用尔作小冠，屼嵝耳孙创其制。今君此去宁复来，欲慰相思时整视。

这首诗不见于东坡集，依然可见学士风骨，尤其是"智能周物不周身，未死人钻七十二"，这两句话——用苏东坡关于作文先立其意的论述来说——应该就是全篇根柢，他一定看出葛延之苦学实行，然而未必有什么才华天分，于是以自己为反讽教材，慨叹智虑再高，也未必足以保身；有时甚至正因为露才扬己，反而落得百孔千疮。对于一个憨厚朴实、渴求文采之人而言，这真是深刻的勉励与祝福了。

文章里面该有些什么意思才做得好？此处之求好，毕竟不是为了求取高分，而高分自然寓焉。好文章是从对于天地人事的体会中来；而体会，恰像是一个逛市集的人打从自己口袋里掏出来买东西的钱。如何累积逛市集的资本，可能要远比巴望着他人的口袋实在。

（《文汇报》"笔会" 2016 年 4 月 23 日）

读书的障碍

◎张　鸣

　　读书的好处，其实是不用说的。在人类历史上，除了中国有一小段时间流行"读书无用""知识越多越反动"之外，是没有人否定读书价值的。虽然说，我们这个民族，对于读书的实用性过于看重，但是，众多捧着小说的人们，其实都知道，他们所读的，是不当吃也不当喝的。人类自从有了文字，用文字来记载自己的历史、传承知识、讲述故事、书写诗歌之后，读书本身，就成为人类生活的一部分。就像人的手足一样，须臾不可分离。

　　跟古代社会很多人是要靠别人讲述来获取书本上的知识不同，今天由于教育的普及，多数人似乎都可以自己读和写了。可是，读书的障碍，却依然存在。网上好些貌似已经大学毕业之辈，却连一些浅显的文字都读不懂，或者根本看不进去。可以说，多数受过教育的网民，他们上网除了游戏，就是视频，还有一点图片。说起来，网上的文章，多数的文字他们都认识，但是，就是没这个耐心，去把它们弄明白。

　　好些人受过九年义务教育，读过高中，甚至读过大学，但是，就是没有学会阅读。人进学校上学，人称是读书去了。但读了十几年，却没有学会阅读，这真有点荒诞，然而，这是真实存在的现实。

　　中小学语文课，目的就是为了教会人读和写。然而，现今这门主课，其实是为了应付考试存在的，至于读和写，反倒成了次要的目的。一篇课文，先讲中心思想、段落大意、写作背景。然后再分析字、词、句，主谓宾定补状，名词动词形容词，同义词反义词，接下来是各种修辞格，比喻借代排比。好端端的一篇文章，被凌迟切割，剁得稀烂，然后掺入各种"作料"，最后让学生吃下、记住。之所以如此，就是因为便于复习考试，文章拆得越零碎，知识点就越是明晰。文章可以被忘记，作者可以被无视，但知识点永存。学了这么多课文，就是为了学点被老师（教材辅导）整合出来的字词句、一些修辞格，然后填入老师教给的作文格式里，教学的过程，就算完结了。

经过这样的教育，多数的学生，阅读的兴趣也就算完了。不懂思考，不懂逻辑，甚至不会思维。日后能看点小说，已经阿弥陀佛了。稍微讲点道理的文字，他们就看不懂，也没心情看。这个境界，想不人云亦云，岂可得乎？

人类学家告诉我们，从小在狼群里长大的孩子，即使回归人类社会，想要教会他们语言，也几乎是不可能的。因为，他们失去了学会语言的关键时间段，同样，现在存在阅读障碍的成年人，想要教会他们阅读，也千难万难。因为，教育的过程，已经把他们阅读的兴趣和动力都泯灭了。无论人类的技术、进化到什么地步，文字的阅读都是不可取代的。阅读，是一种思维的训练、逻辑的养成，缺了这个过程，人们就只能在低端状态下生活了。众多浑浑噩噩的人们，之所以浑浑噩噩，说到底，只是因为他们状态低端。

从这个意义上讲，现在患有阅读障碍症的人们，实际上也是一种狼孩。狼孩的关键，不在于喝的是狼奶，而是没有经过人类社会的社会化过程，没有经过必要的教育和训练。

（《今晚报》"副刊" 2016 年 4 月 23 日）

平淡的力量

◎高恒文

有时候，寥寥数语的平淡叙述，反而有动人的力量。比如杨绛先生回忆
1957年"反右"时的经历说：'我们晚上溜出去看大字报，真的满墙都是。我们
读了很惊讶。'三反'之后，我们直以为人都变了。原来一点没变，我们俩的思
想原来很一般，比大字报上流露的还平和些。我们又惊又喜地一处处看大字
报，心上大为舒畅。几年来的不自在，这回得到了安慰。人还是人。"

这其实不仅仅是"我们俩'的思想感受，更重要的是也表现了那一代知识
分子的思想历程，很有历史感。最后一句"人还是人"，真是妙语！接着继续回
忆说："所（按，指文学所）内立即号召鸣放。我们认为号召的事，就是政治运
动。风和日暖，鸟鸣花放，原是自然的事。一经号召，我们也就警惕了。我们
自从看了大字报，已经放心满意。上面只管号召'鸣放'，四面八方不断地引诱
催促。我们觉得政治运动总爱走极端。我对锺书说：'请吃饭，能不吃就不吃；
情不可却，就只管吃饭不开口说话。'锺书说：'难得有一次运动不用同声附
和。'我们俩不鸣也不放，说的话都正确。例如有人问，你工作觉得不自由吗？
我说：'不觉得。'我说的是真话。我们沦陷上海期间，不论什么工作，只要是
正当的，我都做，哪有选择的自由？有友好的记者要我鸣放。我老实说：'对不
起，我不爱起哄。'他们也承认我向来不爱'起哄'，也就不相强。"

毕竟经历了不断的政治运动，也就有了"政治经验"或曰"运动经验"。其
实，早在1957年初，钱锺书在《赴鄂道中》诗中，就有"啼鸠忽噪雨将来"之
句，预感到一场政治风暴的来临，早有了思想准备。

这样的故事，杨绛还曾说过几个。比如翻译毛泽东诗词，应付江青的"关
照"，和胡乔木的交往，尽管她平淡地叙述经过，但人们不难看出其中的政治风
险。能够平安无事，也不是习为什么"政治智慧"，而是"书生本色"四字而
已。钱锺书素有"狂傲"的名声，在我看来，恐怕是在知识、学术上的"狂
傲"，而未必是为人处世的"狂傲"。古有"狂狷"之说，子曰"狂者进取，狷

者有所不为也"，钱锺书则更近于"狷者"。《管锥编》中有关于嵇康和阮籍的比较分析，义正词严，十分深刻，对于我们理解钱锺书似有启发。

关于独生女钱瑗，杨绛先生说："阿瑗是我生平的杰作，锺书认为'可造之材'，我公公心目中的'读书种子'。她上高中学背粪桶，大学下乡下厂，毕业后又下放'四清'，九蒸九焙，却始终只是一粒种子，只发了一点芽芽。做父母的，心上不能舒坦。"痛惜，遗憾，却仅仅说了"心上不能舒坦"这么一句。是无言的悲伤，还是她一贯的文字风格？令人心中隐隐作痛！

杨绛先生的文字，也并不总是这样淡然。她在《傅译传记五种·代序》的结尾，有过这样一段话："傅雷翻译这几部传记的时候，是在'阴霾遮蔽整个天空的时期'。他要借伟人克服苦难的壮烈悲剧，帮我们担受残酷的命运。他要宣扬坚韧奋斗，敢于向神明挑战的大勇主义。可是，智慧和信念所点燃的一点光明，敌得过愚昧、偏狭所孕育的黑暗吗？对人类的爱，敌得过人间的仇恨吗？向往真理、正义的理想，敌得过争夺名位权力的现实吗？为善的心愿，敌得过作恶的力量吗？傅雷连同他忠实的伴侣，竟被残暴的浪潮冲倒、淹没……"

这是杨绛先生的所有作品中十分罕见的一段激烈、犀利的文字，也正因为有这样的文字作为参照，才让人更加觉得她在《我们仨》《干校六记》中那些平淡的回忆，意味深长，有着动人的力量。

（《今晚报》2016年5月7日）

人们为什么如此怀念杨绛

◎王钟的

5月25日凌晨，杨绛先生在北京病逝，享年105岁。在中国现代文学史上，杨绛的地位可能不是最高的，但她所取得的社会关注度，或许可以说超越了她在文学界的地位。但是，众人的敬仰并非毫无依据，从杨绛先生身上我们可以看到许多当代人稀缺的闪光点。

杨绛是钱锺书的妻子，是著名作家、戏剧家和翻译家。她早年创作的剧本《称心如意》被搬上舞台长达60多年，直到2014年还在公演；她的《干校六记》《我们仨》等作品具有穿越时代的力量，也是出版界叫好又叫座的畅销书；她翻译的西班牙文学名著《堂吉诃德》是该书最好的中文译本之一。与一些文学家相比，杨绛称不上高产作家，但几乎篇篇以精致的文本、深邃的思想让读者折服。

人们怀念杨绛，因为她的作品让人在浮躁的文学风气中感到一股清新。从创作活跃的年代看，杨绛和"鲁郭茅巴老曹"等现代文学大家属于同代人，但因高寿与晚年旺盛的创作力，她又是不折不扣的当代作家。

杨绛的许多著作都是"超级畅销书"，但是没有一本书的销量是通过炒作获得的。她的《我们仨》等晚年作品让人接触到一种"新鲜的经典"，她的创作态度明白地回答了当代文学能不能产生经典和怎样产生经典的疑问。

人们怀念杨绛，还因为她继承了中国知识分子的优良品格。杨绛出生于1911年，这决定了她要生活在一个从传统走向现代的转折年代。"我和谁都不争，和谁争我都不屑"，这句英国诗人兰德的诗，也是杨绛一生为人处世的写照。杨绛有着传统知识分子的骨气，特别是在日寇侵华期间，她和丈夫钱锺书身陷上海孤岛，面对日本人的威逼利诱，巧妙地与之周旋；她还有着深厚的西学素养，对推动西方文化在中国传播做出了重要贡献。

人们怀念杨绛，同样因为她与钱锺书先生"稀缺"的爱情故事。钱锺书引用英国作家的话来描述自己的婚姻："我见到她之前，从未想到要结婚；我娶了她几十年，从未后悔娶她；也未想过要娶别的女人。"在各类关于杨绛的传记和报道中，流传着许多钱锺书与杨绛的爱情故事。这些故事之所以能够屡屡打动当代人，是因为这种爱情观念传达了人类最真挚的情感，让一些流行的浮躁爱情观相形见绌。

杨绛应对困难的勇气和担当也令人折服。在"文化大革命"时期，杨绛一度被安排扫厕所，但她认为"收拾厕所有意想不到的好处"：其一，可以躲避红卫兵的"造反"；其二，可以销毁"会生麻烦的字纸"；其三，可以"享到向所未识的自由"。这种豁达与坚韧让她走过了那场给国家和人民带来严重灾难的内乱。难能可贵的是，杨绛能够真实地将自己在逆境中的遭遇记录下来，以文学的方式提醒后人牢记历史教训。

近年来，每每有文化老人去世，公众都会产生强烈的怀念情绪。这种现象是令人欣慰的，它至少说明了尊重文化和文化人的社会风气没有消失。但是，人们的怀念也蕴含着一句潜台词：像那些文化老人一样的人，在当下是否能够继续出现？文化老人给我们的民族留下了宝贵的精神财富，而继承和创造更多精神财富的责任，落到了当代人的肩上。这也是人们怀念杨绛所要表达的最主要观点。

（《中国青年报》2016年5月26日）

当天才遇上权威

◎鲁　艺

　　他出生于1915年5月6日的美国威斯康星州。1岁半时被人称为天才，9岁丧母，15岁丧父。中学时代他就执导舞台剧，深受校长器重，之后拿着父亲留下的遗产独闯柏林剧院，院内有两位女老板为他争风吃醋，后进驻百老汇，所到之处，处处留下惊人之举。22岁时，他与约翰·豪斯曼在纽约成立水星剧团。年少的他，出演过《麦克白》《浮士德》《裘力斯·恺撒》等剧，场场轰动，而广播剧《世界大战》更是让他一夜成名。

　　他就是家喻户晓的奥逊·威尔斯，出演过上百部电影，导演过40部电影，编写过42部引爆影坛的经典名著。

　　天才级别的威尔斯丝毫逃不过雷电华公司主席乔治·沙弗的一双慧眼，乔治·沙弗看准此人未来必将名声大噪，很快以一份让人难以抗拒的63页合同一举签下了他。同时，授予他集创作、艺术控制、演员、剧组各项决定权，甚至包括影片最终的剪辑权。

　　为了报答乔治·沙弗对自己的厚爱，威尔斯递交了自己的第一部心血之作《公民凯恩》作为回馈，他出任导演、主演，还亲自参与剧本的编写。此片以美国报业大亨赫斯特为蓝本，加入了一些他幼年时代的特殊经历，生动刻画了凯恩复杂、传奇、兴衰的一生。

　　万万没想到的是，这部伟大的作品却触怒了赫斯特的底线，让他暴跳如雷。赫斯特当时总揽整个美国媒体的半壁江山，其财富足以与如今的比尔·盖茨抗衡。本来威尔斯与赫斯特素不相识，但编剧曼凯维支与赫斯特相熟，他的情妇戴维斯和赫斯特是至交，不排除剧情有一些含沙射影的成分。

　　为了防止剧情泄露，全剧采取封闭式保密拍摄，未公映之前，就有两个媒体人向赫斯特密报，有人想拆他的台，对之有诽谤之嫌。于是，赫斯特暗中指派舆论记者展开秘密调查，当确认剧中人物凯恩确实是以自己为原型后，赫斯特大发雷霆，号令旗下所有报纸禁止登载任何有关《公民凯恩》与雷电华的消息，进而大举对《公民凯恩》全面封杀。起初，赫斯特打算将"反"他的人告上法庭，苦于证据不足，反而给对方作了免费宣传广告，加上美国法律有保护公民言论自由的权利，也鼓励创作百家争鸣，所以他最终没走法律途径。

意识到法律这条道并不好走，老谋深算的赫斯特放言将封杀雷电华的其他影片，企图从乔治·沙弗的手中购买拷贝并将之彻底销毁，沙弗当即拒绝。得知消息的威尔斯，非常痛心与震惊，别无他法，只得拼命突出压力重围。数经磨难，影片在势单力薄的情形下，孤军上映，勉强争得有限范围内业界演评人的盛誉，一举夺得奥斯卡九项提名，但最终只拿到一项最佳原创剧本奖，评奖时，台下掌声稀落，人声唏嘘。据说为了不至于让笔杆子曼凯维支过于尴尬，评委才给了这项奖。

遭沙弗当场拒绝后，赫斯特并未死心，决定亲自面见路易斯·梅耶。梅耶是米高梅公司的创始人之一，也是闻名遐迩的奥斯卡奖的创立人，号称好莱坞之王、造星巨人。赫斯特对梅耶甩下狠话："影界出现这种无法无天的事，你看着办！"身为影界领袖的梅耶顿时陷入焦头烂额状态，怕赫斯特把事情搞大，引起影界、舆论界连环纠纷。抱着息事宁人的行事风格，他号召好莱坞所有的电影公司全体集资凑钱，不出数日，筹得资金80万，从而买下了《公民凯恩》的所有拷贝，借以冲抵《公民凯恩》的制作费。这一"明智"之举，为的是让雷电华不至于损失惨重，同时也不得罪媒体大腕。结局可想而知，倾注威尔斯心血的作品不但没有力挽狂澜得到市场的青睐，反而让雷电华一下损失15万美元。

然而，若不是威尔斯艰苦卓绝的坚持与努力，恐怕《公民凯恩》只能永远活在少数人的记忆中。

其实，影片无论从哪个环节上都显见功力。细节上的打磨与追求几乎完美无缺，演员表演得本真自然、出神入化，主演在年龄跨度上的妆容及生活上的场景让人无可挑剔。剪辑水平一流，在10万美元的制景费用下，罗伯特·怀斯为了完成威尔斯严格的要求，采用了大量让人拍案叫绝的特效镜头，30年过后的《星球大战》也模仿不来。他的拍摄方式也前所未有，即使连最普通的片头、片尾的安排，也具有空前颠覆的吸引力，工作人员的名单全部由惯性的片头移到片尾，主演的名字下面还设有新颖的配图。

经典永远不会被埋没，第二次世界大战后，《公民凯恩》再度发行，重见天日。起先传入欧洲，欧洲人对此大加赞赏，然后才转到美国本土上映。法国著名导演弗印索瓦·特吕弗对《公民凯恩》作了高度评价，他说："奥逊·威尔斯和他的处女作《公民凯恩》是现代电影的奠基石。无论是谁，只要拥有一部像《公民凯恩》这样的电影，就只能给人一种感觉——高山仰止，这种成就足以让人睥睨天下，傲视群雄。他与他的《公民凯恩》一起将永垂不朽，他应在任何一座褒奖电影历史功臣的凯旋门额上占有显著的位置。"

一百年过后，《公民凯恩》依然以多变的拍摄手法、非线性的叙事技巧，以及出奇制胜的创意雄霸影林，至今无人能及。

当天才遇上权威，哪怕天才一时失势权威，然而历史终会为他们讨回公道。天才的光芒永远挥斥方遒，不会被任何权威及历史所压倒所淹没，哪怕数百年以后……

（《经典杂文》2016年第4期）

玄理与大义

◎羽　戈

　　"慎用玄理明世，不以大义责人"是我的老友石地先生的名言。我于十年前读到，如闻狮子吼，有振聋发聩之感，此后常常援引，用以自省。就我的理解，这句话的初衷，针对的应是知识人，玄理与大义，近乎是知识人的专利。然而现实之中，知识人惯于以大义责人，只是一面，另一面，知识人常被人以大义相责，这么说来，则有些报应的意思。而且需要注意，这两句话，貌似并列结构，谈的是两码事，实则内在不无关系：喜欢用玄理明世，往往善于以大义责人，玄理与大义，如果搭上了"正义的火气"这条线，则成近亲。

　　有待分说的是：何谓玄理，何谓大义？

　　这里的玄理，可以解释为玄妙、玄虚的道理，与常理、正理相对。不过我更愿意视之为一种修辞，它的意思，就是理论，勿论玄与不玄。所谓慎用玄理明世，旨在讽刺知识人身上那种"致命的自负"：当他们掌握了一种理论，譬如这个论，那个性，这个哲学，那个主义，自以为真理在手，天下我有，吾侪不出，奈苍生何，现实之所以如此黯淡，世道之所以如此沉沦，国家之所以如此衰弱，人民之所以如此困苦，正因我的主张不得其道而行，正因我的思想毫无用武之地。对理念的价值与力量的过度迷信，如果与经世致用之心擦出火花，容易滋生一种救世主心理，使知识人做起了哲人王、帝王师的迷梦；更进一步，一旦他们执掌了至高无上的权力，便以天地为白纸、众生为颜料，依照心中的理论，描摹理想世界的形状。他们所许诺的理想世界，明明是天堂，所锻造的现实世界，却接近地狱。用玄理明世，最坏的结果莫过于此。

　　这也许有点危言耸听。纵观古今中西，知识人主宰国家、哲学家担任统治者的情形并不常见。譬如在中国古代，寻觅用玄理明世的案例，大概只有王莽，洪秀全勉强是一例；更多的情形则是知识人供政治驱使，哲学家为政治背书。然而，我们讨论的重心，不是结果，而是起因，即知识人该如何防患于未然，化解玄理的诱惑，以及用玄理明世的欲望。对此，我觉得再也没有比保罗·约翰逊《知识分子》一书结论更痛切的提醒："任何时候我们都必须首先记住知识分子惯常忘记的东西：人比概念重要，人必须处于第一位。"说白了，无论什么玄理，都是为人服务，而非相反，让人为玄理服务。

知识人怀有家国天下之思，试图用所信守的观念影响现实、改造现实，比之谓"士大夫情结"。这自然不是什么坏事，只不过，在此情结的支配之下，观念的意义不免被狭隘化，似乎必须经世致用，必须兼济天下，观念才能焕发光芒。事实上，观念，或者说知识、思想的存在，只要独立，只要自由，本身便是一种意义，不论是否与现实发生关系。基于此，可知用玄理明世的内在断裂，因为玄理的意义，未必在于明世，未必要表现为明世。如果能明白这一点，那么慎用玄理明世，则多出一重警示。

再说不以大义责人。大义与玄理，遥相呼应。前者代表道德的制高点，后者代表知识的制高点。当知识道德化（知识通往真理，真理通往正义，正义通往道德），用玄理明世与以大义责人，便成了一个人的两只手。一只手真理在握，一只手正义在握，神挡杀神，魔挡杀魔。

与用玄理明世相比，古往今来，以大义责人的案例简直不胜枚举。而且，就效果而言，前者大都失败，后者往往成功。不知有多少人，折于大义的刀锋之下，献出了生命，甚至死后都不得安宁。

远一点的案例，如海瑞幼女之死。据周亮工《书影》："相传海忠介（忠介是海瑞的谥号）有五岁女，方啖饵。忠介问饵从谁与。女答曰：僮某。忠介怒曰：女子岂容漫受僮饵？非吾女也，能即饿死，方称吾女。女即涕泣不饮啖。家人百计进食，卒拒之，七日而死。异哉，非忠介不生此女！"这即是以大义责人的典型案例。像海瑞这种人，自恃大义在手，为人为官，都无比严苛，甚至称得上刻薄寡恩、无情无义，偏偏他还被后世奉为偶像，捧上高位，可见大义如何惑人眼目，大义的牌匾，能遮蔽多少罪恶。

近一点的案例，则如前不久去世的杨绛先生。针对杨绛及其夫钱锺书的批评，有一点十分吊诡：不是批评他们做过什么，而是批评他们没有做什么。这恰恰是以大义责人最擅长的刀法，其代表性话语即"你为什么不救人""你为什么不反抗""你为什么不忏悔'，以及海瑞怒斥其女"你为什么不饿死"。腾腾杀气，扑面而来。

我无意贬斥大义的作用。大义当然要提倡，要讲求道德的世界，大义有如苍穹，倘若无其支撑，道德必将坍塌。只是，大义如此高耸，怎么落实，遂成问题。我以为大义的力量之发生，更多源自感召，而非责难。如《神雕侠侣》第二十二章，郭靖重伤，黄蓉临产，强敌来袭，生死存亡系乎一线，郭靖那一句"国事为重"，使此前徘徊不定的杨过心胸豁然开朗，人生境界从Web1.0升级到2.0，然而这纯粹是感召的效果，代表了大义的郭靖、黄蓉并未去质问杨过"你为什么不为国为民"。不妨说，唯有以感召为手段，大义的力量才能最大化。

使用大义作为批判的武器，所体现的种种问题，皆可归结到道德身上。我们都知道，第一，道德的要义在于自治，它首先反求诸己，然后才施于他人，至于他人是否愿意接受道德的约束，不可强求，道德教化与强力无缘；第二，我曾屡屡强调，道德批判的要义，不在抬高人性的上限，而在维护人性的下限，换言之，道德批判只是力求一个人不要沦为罪犯、奴隶或禽兽，而不是力求一个人成为圣贤、英雄或斗士，倘把上限降格为下限，譬如以陈寅恪责备钱锺书，以林昭责备杨绛，道德批判便可杀人。以大义责人的局限和毒害，端在于此。

哪些人喜欢以大义责人呢？除了道德家和正义之士，其实还有一种人，他们非但不曾怀揣大义，反而处于大义的对立面，对他们而言，以大义责人，只是为了掩饰自己内心的怯懦与鄙陋，这充分呈现了人性的卑劣。相形之下，用玄理明世，呈现的只是人性的谵妄。

（《中国经营报》2016年6月6日）

不争之争

◎柯云路

　　杨绛先生是我敬重的前辈，她的书我读得不全，《我们仨》《干校六记》《洗澡》熟读。《我们仨》讲夫妻、父女、母女，种种细节，感人至深。《干校六记》写十年中的种种遭遇和不幸，并无控诉，文字平实幽默，读时甚至常会笑出声来，却凸显出那个时代的种种荒谬和残忍。《洗澡》就不用说了，是对那场运动最生动直观的描述。

　　喜欢她的文字，更喜欢那些文字后面表达的人生态度。

　　在我看来，杨绛的晚年过得相当不易，先是"白发人送黑发人"，那个被她骄傲地称为人生唯一杰作的女儿钱瑗先她离去；不久，在晚年曾"决定不再分离"因而放弃许多风光机会的丈夫钱锺书亦撒手人寰，留下八十多岁的自己。看到过许多赞赏杨绛先生如何坚强的文字，但她去世后其近亲的一句话透露出其内心经历过怎样的苦痛：很长时间杨绛先生都需服用大剂量的安眠药才能入睡，一般的常用剂量不行，但这种药管制很严，只得让亲属帮她找药……

　　她是靠灵魂的追寻与坚守活下来的。

　　杨绛先生晚年不少文字探究灵魂与生死，她说："人都得死。人死就是灵魂和肉体的分离。肉体离开了灵魂就成了尸体。尸体烧了或埋了，只剩下灰或土了。但是肉体的消失，并不影响灵魂受锻炼后所得的成果。因为肉体和灵魂在同受锻炼的时候，是灵魂凭借肉体受锻炼，受锻炼的其实是灵魂，肉体不过是一个中介。肉体和灵魂同享受，是灵魂凭借肉体而享受。肉体和灵魂一同放肆作恶，罪孽也留在灵魂上，肉体不过是个中介。所以人受锻炼，受锻炼的是灵魂，肉体不过是中介，锻炼的成绩，只留在灵魂上。"

　　杨绛先生去世后，我把这段话放上微博表达我的纪念。有网友留言：人有灵魂吗？怎样证明？

　　是啊，这似乎是个无法证明的事情。

　　那么，我想先设一问，梦呢？梦是真实存在吗？对这一点似乎没有人怀疑，是因为每个人都做过梦，都有过梦的体验。

再设一问，思维呢？似乎也是很玄的东西，但人类通过表达证明了思维的存在。

说到灵魂，先人有过许多说法。当代最著名的一句：没有正确的政治思想，就等于没有灵魂。说明即使是无神论者，也承认灵魂的存在。

我从不怀疑人是有灵魂的。如果没有灵魂，人们就不会纪念逝者，就不会有"永垂不朽"的说法。

我们修炼自己，既是修炼肉身，更是修炼灵魂。高贵的灵魂是指引人生的灯塔。

有人责怪杨绛先生没有利用自己的晚年身份，更直接有力地"推动社会进步"。我想引用《中国青年报》5月26日纪念文章中的一段话：2013年出版的《杨绛文集》中收录了她的三封信，都写于2001年。一封写给中国现代文学馆常务副馆长舒乙，声明她和钱锺书不愿入中国现代文学馆；一封写给文联领导，表示钱锺书不愿当中国文联荣誉委员，她也不愿违背其遗愿给文联的"豪华纪念册"提供十寸照片；最后一封信写给《一代才子钱锺书》的作者汤晏，表达了对他观点的不赞同："钱锺书不愿去父母之邦，有几个原因——他的 mother-tongue，他不愿意用外文创作。假如他不得已只能寄居国外，他首先就得谋求合适的职业来维持生计。他必须付出大部分时间保住职业，以图生存……《百合心》是不会写下去了；《槐聚诗存》也没有了；《宋诗选注》也没有了；《管锥编》也没有了。"

这三封信表达了杨绛先生对现实最冷静的认识，其坚决和彻底在今天看都令人感佩。至于她留下的那些文字，则可以帮助后人更清醒地了解中国曾经历过怎样的曲折。这无疑是一个知识分子的担当。

我和谁都不争，和谁争我都不屑。多么高贵的灵魂！这正是杨绛先生一生为人处世的写照。

（《大众日报》2016年6月3日）

带着刀子去读书

◎木　虫

中华民族是一个喜欢读书的民族，中国人是一个喜欢读书的群体。

他们说"书中自有黄金屋，书中自有颜如玉"，他们还说"读万卷书，行万里路"，他们还说"读书破万卷，下笔如有神"。他们不但喜欢读，而且很是刻苦，比如什么头悬梁锥刺股，什么凿壁偷光，什么十年寒窗苦……

中国人可以说是从读书中走过来的。春秋时代，读诸子百家，什么《论语》《孟子》《道德经》《大学》《中庸》；后来又读什么《孙子》《鬼谷子》《史记》；再后来又读什么《唐诗》《宋词》《元曲》；再再后来又读什么《红楼梦》《水浒传》《三国演义》《西游记》……

读书不仅可以提高身份，还可以做官，反转命运……

三千多年来，中国人一路读下来，爷爷读，父亲读，儿子读，孙子读，子子孙孙一直读到民国。最后，终于读到了鲁迅。然而，鲁迅竟然发现，这些最喜欢读书的国民，竟然大多是愚昧、麻木、封建、自私、狭隘、虚伪、荒唐、虚荣、无聊、可笑的一堆肉而已！以至于他决定放弃自己心爱的医学，从事文艺创作，专心医治这些读书人或拥有读书基因种族的精神疾病。

这是为什么呢？为什么一大群人这么喜欢读书，读着读着就变成这个样子了？

原来读书既可以让人聪慧，也可以让人愚昧，甚至，还可以让人变傻、变呆，乃至变得残暴无情，野兽一般！就像社会生活一样，它既可以让人醒悟，也可以让人沉迷；既可以让人宽厚，也可以让人自私；既可以让人文明，也可以让人野蛮！……

中国人读书就是读书！什么"关关雎鸠，在河之洲。窈窕淑女，君子好逑"；什么"举头望明月，低头思故乡"；什么"凄凄惨惨戚戚"；什么"留取丹心照汗青"；什么"朱门酒肉臭，路有冻死骨"；什么"鬼怪狐狸，男欢女爱"；什么"忠君报国，孝敬大人"。他们摇头晃脑地读着。那么，这些书究竟告诉了中国人什么？在中国人的大脑里填装了什么？为什么我们读了三千年，读成了今天这个样子？

其实，屈原的《离骚》主要表达了自己的意愿不得实现的苦恼，欲忠君报国没有机遇的不幸。唐诗、宋词、元曲最多的是一种情调和心情。而《水浒传》是泯灭人性的传记，李逵等人为了忠于宋江哥哥，滥杀无辜，那种义气豪天不过是一种无耻而已。《三国演义》表达的是，为了个人利益，争霸一方，玩弄心计，如鬼似狼。《红楼梦》更多的是儿女情怀，人心叵测。也许，那些专家学者会深挖其远大的现实意义和深远的历史意义，并把读书读成饭碗，读成谋生的手段。而更多的普通中国人只是图一时热闹、痛快。但是，在这种热闹、痛快中，大家潜移默化所接受的，究竟是一种什么思想、什么情怀？不信，此时此刻，你可以停下阅读，合上眼，仔细想想，这些书告诉了你一个什么人生道理？你读了之后，有一个什么样的心灵变化？

试问，读了这些书，你是不是渴望不择手段的成功？是不是渴望成为人上人？是不是更加崇拜那些强者？是不是距离人类的善良越来越远？是不是梦想能够当上不可一世的皇帝？是不是为了朋友可以蔑视法律，两肋插刀？是不是沉浸于卿卿我我的小情小调中？

试问，读了这些书，你会不会觉得人与人之间都是平等的？在人格和尊严上都是一样的？你会不会觉得尊重他人就是尊重自己，尊重自己就要尊重他人？你会不会涌起一种对人性的普遍关怀？你会不会觉得建设一个人人平等的诚信社会才是幸福的保障？你是不是学会了独立思考？是不是懂得了人的价值？

试问，读了这些书你能够感受到扑面而来的文明、进步之风吗？你能够升起对国家、民族、人类的普遍责任感吗？你敢大声地呐喊一声：我和历代的皇帝老儿是平等的吗？你会尊重那些肩负社会正义之士吗？你还会割袁崇焕的肉吃吗？你会不会挥动着老拳打倒那位讲了真话的女大学生？你会不会无情诅咒那些拥有人文情怀的知识分子？

也许，再读一百年，再读五百年，再读一千年，你仍然是你，人云亦云的肉蛋蛋！

那么，是不是这些书本身就是写坏了？是不是它们就不应该存在？是不是一无是处？是不是根本就不是中华文明？当然不是！人是人类社会造就的，反过来，人类社会也造就人。没有一种文明会穷尽人类的文明，没有一种文明是人类的终极文明。问题是我们在读书时，思考了什么、剔除了什么、发现了什么，抛弃了什么、接受了什么，这些书究竟告诉了我们什么。

我们有没有带着一把刀！一把明晃晃的大砍刀！

我们要用这把刀把那些腐烂的肉、那些熏黑的骨、那些臭不可闻的血、那些变质的皮，统统挖掉。不管他是鲜血淋漓，还是鬼哭狼嚎，不管他是闪闪发光，还是泼了香油。我们都要耍我们的大砍刀，一刀一刀拨开那些五脏六腑，那些神经骨髓，那些谎言欺骗　那些装腔作势，那些麻木虚伪，那些油头粉面，那些专制独裁，那些蔑视人性，那些居高临下……

我们一定要吃那些蛋白质三富的瘦肉，一定要吸收我们真正需要的营养，而绝不是眉毛胡子一把抓，不是吃葡萄不吐葡萄皮！更不是在不知不觉中吃下了癌细胞，变得膝盖更加酸软了，见了戴乌纱帽的就扑腾磕头，见了穷人就只想狂吠，见了名利就一口吞下！

若如此，你不是祥林嫂、孔乙己、华老栓、阿Q又是谁！

请记住，要读书，就一定要带上你的刀子！

（《凤凰博报》2016年6月14日）

潘金莲的砒霜，武松的刀

◎鲍鹏山

武松出差离开阳谷县后，潘金莲与西门庆在王婆的撮合下，勾搭成奸。为了长做夫妻，在王婆的点拨下，用砒霜毒死了武大并火化成灰，企图把事情做得干干净净，不露痕迹，瞒天过海。

其实，他们根本不需要这样费心费神，因为，根本没有人管这事。郓城县各级官府对自己眼皮子底下发生的这件骇人听闻的人命事件根本置若罔闻。好在武大还有一个弟弟武松。武松回来，不到半天时间，他就找到了证人——何九叔和郓哥，证物——两块酥黑的骨头，一锭十两银子，还有一张纸，写着火化日期、现场送丧人名字，证实了自己的怀疑：哥哥武大是被害死的。而且，他还锁定了嫌疑人——嫂子潘金莲和西门庆。

此时，除了具体的作案细节，案情基本清楚。这时，武松想到的，是通过法律途径解决问题。能这样想的，是好百姓，是相信政府并尊重政府的好百姓。如果能让好百姓实现这样想法的，就是好社会、好政府。但是，可惜的是，武松碰到的，不是这样的社会，不是这样的政府。所以，武松也就做不成好百姓。

武松把何九叔、郓哥一直带到县厅上，对知县说："小人亲兄武大被西门庆与嫂通奸，下毒药谋杀性命。这两个便是证见。要相公做主则个。"

可是，县令与县吏都是与西门庆有关系的，西门庆得知武松要告状，又马上给他们使了银子。拿人钱财，替人消灾，于是，县令和县吏，对武松打起了官腔。一大堆无比正确且无懈可击的官腔，武松听不明白。但武松明白的是：这番官腔的核心就是：不准所告，不予受理。

按说，武松也不是一般平民百姓，他的身份还是很特殊的。第一，他是县步兵都头，相当于今天的县公安局刑警大队大队长。第二，他刚刚帮知县办过一件私密的家事，也算是知县的心腹人了。这样的人，尚且不能得到法律的保护，不能得到官府的公正对待，一般普通百姓，在这样的社会得到的待遇，也就可想而知了！一般人碰到官腔 只有忍气吞声。

但是，武松偏偏不是忍气吞声的主儿。说白了，他此时试图通过官府解决问题，是他对官府的尊重，是他在给官府面子，是他在给官府机会——是他给官府做好官府，行使权力的机会。他本来有力量有办法自己解决问题——他有刀。

协商不能解决的，用法。法度不能解决的，用刀。可见，官府不作为，会造成极大的社会问题：无力自己解决问题的，成了无依无靠的顺民。有力自己解决问题的，成了无法无天的暴民。顺民是国家的累赘，暴民是国家的祸害。一个强大的国家和民族，既不要暴民，也不要顺民，要的是：公民。

面对知县的官腔，武松几乎一点也不要听，也不给知县找麻烦，马上就打了退堂鼓。

武松道："既然相公不准所告，且却又理会。"

毫不纠缠。

善打官腔的知县大约觉得很得意：官腔是战无不胜的，只要拿出官腔，小民一般马上就偃旗息鼓，天下马上太平。

但是，他可能没有注意到，当他用官腔堵住了武松依靠法律解决问题的道路后，武松的身边，只剩下了一个东西。

那就是刀。

这就是他"却又理会"的理会之法。

潘金莲在社会的底层，张大户这样的强势一方强加给她一桩不幸的婚姻，无论是道德、风俗还是法律，都不会给她支持。她哀哀无告。

要不，接受命运；要不，只能用非法手段改变自己命运。于是，她使用砒霜。武松要为兄报仇，要为被害死的兄长讨还公道，无论是行政，还是法律，也都不会给他主持公道。要不，忍下这口气，让死者沉冤莫雪，让罪犯逍遥法外。要不，也只能用非法手段实现正义。于是，他使用刀子。潘金莲的砒霜、武松的刀，是他们犯罪的罪证，更是社会不公、官府渎职的罪证！有一个非常值得我们反思的现象：我们的传统文化倾向于肯定复仇。也就是说，在古代，中国文化肯定复仇，文学歌颂复仇。

《水浒传》就是歌颂复仇之作。

实际上，在中国古代文学作品中，大量的对复仇事件津津乐道的描写，对复仇人物热烈的情感倾注,其中隐藏着一个极深刻的社会心理:那就是,全社会对法律的无信任,并通过文学作品表现出来。当法律不能主持正义时,代表着社会良心的文学必然表现出对法律的失望和鄙视。

当西门庆和潘金莲谋杀武大郎时,法律沉默,官府不作为,于是,人们不再寄希望于法律,不再信任法律,也不会再遵守和维护法律。而武松这样的强梁会自行解决问题,用个人复仇来讨得被侵犯的公道。此前,武松并没有杀过人,从杀嫂开始,武松就杀人不眨眼了。

一个人,就这样变成了暴民。

（《头条》2016年第6期）

知道分子苟且，知识分子诗意

◎丁 个

"第一个人说的，叫'知识分子'。第二个，第三个，还有不知道隔了多少代隔了多少辈，俗称'八竿子打不着的'，都叫'知道分子'。"

"知道分子"一词，最早见于王朔写于2000年的杂文《知道分子》。他给"知道分子"画了幅像：拿来主义，无真见识，抄惯了别人的宏论，放眼望去天下事无所不知，却终究不知自己真正知道什么。他不无刻薄地写下分辨"知道分子"的小常识——写伟人传记的、为古籍校订注释的、所有丛书主编、所有"红学家"和自称鲁迅知己的；次一等的，是"好提自己念过多少年书的，死吹自己老师和老老师的，爱在文章里提他不认识的人和他刚看过的书的"。他甚至列出了"知道分子"的代表刊物《读书》和代表作《管锥编》。

这是"知道分子"第一次以"知识分子的另一面"的形式出现。通过"凶猛的王朔"，人们惊讶地被提醒，那些看上去很有知识的文化人"原来什么都不知道啊"（借木心语）。

但真正把"知道分子"重新提炼、阐释成一个社会学概念并广泛传播于大众的，是《新周刊》2002年的一期封面专题"向知道分子致敬"。它重新解读了"知道分子"与"知识分子"的精神含义，第一次把"知道分子"刻画成一种新的知识分子形态的存在，并使这种命名的影响力持久不衰。

那十年间，"知道分子一度成为知识界的一种新锐并带有明显贬义的身份认定，它成了基于（或效仿）知识分子传统的一种精神附加值甚至新姿态的呈现"。

然而，十多年过去，连"知识分子"都在西方语境中不断历经批判性的重新解读，"知道分子"在它诞生的文化土壤中，也一层层地被剥去那些意义的幻影，在网络碎片化时代，逐步又被消解为"知识分子的反面"。

两年前，全国政协常委、上海市政协副主席、民建中央副主席周汉民就曾发声："我们常常以为，中国拥有12.5亿部智能手机的时候，已经和世界靠得很近了。但是这些手机很大程度上创造了许多'知道分子'，而中国需要的是知识分子。"

新媒体观察者魏武挥也放言：这年头要在微博上扮演一个学富五车、经常说点格言的人实在太容易了，百度一下即可。对社会事件不发表点自己的看法，也无法满足众多粉丝的期待。很多人实际上是"知道分子"而非"知识分子"。他的专栏签名常年设为：多歧为贵，不取苟且。

"知道分子"和"知识分子"的鸿沟到底有多深？曾被《新周刊》提名为"年度知道分子"的许知远，就曾公开声明：我最痛恨这个词了！在他看来，知道分子与知识分子的差别，就是苟且与远方的距离。

有人也曾列出"知道分子"的五大评判标准：1. 知道分子喜欢网络，任何一个都是条家，随口即可说出无数概念、原则、定义、理论，所涉领域广泛。2. 知道分子不甘寂寞，与媒体关系密切。默默无闻和知道分子是一对矛盾的词汇。3. 知道分子对于批评比原创更热衷、更有想法，在驳斥对手的过程中，他们最懂得享受比别人知道得更多的快感。4. 知道分子追求自由，说自己想说的话，做自己想秀的事。5. 知道分子很少会安静下来慢慢写一本书，他们最大的特征是"不为"，最大的特点是"到处开花"。

相较而言，知道分子属杂家，凡事都知道一些，追求信息获得的广博与速度。板凳无须坐十年，但需及时知晓板凳的数量与种类。他们爱问："茴香豆的茴字有四样写法，你知道么？"知识分子往往是某一领域的专家，广度之外更追求深度，是在知识体系内凿井挖掘水源的人。他们爱问："苹果为什么往下落？"

知道分子急于知道"是什么""有什么""说什么"。知识分子更关注"为什么""还有什么""怎么说"甚至"怎么办"。不那么刻薄地去看，知识分子与知道分子，只是不同智识与不同选择的人对知识获取的不同程度与不同呈现。研究《时间简史》或量子物理的人，未必不会有一刻也去好奇茴香豆的"茴"到底有几种写法。

但知识分子确乎是有传统的。"我们国家总以受过某种程度的教育为尺度来界定知识分子，外国人却不是这样想的。"王小波在那篇《中国知识分子与中古遗风》中写道："我到现在还不确切知道什么人算是知识分子，什么人不算……我在美国留学时，和老美交流过，他们认为工程师、牙医之类的人，只能算是专业人员，不算知识分子，知识分子应该是在大学或者研究部门供职，不坐班也不挣大钱的那些人。照这个标准，中国还算有些知识分子。"

他还拉拉杂杂援引了关于"知识分子"的几个定义："《纽约时报》有一次对知识分子下了个定义，我不敢引述，因为那个标准说到了要'批判社会'，照此中国就没有或是几乎没有知识分子。还有一个定义是在消闲刊物上看来的，我也不大敢信。照那个标准，知识分子全都住在纽约的格林威治村，愤世嫉俗，行为古怪，并且每个人都以为自己是世界上最后一个知识分子。所以我们还该以有一份闲差或教职为尺度来界定现在的知识分子，以便比较。"

中国的知识分子不见得也跑去住纽约的格林威治村，他们要么在书斋里秉承"独立之精神，自由之思想"，要么住在微博（社交媒体）上和大众视野中，善于高谈阔论，成为随时发声的"常识捍卫者"。在他们眼里，即便被称作知道分子，也丝毫不比知识分子低三分。他们坚持的"知道"，是先要知道常识。

英国学者弗兰克·弗里迪在《知识分子都到哪里去了？》一书中，明确探讨了当代社会的知识分子界定："定义知识分子，不是他们做什么工作，而是他们的行为方式、他们看待自己的方式，以及他们所维护的价值。"而美国大法官理查德·波斯纳在《公共知识分子——衰落之研究》中，就索性把几个世纪来的公共知识分子和活跃于美国媒体上的知识分子（或许也可以叫知道分子）嘲讽了一遍，气势并不亚于王朔当年对"知道分子"的揶揄劲儿。

在中国，崔永元曾这样谈论知识分子："我把中国当下的知识分子分成三类：一类叫拍案而起；一类叫洁身自好；第三类叫随波逐流。从历史的角度看，最需要的是拍案而起的知识分子。我一直想做一个拍案而起的人，但是那样的人除了要有血性，还需要有知识。我认为我的血性足够，我的知识不够，我的知识储备不够，我说话不能那么隽永，不能那么深邃，但是起码我能拍桌子。"这段有力量的发声，是在社交媒体上逐渐传播开来被人知道的。

而陈丹青的另一段话，也让知识分子和知道分子感到意味深长："我一直不承认我是知识分子，因为我没有接受过教育。然后我试图变成知道分子，我觉得能变成知道分子不容易……你们认为你们是知识分子还是知道分子？"

这种自省式的自嘲，就像伍迪·艾伦的电影，一边知识分子着，一边又嘲讽着知识分子。这是知道分子的智慧，也是知识分子的传统。或者说，更像一种智者的声音。

（《新周刊》2016年第467期）

中国诗歌：如何从"家乡"走向"远方"

◎鲁博林

诗歌，这一文学皇冠上最古老而璀璨的明珠，在当代社会正面临着前所未有的境况。一面是大众偏见的横行，譬如"诗歌就是分行""写诗是无病呻吟"等论调甚嚣尘上；一面是诗歌内部的分裂，学术话语与商业话语分庭抗礼，业内与大众水火不容。有人自说自话，有人以为噱头，有人不屑一顾，诗歌之处境尴尬若此。

然而，不同于许多文艺种类在国际化浪潮下"走出去"的步履维艰，众说纷纭的中国诗歌，反而有了"墙内开花墙外香"的美誉。就在前不久，在由中国作协诗歌委员会、中国少数民族作家协会、《诗刊》等主办的"2016西昌邛海'丝绸之路'国际诗歌周"上，海内外的100多位诗人、艺术家和专家学者会聚一堂。

抛开了商业的浮躁，摒弃了论战的火气，诗人们回归诗歌本身，就诗歌的地域性、民族性、世界性，展开一场丰富而诗意充沛的言说。

从民族性到世界性

"对任何一个诗人来说，从他出生的那一天开始，特别是他后天成长的经历，毫无疑问，在他的身上都会深深地打下他所属的族群和文化的烙印。"在诗歌周的开幕典礼上，组委会主任、中国作协副主席、书记处书记吉狄马加这样说道。

在身为彝族诗人的吉狄马加看来，民族性始终是他创作的源泉和灵感，是那块"有歌、有巫术、有魔幻、有梦与现实相交融的土地"培育了他的文学品性。在一首名为《黑色狂想曲》的诗中，他写道："让我的每一句话，每一支歌/都是这土地灵魂里最真实的回音。"

如此鲜明的民族性表达并不是孤例。在诗歌的国际体系中，民族性（nationality）有时也被表述为地域性（locality）。出生于意大利的斯洛文尼亚诗人马尔科·卡沃斯，就把"根植在出生之地，有着特定的语言，以及由习惯和精神遗产塑造的皮肤"定义为地域性。他声称，唯有在地域性的维度中，他才"感到安全，甚至渴望"。

地域性往往赋予一个诗人以强烈的地方性标识。即便在中国的部分地区，譬如香港，也很强调诗歌的"在地抒情"的传统，即对于一个地方的记忆、想象、认同与歌咏。这对于地方性标识正寻求突破的内地诗歌而言，无疑是一个启发——与其让诗歌在宏大叙事中悬空，不如脚踏实地，为所在的土地歌咏。

"20世纪90年代以来随着城市化进程的加速以及文学自身生态的变化和调整，无中心时代已经来临。地方诗学遭受到前所未有的'除根'过程，我们这个时代的不安、孤独和无根的彷徨，正在于'地方性知识'丧失过程中，我们无以归依的文化乡愁和精神故乡的日益远离。"诗人霍俊明说。

因此，在不少诗人看来，地域性的重振将是当下诗歌必然经历的阶段。

反观世界性。在很多人的理解中，世界性是一种剔除了民族性、地域性所余下的"普遍性"，但去除自我，盲目比附，常让这样的"普遍性"显得空洞无物。在诗人树才眼中，世界性不过是一种更大范围的"地域性"。"世界性指什么？我认为就是一个人的地球性，一个生命的人类性。"他认为，为自己而写，为民族而写，为世界而写，其实是一回事。

把"他们"看作"我们"

在当代文艺"走出去"的大背景中，民族性和世界性的关系也经过了无数次的表述。

曾经，固守地域性被认为是对世界性的抵抗；后来，我们又认为越是民族的，就越是世界的。然而在诗人杨黎看来，这两种说法事实上都蕴含了一个值得警惕的假设：即民族性和世界性是分割开并相互对立的。

"我们不能把所谓的地域性和民族性，与这个世界的普遍性对立起来，那样的地域性和民族性无疑是狭隘的、极端的。"对于这种对立的倾向，诗人吉狄马加表达了他的不赞成。杨黎也说，强调地域性与世界性的对抗，是一种世界破坏主义，其目的是反对现代性。

可见，诗人对民族性和世界性关系的理解，并不流于表面，而更多看到了概念背后的创作实际。在克罗地亚诗人达米尔·索丹看来，正是因为诗歌源于个性，所以它始终自然地表现出一种对普遍性的亲和力。吉狄马加则表示，只有当诗人的作品深刻地表达了内心独一无二的感受，并通过翻译为读者所接受，他的诗歌才具有了世界性的价值。

在此方面，一个吊诡的现象是，几乎所有诗人都无一例外地，将"个性"与"共性"这对貌似对立的概念放到了天平的同一端。这源于背后一个被忽略的事实——即诗歌永远是"自我"表达，而"自我"正是全人类沟通的"通用货币"。

毫无疑问，"民族性"的本质就是自我书写，这也是诗歌的本质。所谓"世界性"，不过是从"小我"扩大为"大我"——无论如何，依然是"我"。相对于全盘否定的"无我"和空谈概念的"超我"，诗歌的感染力唯有建立在"有我"之上，才能表现人的真实情感和内心经验，进而触动整个世界。

"我是诗人，我是中国人，我是人。我为自己而写，也为人类而写。"在谈及"小我"与"大我"关系之时，树才以一种诗意化的形式表达了他的感受。这段简短的宣言未曾言明的一点是——中国诗歌要想走出去，唯有把外界的"他们"，看作是一个共同体的"我们"，才能真正与世界融为一体，发出具有"世界性"的声音。

人是最终的标尺

为"我"书写也好，为"我们"书写也好，诗歌创作都不是口号和理念，而是人本身。对此，本届诗歌周的组委会副主任、四川省作协主席阿来有他独到的理解。

"相比于概念，我更关心的是人。"阿来认为，民族性不是刻意为之，只要忠实地写人的生活，表现出他们的言谈举止、行为方式、心理感受，自然就会有民族性，因为没有一个人不是生活在文化的浸润中。小说是这样，诗歌也同样如此。

在丹麦诗人尼尔斯·弗兰克看来，诗歌的目的在于人与人心灵的沟通与对话，其基础不是抽象的概念，正是具体的情感。他以一首被翻译过的中国明清时期的无名诗为例：

"我心非心，我心已死，可要抛弃一个孩子，如何忍心！

噢！扬子江的水啊！请慢点，再慢点！不要冲击那些岩石！"

这首诗讲述的，是一位母亲因无力保护女婴，而不得不弃之入河的悲恸。"显然，这些情感人人都有，不仅亚洲女人有，全天下女人都有。"尼尔斯说，"诗歌是人类感情的共同语言，这也解释了为何世界各地的诗人比普通人更能理解彼此"。

正是在这一意义上，"人"成为诗歌的最终标尺，也是从民族性到世界性的最终标尺。

人作为标尺的意义不仅在于创作，也在于阅读和接受。作为"非非"诗派创始人之一的诗人尚仲敏说，即使再优秀的诗人，他的诗也不能写出来只给自己一个人看，他需要读者和知音，而且越多越好。"那些没有读者的诗，注定是'坏诗'。所以，好诗人和好诗的最起码的标准就是：让人看懂。"

这对于所有即将从故乡出发、向着"诗和远方"前行的诗人而言，也许是一个最简单却又最深刻的道理。

（《光明日报》2016年7月29日）

"中国元素"不应流于表面

◎陈之琪

"中国元素"的运用只停留在表面层次，而没有发挥它真正的价值，电影也便缺少了使人思考、品味中华文化魅力的动力。

在我们的文艺作品中，"中国元素"怎么呈现，是文艺创作者们面对的一大课题。

最近，电影《大鱼海棠》火热上映，它凭借细腻的制作与唯美真挚的情感表达，受到不少观众好评——为了报恩而牺牲自己的椿、默默守护在心爱之人身边的湫、拯救鱼儿且不悔于此的鲲……人间最真挚美好的感情就这样集中在一起，成就一片纯净的乐土。

仔细观察发现，这部电影借用了不少外国作品的原型。在我看来，取材最多处来自宫崎骏的系列动画电影——撑船的"三手怪"，神似《千与千寻》中的"萝卜神"，为灵婆抬轿的猫类似《猫的报恩》中猫的原型，夜晚整个建筑群灯火通明之景则与《千与千寻》中的一景非常相似……借用外国艺术表现手法无可厚非，但同时不能缺少对"中国元素"的巧妙运用，更不能在汲取借鉴中迷失了自己。

不能说这部电影没有融入"中国元素"，可圈可点之处也不少。比如在选择影片发生的场景时，导演梁旋和张春多次走访福建的"客家土楼"，并最终将其运用到电影里。让人印象深刻的还有，椿的抽屉中各种中国的特色物件、湫家中的装饰物"葫芦马勺"以及片中人物源自古籍的姓名。这些确实都展现了中华文化的博大精深、独具特色，但也仅限于告诉观众，我们是有这些东西的。"中国元素"的运用只停留在表面层次，而没有发挥它真正的价值，电影也便缺少了使人思考、品味中华文化魅力的动力。

在"中国元素"的运用上，一些外国电影反而有独到之处，比如《哈利·波特与死亡圣器（上）》。这部电影以赫敏的讲述为旁白，以中国特色的皮影作为表现形式，生动地将"死亡圣器"的故事讲给观众。在影片昏沉阴暗的主色调中突然增添了一抹亮色，给人以视觉的冲击，同时也令人感受到皮影的魅力。相比于真人演绎，做成皮影的效果更加生动，亦可以抬升整部电影的格调。这样的融入"中国元素"，是真正做到了有机结合，而不是因为这个地方"可以用"，才使用了这样的表现形式。

如果说文艺作品是一架庞大的机器，"中国元素"则应该在其中扮演"齿轮"的角色，而非成为机器的"喷彩"。若只在机器表面做文章，则会让观众产生缺乏内涵之感，而这种内涵的缺失又是情节的跌宕起伏所无法补足的。作为中国人，我们对于那些隐藏在中国版图各个角落的中华文化的认知自然强于多数外国人，我们需要的只是取舍它们的"慧眼"，正如韩愈在《马说》里讲的，"千里马常有，而伯乐不常有"。

"中国元素"便是一匹不好驾驭的好马，对于"中国元素"的运用，重要的部分在其精髓，而非外在的表现形式。为了驾驭这匹"烈马"，"缰绳"亦可以源自外国一些较为成熟的技法，以使"中国元素"更加完美地展现出"千里马"之力。如此，不仅是观众，甚至创作者本人，都能在理解中华文化上获得提升。然而不可以忘记的是，"缰绳"终究只是"缰绳"，若是以"缰绳"为主、"千里马"为辅，大约结局只能使其"不以千里称也"了。因此，选好"缰绳"，驾轻就熟地使"千里马"奔向世界，是我们应当致力的。

（《京华时报》2016年7月21日）

先生的"诤言" 远逝的雷声

◎易中天

当今中国，不但鲜有参天大树，就连灌木和小草都快没了，多的是水泥和塑料——水泥的脑袋，塑料的眼睛。

吴冠中先生走了，他走得很寂寞。尽管媒体的反应相当强烈，悼念的文章也会铺天盖地。但社会的关注终归有限，公众的热情也终将消退。何况对于一个有思想的人来说，关注的多少并不是问题。不被理解，才是最大的寂寞。因此，冠中先生将默默远去，连同他的"雷声"。

我不想讨论究竟是"笔墨等于零"，还是"没有笔墨等于零"。也许都对。我也不想讨论中国美术是不是"比非洲还落后"。那根本就说不清。我只想问：先生言此，难道是为了"炒作"？难道他说出的不是"诤言"，而是"寂寞"？当然不是，不过鲁迅的精神在血管中奔腾；何况"怪异"的背后，还是深刻与尖锐。那么，泱泱大国，忧心忡忡如先生者，为什么寥寥无几？先生这些"雷人"的话，又为什么没有带来暴雨倾盆？

因为没有云。晴空霹雳，注定是"只打雷，不下雨"。

没有云，是因为没有水。没有水，是因为没有树。没有树，是因为种树的周期太长，远不如水泥和塑料来得快。所以，什么"十年树木，百年树人"，也就是说说而已，谁耐烦等那么久？还是"大干快上"的好。大学要扩招，学位要速成，职务要坐直升机，大家都要削尖脑袋挤进排行榜。主管部门就像养鸡场的老板，天天数鸡蛋。学生和论文则像流水线上的产品，被批量生产出来。结果，当今中国，不但鲜有参天大树，就连灌木和小草都快没了，多的是水泥和塑料——水泥的脑袋，塑料的眼睛。

这就注定不会有思想，也没有人会去关注思想。思想有什么用呢？能帮我们找工作吗？能帮我们还房贷吗？能帮我们拉到客户吗？能帮我们脱颖而出吗？不能。那又何必！所以，即便是讲先秦诸子，都恨不得你能扯到市场营销上去。总之，我们需要的，是生财之道、竞争策略、职场经验和政治权谋，顶多再加一点"心灵鸡汤"。思想？还是算了吧！

所以，这不是一个产生思想的时代，甚至不是一个思考问题的时代。何况就算有思想，又如何呢？塑料的眼睛也看不见，水泥的脑袋也想不通。

我无意批评大众，大众并没有什么错。首先，对于任何人，谋生都永远是第一位的。如今的就业和生存是那样的艰难，你不能站着说话不腰疼。第二，大众选择什么、关注什么，是他的公民权利和自由。你不能因为他不知道吴冠中，就说人家低俗。第三，我们也不需要那么多思想家。如果中国的成年人都变成了思想家，那才叫作灾难。当然，这绝不等于说，大众就不能有思想，不该有思想。只是说，他可以不思想，有权不思想。

但，一个国家，一个民族，可以"不都思考"，却总要"有人思考"。按照社会分工，这个任务，就交给了所谓"精英层"和"知识界"。如果这个阶层和界别的人，居然也是水泥的脑袋、塑料的眼睛、满腹的功利、一脸的麻木，我们这个民族，还有没有希望，有没有明天？这可真是不能不思考的问题。

斯人已逝，雷声已远。独立思考的人，将永远寂寞。问题是，我们还能听到那样振聋发聩的声音吗？

遂套用徐志摩《再别康桥》，以此悼念吴冠中先生——

寂寞地你走了，

正如来时之寂寞。

寂寞地离开这个旋涡，

不带走一丁点笔墨。

（《新京报》2016年1月16日）

这字不让写，你给换一个！

◎张佳玮

中国专制王朝时期，有些字是不能写的。

首当其冲，便是君王名讳，必须讳掉，不能说，不能写。真的逼急了要用，行，改个名字呗！你说凭啥我改名啊？没办法，一怪你父母给你起这名字，二怪你不是天子之尊，要不然，就是你逼别人改名字了！

汉末有个谋士叫蒯彻，劝韩信起兵谋反，未遂。后来司马迁写《史记》，说这人叫蒯通。只因汉武帝刘彻名字里有彻字，蒯彻只好改名了，可怜。

柳宗元《捕蛇者说》里，有句话叫作"以俟夫观人风者得焉"，"人风"是个什么玩意？实际上是"民风"。只因为唐太宗李世民这名字搁在这儿。

所以按这个逻辑，后来清朝皇帝，给孩子起名，什么允禛颙琰，什么奕詝溥仪，有一点是好的：不是日常用字，不影响老百姓写字。不然，老百姓这也要避讳，那也要避讳，日子也过不了啦！

自然，单是避讳一下名字，那可还不够。专制王朝，最恨的就是一帮子文人，善于望文生义，指桑骂槐，简直要不得。最恨的是哪种呢？代指。

白居易写《长恨歌》，明明是唐玄宗，然而一开场，"汉皇重色思倾国，御宇多年求不得"，之后就洋洋洒洒，全都是要默写要背的课文。好在唐朝风气也比较开放，虽然明知道你在写什么，但凡别指着天子鼻子，指名道姓地骂，也就过去了。

但到了宋朝，文人们互相要揪起来，就不得了了。文人最善于检举文人了。苏轼写一首诗说桧树，所谓"根到九泉无曲处，世间惟有蛰龙知"。王珪去跟宋神宗咬耳朵："陛下您飞龙在天，苏轼觉得您看不上他，要去跟蛰龙说事。"这就属于没事找事。但是天子呢，宁可信其有，不可信其无嘛。

清朝呢，敏感的字词更多了。可恨那时候，还没有敏感词检索机制，很难直接屏蔽，比如你用智能毛笔，写一个违禁词，立刻被刷掉，多方便！好在有狡猾的读书人，懂得去告状。

清朝有位佘腾蛟，写过两句诗，叫作"为何虬髯翁，年年钓绿水"。江西巡抚一位姓胡的，就检举他要谋反。乾隆爷看了，觉得屁大点事，很不以为然。胡巡抚很作死，还特意给乾隆爷上课："虬髯客是风尘三侠之一，是曾存心企图搅翻隋朝的义士；现在这个姓佘的感叹虬髯翁只好钓鱼，就是想谋反而没气刀……"

然而乾隆爷一辈子写过四万多首诗，最觉得自己有学问，你居然来给他讲典故，反过来给他上课，真是活够了！于是乾隆爷把胡巡抚骂了一通，说是吹毛求疵，就过去了。

当然，从那以后，中国文人还是多少懂得了，要代指。要写什么事，都说是前代，不敢说本朝；要描述哪位大人物，也得指东画西，不好明说。

凡是读过中学语文的，都会恨文人写字，动辄用典，烦人得紧。却不知道在那时代，许多话是不好明说的，只好找人当靶子呗。

关于历史人物的臧否，也是要地覆天翻。比如洪秀全，晚清的时候，那是妥妥的长毛反贼，无须细表；民国时，梁启超先生、孙中山先生与胡适先生，对他就有个翻案了。因为立场不同，所以得借人说事。

更好玩的，是李自成，被拿来做靶子用了。

1944年1月，《新华日报》请翦伯赞等诸位先生，去到郭沫若先生在重庆天官府4号的寓所商讨。3月，郭沫若先生发表了《甲申三百年祭》，说朱明王朝的覆灭，是历史的必然，再歌颂了李自成领导的农民起义。具体想说些什么，李自成农民起义在1944年指代的是什么，一望而知。

12年后，1956年，金庸先生写了《碧血剑》，也借袁承志之眼，看到了明末故事，看到了李自成进京，却也看到了李自成势力内部功成之后的骄横与粗野。于是袁承志最后远避海外去了。

哪位说了：这么有话不好直说，只好找其他字来代替，最后能达到什么目的呢？

话说，后羿的老婆，奔月的那位嫦娥，原来设定叫姮娥。因为要避讳汉文帝刘恒的名字，改了。如今时间久了，大家都想不起她原来叫姮娥了。

您看：你老是没法有话直说，只好借别的字说事，最后，大家就会忘了你原来想说的那些东西了。

这就是古代帝王们想要的效果。

（《澎湃新闻·思想》2016年1月20日）

中国的圣人们红起来了

◎程丹梅

最近一段时间里，中国的圣人们在西方很受欢迎，似乎比本地区的黑格尔、康德还更多地被提及，弄得我脸上似乎也跟着有光起来。

包括孔子学院在内的许多教材里，人们都很用心地、一段段地用德语翻译孔子、庄子、老子们的只言片语，很让大中学生们受益，也让汉语老师们省却了不少气力去找课外辅导材料。

在一次德国朋友聚会上，有人叽咕了一句话，然后说这话来自孔子，并把目光转向我。我张口结舌了半晌，在脑子里过了好几遍才发现是那句"三人行，必有吾师焉"的德语版！这句话对于中国人来说无人不知，但是用德语一说，好像变成了另外的意思，有些怪怪的。

当然，引用哲人的名句是世界人民共同的爱好。

西人最喜引用中国孔子、庄子、老子的语录。汉堡有一个叫Ida-EhreSchule的学校，设有中文专业，那儿的德国学生愣是用中文演了一场话剧版《庄周梦蝶》！而在一个音乐会的开幕式上，我听到德国一个长官模样的人致辞时引用了大段孔子的话，然后介绍说他是具有大智慧的人如何如何。因为是用德语说的，我寻摸半晌也没对上号。咳，我脑子里没有那个词条。惭愧！

中国人也擅用西方哲人的思想来给自己佐证或者显示自己的博学，如康德、黑格尔等。有了他们，似乎论证更像论证了，哲学也就更像哲学了。据说法国的高考试卷里曾有让学生分析哲学家思想的题目，让考生很头疼，也引起很强烈的不满，觉得那些深奥的理论连教授都难以论述，竟然用来为难孩子。

有趣的是，我在法国北部的布列塔尼一个被称为保留得最完整的中世纪城市里，惊奇地看见了在一家名为LeCentere的饭馆外墙上，张贴着的一段落款为"孔子"的广告："人有两条命，发现只有一条时，第二条就开始了。"这是用法语写的，我先生给我做了翻译，我立即拍发到微信群，说："我无知，寻遍大脑无果。谁能找到原文？是法国人编的吗？"最终没得到回答，至今无解。

一个晚上，坐在法国贝诺代海湾边的一条长椅上，我突然看到了有鱼儿跃出水面，画出了一个弧线。我急忙对身旁的先生说："瞧啊，鱼儿跳出来了，肯定是高兴了！"先生眯着他的蓝眼睛说："你怎知鱼儿的快乐?!"

随后他告诉我说，那是庄子和他学生有过的对话。

我被吓了一大跳！

这一系列的中国哲学现象让我忆起一件事来：若干年前，一所德国学校要做纪念册，因为该校和中国有交流，所以领导找来自己喜爱的、跟教育有关的德语孔子语录来，希望能被翻译成汉语印在纪念册的扉页上。这事落到了一个中国人身上，真是害苦了他。这位先生翻遍了《论语》，搜寻了网络，就是找不到和那段德语相对应的中文原文。如何是好呢? 这人也聪明，反正他们德国人既不认识中文，也无从证实，不就是找段话做做样子吗? 人家老先生自作主张编了一段话，还是文言文的，算是完成了任务。我最后没看到那本纪念册，不知那段"现代文言文"下面是否带了破折号外加"孔子"的字样。

若是我，一定不敢这么做。谁敢冒充孔圣人呢?!

（《光明日报》"文荟·大观" 2016年1月15日）

书生的白日梦

◎罗建兵

郭沫若评价《聊斋志异》时说了一句话，"写鬼写妖高人一等，刺贪刺虐入木三分"。在《聊斋》里，蒲松龄写了很多妖狐鬼怪，而这些妖狐之类又往往是和书生联系在一起的。几乎在蒲松龄的每一个故事里，都有一个落魄书生的影子。

蒲氏笔下的书生都是文质彬彬，饱读诗书，但经济上一贫如洗，家徒四壁。为了博取功名，到了一把年纪也没有成家，每天在破庙般的陋室里攻读，以期一朝考取功名，光宗耀祖，扬名乡梓。而在书生最落魄的时候，就会有一个貌若天仙的年轻女子飘然而至，陪伴着书生，为他洗衣做饭，共读经卷。这个美女当然是狐狸。但即便如此，书生也非常开心。

其实，聊斋里的书生都有蒲松龄自己的影子。蒲松龄虽年少聪慧，却一生穷困潦倒，到中年时才在乡绅毕际友家当家塾先生，并且一待就是30多年。远离家乡，不能与妻子谋面，在毕家每天看到的是一些年少的丫鬟。这时他对爱情的幻想就格外强烈。

聊斋故事里书生与仙狐的恋爱，是蒲松龄深受传统文化影响的结果。在读书人眼里，人生最得意的事，除了读书及第，就是娶"高门大姓之女"了。对爱情的渴望、人生的苦难、孤独的压抑，最终幻化成一个个梦幻般的美丽、奇情故事。

如果我们看远一点，就可以发现蒲松龄的幻想也是历代中国读书人的白日梦。屈原在《离骚》里写了许多香草美人，有人比附说是写对君主的忠心，而我看很可能就是对美好爱情的向往和追求。

李白一生漂泊不定远离亲人 每天斗酒三千出口成章。他的梦想就是有朝一日辅助君王，成就一番事业。但在长安待了一年后，李白就离开了。当朝的君王只需他写写歌功颂德的诗句就行了。李白非常失望，怅然离开，继续漂泊生活。李白的功名梦也就成了泡影。

自古以来的读书人可分两类。一类读书出名，学而优则仕，走上仕途。一类默默无闻，一辈子从事普通的教学科研技术工作，成为一个书呆子。极少数做了高官的，读书的往事不堪回首，当今只一心仕途，每天笑意盈盈，点头哈腰。博得了领导欢心，自然前途似锦，金钱有了，事业有了，美女也会向你投怀送抱。

至于大多数的读书人，则没有这样的好运了。一般来说，读书人脸皮薄，宁愿过得穷一点，也不愿去巴结权贵。既然你喜欢清高，就让你清高去吧，领导们身边自然有数不清的人围着转。于是，这种读书人只有青灯黄卷相伴，一辈子穷困潦倒了。你做的事情再多也是微不足道，你做的学问再深也是无人问津。如果你生活在穷乡僻壤，一个月赚不了几个铜板，别说事业，很可能连老婆也讨不到。如果生活在城里，最多也只能娶一个普通女子，过过平平淡淡的日子。至于功名，就别提了，你只有被差遣卖命的份。聊斋里的美女你是看不到的，因为这些美女都被第一类读书做了高官的人抢去了。

（中国作家网2016年1月11日，网址：http：//www.chinawriter.com.cn/yc/2016/2016-01-11/155646.shtml）

正襟危坐的理由

◎陈　益

　　正襟危坐，是古人在社交场合的一种姿态——整一整衣襟，端正地坐在椅子上，一副神情严肃的样子。这椅子也有讲究——用紫檀、花梨或乌木制成的官帽椅，质地很硬，端坐在那儿，无法斜倚，也无法伛偻，只能让身躯挺直。这看起来有些拘谨，不如我们想象的那么舒适，其意义却远远超出了以端坐避免驼背、脊柱侧弯和含胸，而在于显示道德伦理的方正。

　　中国人历来以方正为本，以方正为规。无论是宫廷、庙宇建筑，还是家居厅堂，两厢都依照中轴线依次延伸。形体正直的美学观念，恰恰透现了儒家的人文道德取向。"明主者，有法度之制，故群臣皆出于方正之治，而不敢为奸"（《管子·明法》），圆者中规，方者中矩，正己者才能正人。

　　明代苏州人文震亨的《长物志》，被看作是晚明江南文人列举家具品种兼及使用、鉴赏理论的典型文字。吴兴沈春泽的序言"几榻有度，器具有式，位置有定，贵其精而便，简而裁，巧而自然也"，说的就是室内的家居陈设，必须跟主人的生活意趣、思想格调相吻合。江南有句老话，"立有立相，坐有坐相"，这是对人的一个起码要求。

　　昆曲《鸣凤记》有《河套》一折，主要角色是太师夏言和奸相严嵩，另外两个官员作配角。这是一场舌辩戏，始终坐着唱念。但坐法非常有讲究。太师夏言官职最高，端坐在中间椅子上，呈现威严大气。他的袍下露出八字式双脚。严嵩的官职在他之下，因为心怀鬼胎，色厉而内荏，所以坐在椅子上，只伸出一只脚，另一只脚则缩在官袍里。另外两个官员，在他们一枪来、一剑去的交锋中，感受到言辞的分量，不由自主地谨慎，连一只脚尖都不敢伸出来。整个舞台上，只能看到三只脚。三只脚，体现了坐姿，却也以形传神。

　　苏东坡《赤壁赋》，水光月色中苏子与客泛舟于赤壁之下。苏子愀然，正襟危坐，与客人一问一答。客人从赤壁的月夜想到曹操的诗章和赤壁的鏖战，都成了往日陈迹，联想到"吾与子"何能长存，于是生出无限哀愁。苏东坡却以眼前的水月作比喻，阐述了变与不变的道理，显现了内心世界的旷达："且夫天地之间，物各有主。苟非吾之所有，虽一毫而莫取。惟江上之清风，与山间之明月，耳得之而为声，目遇之而成色，取之无禁，用之不竭，是造物者之无尽藏也，而吾与子之所共适。"

无尽藏，出自佛家语"无尽藏海"——像海一样能包罗万象。有如此心胸，又何必托遗响于悲风！

时至今日，明式红木家具依然为人们所追捧。但是不少人往往用以炫奇斗富，却把正襟危坐的气度忽略了。这未免令人扼腕。一个不能在椅子上坐正的人，又如何有棱有角地处世呢？

（《文汇报》"笔会"2016年2月25日）

游戏乎？演戏乎？

——谈谈如今的某些婚礼

◎过传忠

从媒体上得知北京某知名高校的一位校长因女儿的婚礼过于奢华而被免职，不禁忆起近年来所出席的一些婚礼。有些婚礼已成为一种买卖，甚至已是权钱交易的一种模式，这里且不去提它了。撇去钱财，单从婚礼本身而论，这些年的种种变化，细想起来也不由得感慨系之，骨鲠在喉，且在此一吐为快吧。

婚姻自古就是件大事，"夫妇之际，人道之大伦也"（《史记》）。至于婚礼，作为一项礼节、一项仪式，担负着"上以事宗庙，而下以继后世"（《礼记·婚义》）的重任，本当是一桩郑重严肃的事。它是喜事，自然不能板起脸孔拘谨从事，但它绝对不是一场游戏，一对新人更不是逢场作戏的演员，任何虚假、调笑乃至胡闹，都是格格不入的。然而，近年来有些婚礼，甚至花了重金请一些婚庆公司来主持的婚礼，却恰恰把它办成了"游戏"＋"演戏"。

且从以下几个方面简述之——

光怪陆离的氛围。科技的新发展在很多场合越发显示出声、光、电的威势。于是，有些人就把它们移植到婚礼上：忽明忽暗、闪烁不定、幽冥怪诞的灯光，不仅冲走了应有的光亮和暖意，甚至连新娘什么样子都看不清了；高分贝的不中不西的大喇叭的喧嚣，不仅谈不上什么美感，连同桌人的对话都很难进行；能播放些有价值的录像当然是好事，但操作得变幻莫测又使人感到在故弄玄虚……总之，嘉宾们似乎进入了游乐场或马戏城，一股说不出的"窝塞"。

烦琐冗长的程序。如今的婚礼越拖越长，花样越变越多。发表誓言啊、交换信物啊、同开香槟啊、共切蛋糕啊、接受礼品啊……一对新人上上下下进进出出真忙得可以；而从主婚的双方父母，到有一定身价的证婚人，到当初促成好事的介绍人，直到新人自己……人人都要讲话，讲话内容又大同小异，难怪嘉宾们真要有些不耐烦了。

逢场作戏的表演。婚姻是人生的重要组成部分，贵在一个"真诚"。可在这类婚礼上，新人成了演员，从站在饭店门口展示"亮相"，到与众多宾客一一合影，再到入场后的种种环节，真不下于演一部戏的分量。新娘子连服装都要换个几套，更不要说还要每桌都得去敬酒呢（敬烟现在少见了，总算得到一次解放）！这样的表演真够累的，但能体现真情吗？能促进人际的交往吗？逢场作戏而已。

粗俗浅薄的游戏。对以上种种，主持方面还嫌不够，于是又添加了游戏、演出和摸彩。所演的节目，尤其是混杂其间的起哄，往往出格；而形形色色的摸彩，虽拢住了一些宾客，但更把婚礼变成了商场。

莫名其妙的主持。最后，必须说一下主持人，因为他们是婚礼的策划者和实施者。应该说，他们水平不一，各有神通，但有一通病，就是油嘴滑舌，着意卖弄。这跟对婚礼的定位有关，商业化的东西不是哪位个人能扭转得了的。至于个人信口开河、胡说八道，那就更要劝其收敛了。我就亲耳听一主持人对着新娘喊："王小姐，从今天起你就该叫'张王氏'了，再叫你'王小姐'，你就不要睬他。"真是拿肉麻当有趣。

20世纪50年代，上海著名滑稽艺人笑嘻嘻和沈一乐曾演过一出《老式结婚》，对旧社会婚礼上的种种不当，极尽揭露嘲讽之能事，取得了很好的效果。看来，如今该演一出"最新婚礼"了，不知哪位艺术家愿担此重任。

我这里说的是上海的事。据说在外地，尤其是某些农村，从婚礼直到闹房，更是花样百出，有的简直成了声色表演的闹剧。这固然反映了我们社会风气的堕落，也更说明，移风易俗，树立真善美的价值观，真是当务之急啊。

（《新民晚报》"夜光杯" 2016年2月2日）

压岁钱

◎田东江

任何一种民俗都要经历演变，未必一定是"进"，也会有"退"。演"进"的是良俗，演"退"的则是陋俗。压岁钱原本作为一种象征，却演变成衡量人情厚薄的一种载体，极端的还成为腐败的一条通道，这就失去了原初的意义。

春节刚过，关于压岁钱就出了则轰动性的新闻。江苏启东一个10岁男孩因为压岁钱被父母悉数"没收"，以离家出走的方式表达自己的愤怒。有网站旋即就压岁钱到底该由谁来管这一话题展开民调。截至2月17日下午2时，已有13471人点击参与。

压岁钱这个风俗起源于何时不大清楚，但"压岁钱"这个名词估计清朝才有。这样说，自然囿于自身的识见，因为我所看到的提及"压岁钱"的史料，均出自清人之手。

富察敦崇《燕京岁时记》说的是清代北京的岁时风俗，可能最早提到"压岁钱"。道是"以彩绳穿钱，编作龙形，置于床脚，谓之压岁钱，尊长赐小儿者，亦谓之压岁钱"。以彩绳穿钱，因为那个时候的钱还是"孔方兄"，有孔可穿。形容钱粮富足的成语叫"贯朽粟陈"，其中的"贯朽"，就是穿钱的绳子都朽断了，钱多得用不过来。

顾禄《清嘉录》说的是清仁苏州风土，"长者贻小儿以朱绳缀百钱，谓之压岁钱"。为了表明此俗不为苏州所独有，顾禄还征引了不少外地学者名士的相关句子，如陈迦陵之"且充压岁之钱"；王茨檐之"不惜金钱分压岁"；蔡铁翁之"铮铮排户投琼响，半掷床头压岁钱"；吴曼云之"百十钱穿彩线长，分来角枕自收藏。商量爆竹饧箫价，添得娇儿一夜忙"，等等。

梁章钜《归田琐记》记了件趣事。朱珪曾经是嘉庆皇帝的老师，七十多岁了。某年除夕，"有门生至家，与公谈岁事"，老先生"举胸前荷囊"说："可怜此中空空，压岁钱尚无一文也。"然而未几，门人端着东西进来说："此门生某爷某爷所送若干封。"这老先生又说话了："此数人太呆，我从不识其面，乃以阿堵物付流水耶?"

以上无论是书之作者还是里面征引涉及的人物，都是清朝的学者名士之属。和今天的压岁钱相比，可以看到同与不同之处：一、原初的压岁钱并不是接过来揣进兜里，而是置于床脚或放在枕边。二、因为收到的是"硬币"，都要用彩绳或红绳串起来，"荷囊"或是过渡载体，但"红"的要素已经具备。三、压岁钱既适用于"小小孩"，也适用于"老小孩"。

压岁钱，实际上可能是压祟钱。祟者，鬼怪也。在民间传说中，"年"是一种凶猛的怪兽，每到除夕就出来为害。久而久之，人们发现有三件法宝可以对付它：贴红对联；燃放爆竹；户户灯火通明，守更待岁。压祟，是要避凶；祟、岁音同，压祟钱就成了压岁钱，其本意正该是避凶。置于床脚或放在枕边，亦可说明问题。鲁迅先生《从百草园到三味书屋》中长妈妈讲了个老和尚治美女蛇的故事，就是给"读书人"一个装着飞蜈蚣的小盒子，告诉他"只要放在枕边，便可高枕而卧"。除夕之夜，"避凶"的同时还可以看到"趋吉"的做法，那就是一些地方的"压岁盘"（所谓"长幼度岁，互以糕果朱提相赉献"）、"压岁果子"（所谓"置橘、荔诸果于枕畔，元旦睡觉时食之，取谶于吉利"）。这两种"压岁"习俗，宋朝就有了。《梦粱录·除夜》云："是日内司意思局进呈精巧消夜果子合，合内簇诸般细果、时果、蜜煎、糖煎及市食。"还引用了吴曼云的诗句："闽荔干红邓橘黄，深宵酒醒试偷尝。听郎枕畔朦胧语，新岁还君大吉祥。"守岁的历史就更悠久了。晋朝周处《风土记》已经提到，除夕夜"大家终夜不眠，以待天明，称曰守岁"。不过如果一年到头，"三十六旬都浪过，偏从此夜惜年华"的话，席振起的这两句就足以振聋发聩了。

有人说，唐朝的"洗儿钱"就是压岁钱，百度词条中关于压岁钱或红包的解释基本如此。谬矣。《资治通鉴·唐纪三十二》这么记载的：玄宗天宝十年（751）甲辰安禄山生日，"上及贵妃赐衣服、宝器、酒馔甚厚。后三日，召禄山入禁中，贵妃以锦绣为大襁褓，裹禄山，使宫人以彩舆舁之"。玄宗听到后宫很热闹，问怎么回事，"左右以贵妃三日洗禄儿对"。玄宗自己也跑去看热闹，看得高兴，乃"赐贵妃洗儿金银钱，复厚赐禄山，尽欢而罢"。这是当时的一种习俗，婴儿生后三日或满月时亲朋会集庆贺，给婴儿洗身，叫作"洗儿会"；亲朋赐赠给婴儿的钱即"洗儿钱"。然而具体到唐朝宫廷中的这出戏码，却完全是杨贵妃与安禄山两个在瞎胡闹。

任何一种民俗都要经历演变，未必一定是"进"，也会有"退"。演"进"的是良俗，演"退"的则是陋俗。压岁钱原本作为一种象征，却演变成衡量人情厚薄的一种载体，极端的还成为腐败的一条通道，这就失去了原初的意义。这就是说，压岁钱正有演"退"的趋向。

（《南方日报》"评论"2016 年 2 月 18 日）

恻隐与忏悔

◎苍　耳

　　人心中有一种隐秘的震颤叫恻隐；更有一种静默的自省与低语，叫忏悔。齐宣王看到将宰之牛从庭间走过，不忍看到它发抖的样子，命令牵牛者放了它，建议祭祀以羊替之。从恻隐者看去，那临屠之牛是会流泪的，甚至它们的叫声也含有一种哀求。孟子对齐宣王"见牛未见羊"稍有不满，但他知道齐宣王有善根，只是偏重直感，看到待宰之牛发抖尚能发慈悲，比之那些以嗜血为乐的君王，不知要好多少倍。

　　人心是肉长的。但屠夫的心也是肉长的。屠夫看到牛和羊，会加倍生出一种淋漓的快感。时间一长不宰个两头三头的，手心便会发痒。我想到孟子的伟大，在于他两千年前就穿透人心的肉膜，直抵看似虚无的人性的内核。恻隐从来是看不见的，也听不见。但孟子指证了它的存在。它是人之为人的隐秘本质，更是人性的基点。想想也是，世人何曾指望过屠夫忏悔？所谓放下屠刀，立地成佛，究竟只是劝诫，史上何曾见过成效！

　　有人认为中国文化基因中缺少忏悔和赎罪的传统，因为它属于乐感文化。支撑这种乐感文化的是"实用理性"，所谓乐天知命，否极泰来，讲究实用、实惠，讲究变通、用权，缺乏的是耻辱感和罪恶感。而西方属于罪感文化，西德总理何以下跪，德国人何以全民忏悔并自新，原因在此。

　　在笔者看来，对一种文化进行总体概括固然有益，但实在又相当危险；而将一种精神行为"挂"到这种本来就不靠谱的漂亮的文化"壁钉"上去，怎经得起"历史"的推敲？反倒给人大而化之、惰于思考的嫌疑。以德国为例。倘孤立地看西德总理勃兰特那惊人一跪，确实称得上真诚忏悔。但仔细一想，日耳曼人发动了第一次世界大战，战败后若及时忏悔，也不至于发动第二次世界大战，不至于后一次战争更加灭绝人性，更加反人类。

　　在这个过程中，"罪感文化"怎地不起一点作用？还有，同样隶属于日耳曼文化，二战后的东德和西德在忏悔上的表现截然不同。东德当局似乎具有天生的免疫力，不仅不忏悔，而且对柏林墙的偷越者杀无赦。昂纳克参加过反抗纳粹的运动，并为此蹲过大牢。后来他组织修建柏林墙，从受害者变为施害者，对柏林墙下的死难者毫无怜悯之心。苏联解体后，昂纳克从莫斯科被引渡回国，关进柏林一所监狱——正是当年他反抗纳粹时被关押的地方，但他毫无忏悔的表示，还抱怨："怎么能昨天还是国宾，今天就沦为囚徒了呢？"

事实上，文化必透过政治体制和国家意识形态才能发挥作用。与之相斥的文化传统往往被遮挡在外，很难调节人们在现实处境中的心理和行为。当反孔和灭佛成为时代政治，无神论成为国家意识形态，强大的儒家传统和佛教思想也很难发挥作用。东德人与西德人在悔罪上如此不同，首先在于政制和观念截然不同。西德的政制延伸到了当今德国，更多的德国人接受了民主宪政和宪政民族主义。

从另一个角度说，东德的政治理念和意识形态"闷杀"了恻隐之心。据后来公布的一份七页长的执勤指示档案（1973年10月1日）显示，东德当局下达了命令："对使用射击武器，不要犹豫不决，即使有妇女儿童突破边境时也一样，因为叛国分子经常利用他们为自己服务。"在这堵无形绵延的柏林墙面前，东德士兵只能成为冷血杀手。

孟子说："无恻隐之心，非人也。"由此观之，一个无恻隐之心的人拒绝忏悔，倒并不反常。倘说文化传统的影响，在笔者看来，国人的观念里面只有宗族、集团、派系等集体意识，缺乏的恰恰是独立的个人意识。对于天灾，以杀生祭神来加以解决；对于人祸，罪责皆归之于某个"集团"。因而，每当充斥出卖和背叛、无知和暴力的社会灾难过去后，必涌现无数的控诉者和受害者，却鲜见任何个人对此承担罪责；苦难经历被"高调"成"青春无悔"，进而上升为"苦难美学"；即便在回忆录中也选择性地还原历史，不敢正面触及内心的阴暗，更谈不上灵魂的考问。

李大钊早年曾说过，"俄国大哲托尔斯泰诠释革命之意义，谓惟有忏悔一语足以当之。今吾国历更革命已经三度，而于忏悔之义犹未尽喻"。中国知识分子曾将托翁的《忏悔录》奉为圭臬，延安知识界宣传最多的贵族作家便是托翁。然而中国知识分子所走之道路与归宿却发生橘枳之变，从革命直到变革，于忏悔之义尽喻否？

（《财经》2016年第3期）

"饶舌"时代

◎黄桂元

"舌头"的功能，无非就是吃饭与说话；美食家与说客的出现，是这两种功能的精彩延伸。随着现代大众审美需求的变化，舌音的分贝不断加大，大有一枝独秀之势。人们由"舌头"获得的快感与日俱增，"大音希声"的典训正在沦为笑柄。

我们正生活在一个"饶舌"时代。中国传统文化词典里，古人对于"舌头"的观瞻其实并不美妙。与"舌"有关的成语或俗语可达百位数，诸如油嘴滑舌、摇唇鼓舌、巧舌如簧、鹦鹉学舌、赤口毒舌等，多为贬义。《诗经·大雅·瞻卬》载："妇有长舌，维厉之阶。乱匪降自天，生自妇人。"封建社会休妻规定的"七出"中，有一条就是针对"长舌妇"的。其实，"长舌妇"并非是专指女人，舌长事多，男女不限。因此先哲总是强调谨言慎行：苏格拉底甚至告诫弟子，说话前要用三个筛子筛一下；"讷于言而敏于行"，在孔子看来是一种君子的美德。

不过，也有一些古代的谋略家、雄辩家格外信奉"一言之辩，重于九鼎之宝；三寸之舌，强于百万之师"，并演绎出许多为后世津津乐道的传奇故事。他们相信汉字中的"赢"，由亡、口、月、贝、凡几个字组成，而"口"在中间位置，就起统领作用。战国时期最著名的说客是苏秦、张仪。苏秦最初相当落魄，以至于"妻不下纴，嫂不为炊，父母不与言"，但他游说列国合纵抗秦后，佩六国相印，名震天下，凯旋途经家乡洛阳，家人皆匍匐在地，不敢仰视，由此才有了苏秦讥讽其嫂的"何前倨而后恭也"的著名桥段。张仪最先也不得志，曾被怀疑偷窃而遭楚相"掠笞数百"，家人羞辱有加，张仪却问其妻："视吾舌尚在否？"并踌躇满志地自答曰"足矣"，后来硬是凭借口舌之劳获得成功。此外，毛遂自荐救赵于危，晏子使楚不辱使命，张良"以三寸舌为帝者师"，诸葛亮"隆中对策""舌战群儒"，凡此种种，其人生亮点，皆拜舌头所赐。相传鸠摩罗什在自己大限将至时，曾起誓"假如我所传的经典没有错误，在我焚身之后，就让这个舌头不要烧坏，不要烂掉"，果然灵验。

看重"舌头"的魔力，"老外"的疯狂程度往往更甚，堪称登峰造极。法国人拿破仑相信"一条舌头能抵300支毛瑟枪"。美国人卡耐基则断言："一个人的成功，15%是靠他的专业知识技能，85%是靠口才和交际能力。"此言风靡全球，已成为现代"成功学"的一大宝典，仅在美国就有数百所大学设有口才培训课程。

这一切似乎证明，"舌头"完全可以为人生圆梦带来一本万利的收获。因此，"舌功"正在覆盖几乎所有行业，谁都希望自己既是舌尖上的美食家，更要唇舌好使，能说会道。各种电视讲座、清口、直播、选秀、比赛、辩论、感言、现场告白等，舌音流转，不绝于耳。"爱要大声说出来"，爱情字眼就像某一时期的口香糖，随处可见，"舌"吻更成了寻常风景。

"舌头"里有蜜，也有"毒"。在古代汉语中，"毒舌"最早是指有毒的舌头，不会被单独使用，只是成语"赤口毒舌"的组成部分；如今，本来恶毒阴辣的"毒舌"一词，被褒成主持人的高智商，取悦大众。毒舌名嘴如雨后春笋，层出不穷。

邮递马车的岁月，"大美无言"是一种大境界——"俱往矣"。"饶舌"时代，人们一上镜就来神儿，一张嘴就兴奋，躁动的"舌头"正在成为时尚。但我愿意现代人少一些焦躁，多几分澄明；毕竟，荷尔德林笔下的"人充满劳绩，却诗意地栖居在大地上"的生活状态，是人类真正向往的家园——抵达之，仅靠"舌头"的快感是不够的。

（《新晚报》2016年3月16日副刊）

造神·拜神·灭神

◎赵　威

世上自从有了人，也便有了神。

中国人造神很有一套。"家天下"后，世间最接近神的是君王，或者说他们是神在人间的代理，为了证明这一点，夏服天命，玄鸟生商，楚人尚凤，女修吞鸟蛋生下秦的祖先，汉刘邦则是母亲与蛟龙交合的产物……历朝历代的开拓者都强调自己具有神的血统，君权神授。"圣人以神道设教而天下服矣"，造神是为了"让天下服"，为什么服？《礼记》说"百众以畏，万民以服"，因为害怕，所以服。有趣的是，这些"半兽人"生前被呼"万万岁"，人神合一，威风凛凛，死后却没有一个被奉为神，反倒是那些不起眼的角色有了自己的庙。最典型的是，文有孔子，武有关羽。孔子生前是"丧家犬"，不受"神们"待见，说"子不语怪力乱神""敬鬼神而远之"，没想到自个儿死后却被当成神；关羽这个名副其实的常败将军，却被塑造成智勇双全、义重如山的武神。这两尊神，通吃华人圈。除了文庙和武庙，还有灶王庙、土地庙、城隍庙、药王庙、火神庙、龙王庙、瘟神庙、玉皇庙、东岳庙、圣母庙、天仙庙、二十八宿庙、马王庙……几乎生活中的方方面面都有分管的神仙。

那么，造这么多神干吗？为人服务。一是用来拜，二是用来赚。

拜神也就是跟神做交易，有什么样的需求，就拜什么样的神仙。因此，我们的造神文化就是"按需造神""按需拜神"。例如过去父母盼望孩子早日跃龙门，不仅要拜孔夫子的神位，一班圣门弟子也都被立了神位，旁边再挂上一副类似"德配天地，道冠古今"的对联。这样好吃好喝地供着，以保佑子弟早日登科。今日，互联网时代的拜神升级为数字化模式，不仅线下拜神香火不断，网络拜神也日渐风靡。每年中考、高考前，很多考试论坛都为家长开辟了做"法事"的页面，号称"考前拜一拜，分数长得快"，据说文殊菩萨，有求必应。古往今来，正因为拜神者热情万丈，神的信众广、香火旺，才让很多人热衷此道，迷恋造神，因为有得赚嘛！

把别人打造成神，对方是死人还好办，倘若是活人，就会有风险，因为神也会想：道高一尺，魔高一丈，你能让我成神，保不准对我"瘗毁于后"。于是，活着的神登上神案后，往往会过河拆桥，一巴掌把造神者拍死。这样，造神者沦为神坛上的祭品，那些围着"皇权神棒"起舞的开国功臣，有多少成了此类祭品？因此，造神造到一定境界，就要自己给自己造神，当一把神仙过过瘾嘛。于是，一夜之间，李一、胡万林、王林等各路"大师"不再是人，而是神，活着的神。"活神"吸引力更大，一干达官显贵、豪商巨贾、名伶大腕聚了过来，一时间神的朋友遍天下。然而，这类"自造神"往往来也匆匆去也匆匆，他们的"画皮"一旦被戳破，就变成万人捶的破鼓，那些拜神的就会蜂拥而上痛打落水狗。神灭也！

造神灭神，相生相伴。"从来就没有什么救世主，也不靠神仙皇帝"的时代来临了，然而神乎其神的事情却越来越多。"这个冬瓜实在大，产量足够一千八。没有大刀将它切，只有使锯二人拉"，可见神的时代并未走远。"横扫一切牛鬼蛇神"后，孔夫子成了孔老二，庙里的关帝也被开膛破肚，神的劫难到了，然而灭神谈何容易？只要拜神的土壤还存在，造神、灭神的游戏就会循环往复，只是我们这个社会实在经不起神的折腾了。

当然，做人难，做神也不易，神也有神的苦恼。神本来是给人用来做精神寄托的，没想到却被要求干这干那，成了人的"打工仔"。即便神自己不想干了，也会被人拽住不得脱身，试想你跑了或被别人灭了，还拿什么笼络人心？正是人和神的这种交易，让神不断有了新用场，致使造神容易灭神难哪！

（《杂文月刊（原创版）》2016年3月上）

读书·气量·冲淡

◎鲁先圣

古人说："艺多不养身。"是说要专心学精一门看家本领，在某一个领域达到较高的水准，才会触类旁通，才会对事物有真知灼见，取得成就。很多人读书很多，也博学多才，却没有独到的创造，原因就在于所学不精、所知不深。这种人常常炫耀自己的博学，但是实际上百无一用。

曾国藩官做得很大，但是他最看重的不是官位，而是学问。有一年他听说一个侄子纪瑞在全县科举考试中取得第一名，特别写信祝贺。他说："我并不希望我家世代富贵，但是希望代代出秀才。所谓秀才，就是读书的种子，世家的招牌，礼仪的旗帜。"

曾国藩还就读书说过一句话："书味深者，面自粹润。"意思是说，读书体味很深的人，面容自然纯粹、温润。

一个深入读书的人，必定心智高度集中，将人间里的一切杂事、琐事、烦心事，渐渐抛到身外，久而久之，在心中渐渐养成一股充实、丰沛的浩然之气。

读书可以彻底改变一个人。书可以医愚，可以益智，可以养生。看一个人，不需看他做什么，只要看他读什么书就可以了。

古代那些精通相术的人，甚至认为读书可以改变一个人的骨相。自卑的人，因读书而自信。浮躁的人，因读书而宁静。轻浮的人，因读书而深沉。愚鲁的人，因读书而明达。

其实，不论你身处哪里，只要你拿起一本书走进阅读，就走在了心灵修行的路上，何止是曾国藩的面容温润，而是具有了超凡脱俗的仙风道骨。

读书让人渐渐摆脱了面目可憎，具有了一种冲淡的气质。冲淡是一种人生的态度，也是人生的情趣；达观，则是一种人生的境界。让自己活得冲淡一些，并不太难，但是，如果没有过人的智慧与洞察力，人却不可能达观。

一个冲淡的人，自然拥有了一种气量。这是一个人接受、容忍他人批评的勇气与胸襟。清代学者钱大昕说："谤之无实者，付之勿辩可矣；谤之有因者，非自修弗能止。"他的意思是，别人诋毁批评你，无中生有，你不需辩解；如果诋毁批评得对，你只有自修改正才能不让别人再批评。

说得太好了，这就是一个人应该具备的气量。只有具备了这种建立在自信基础之上的气量，不断检点自己，才会周身散发出人格的光芒与魅力。

人非圣贤，孰能无过？谁敢拍着胸脯对苍天说，自己一辈子没有做过亏心事？没有，只要是人，就有七情六欲，就有性格的局限和人性的弱点。曾子说"吾日三省吾身"，就是要大家每天反省自己。《尚书》说"改过不吝"，也是告诫人们，要努力改正自己的错误。

圣贤与普通人的区别也正在这里。大家都会犯错，有人过而能改，不断批判否定自己，使自己的品格不断完美。而有人却文过饰非，遮遮掩掩，将错就错。

大丈夫立于天地之间，必须有一种精神，这是一个人独立于世间的根基，有所作为的前提。因为，只有具有一种精神，才可能具有自己的观点立场，生命才会具有卓然的风骨和境界，人生才会产生超凡脱俗的大气象。

（《山东青年》2016年第3期）

闲话 "谁更聪明"

◎卞毓麟

　　丙申孟春，一场戏剧性的"人机大战"结局是：机器人阿尔法围棋（Alpha-Go）以大比分击败顶级围棋手李世石。多少人在热议，倘若"机"比人更聪明，世界将会如何。此刻，人们自然会想到"人工智能之父"马文·明斯基。惜乎这位美国科学家本人却无缘一睹"大战"的实况：此前50余天，他因脑溢血在波士顿与世长辞，享年88岁。

　　明斯基既逝，见诸各国媒体的讣闻悼文不绝如缕。关于这位智者的行状，毋庸本文赘述。但笔者念及的一桩轶事，却鲜见有人提及，颇值闲而话之。

　　故事出自享誉全球的科幻大师和科普巨匠艾萨克·阿西莫夫的第二部自传《欢乐依旧》（*In Joy Still Felt*）。1960年12月18日，阿西莫夫在一次朋友聚会时首次遇见马文·明斯基。书中写道："他在麻省理工学院研究机器人和人工智能，并曾热情地读过我的科幻作品。他是个高个子，圆圆的秃脑袋，谈吐怡人，理解力极强。在嗣后的岁月中我常说，我只遇见过两个我甘愿承认比我更聪明的人。其中之一就是马文。"那时，阿西莫夫正届不惑之年，才气横溢，思如泉涌，已经出版了40本书。明斯基比阿西莫夫小7岁，少年时代就是阿西莫夫科幻小说的热心读者。

　　阿西莫夫自认比他更聪明的另一人，是比明斯基小7岁的卡尔·萨根。在《欢乐依旧》一书中，阿西莫夫谈到自己心爱的女儿罗宾8岁生日的那天，即1963年2月19日，"我遇到了当时在哈佛大学的天文学家卡尔·萨根，并同他共进午餐。我们已经有通信联系，我还收到过他的一些文章。他是一位科幻发烧友。""我想象中的他是一位长者（天文学家在望远镜跟前的传统形象），却发现其实他是一位年方27岁（卞按：实为29岁）的英俊男子，个子高挑，肤色黝黑，简直聪明得令人难以置信。我必须将他归为马文·明斯基那类人，因此我要说，我欣然承认有两个人比我更聪明。此后我们成了非常好的朋友。"

　　极具幽默感的阿西莫夫还特地加了一个脚注："有一次谈话中，卡尔开玩笑地提醒我，我已经承认他比我更聪明。'是的，'我说，'更聪明——但是我从未说过你更有天分。'我也许不得不予以修正。"这时，阿西莫夫已经出版了50部作品，故而他又写道："同我相比，卡尔写的书还很少。不过，其中有两本，即《宇宙联络》和《伊甸园之龙》都颇为畅销；它们并不是最畅销的书，但它们有资格成为最畅销书。"

1992年4月6日，阿西莫夫病故，为世人留下了一个宝库——他的470部书。其中269种非虚构类作品包括科学总论24种、数学7种、天文学68种、地球科学11种、化学和生物化学16种、物理学22种、生物学17种等；201种虚构类作品则含科幻小说38部、主编科幻故事集118种等。尤其值得一提的是，在所有的外国作家中，有多达百余种著作被译成汉语在中国出版的，恐怕只有阿西莫夫一家。请注意，这里说的是百余种书，而不只是百余篇文章；而且亦非一书多译，而是百余种不同的书！

那一年的5月14日，著名的英国《自然》杂志刊出卡尔·萨根撰写的讣文《艾萨克·阿西莫夫（1920—1992）》。2002年，为纪念阿西莫夫逝世10周年，笔者应《文汇报》之邀全译这篇讣文，并于4月8日见报。萨根在文中动情地说道："我们永远也无法知晓，究竟有多少第一线的科学家由于读了阿西莫夫的某一本书，某一篇文章，或某一个小故事而触发了灵感——也无法知晓有多少普通的公民因为同样的原因而对科学事业寄予同情。人工智能的先驱之一马文·明斯基最初就是为阿西莫夫的机器人故事所触动而深入其道的……正当科幻小说主要在谈论战争和冒险的时候，阿西莫夫则把主题引向了解决令人困惑的难题，他用故事向人们传授科学和思维。""阿西莫夫觉得自己度过了成功而幸福的一生。他写道：'这是美好的一生，我对它很满意。所以，请不要为我担心。"萨根则怀着巨大的悲痛诉说："我并不为他担心，而是为我们其余的人担心，我们身边再也没有艾萨克·阿西莫夫来激励年轻人奋发学习和投身科学了。"

1996年12月20日，62岁的卡尔·萨根病逝。他同阿西莫夫一样，极其擅长用生动、形象简明的语言来向公众传播科学知识。萨根生前曾长期在康奈尔大学任职，该校荣誉校长弗兰克·罗兹在庆祝萨根60岁生日的演讲中曾盛赞："卡尔讲的题目是宇宙，而他的课堂是世界。"早在20世纪80年代初，萨根的13集大型科学电视系列片《宇宙》红遍五大洲，便是生动的一例。"我们的任务不仅是训练出更多的科学家，而且还要加深公众对科学的理解。"萨根在去世前不久的力作《魔鬼出没的世界》中，越发深沉地倾诉了自己的这种理念。"萨根是天文学家，他有三只眼睛，一只眼睛探索星空，一只眼睛探索历史，第三只眼睛，也就是他的思维，探索现实社会"，美国《每日新闻》此言确实不虚！

　　回到明斯基的聪颖，不妨再援一例。英国科学家史蒂芬·沃尔弗勒姆是明斯基的老友，他在悼文中回顾了他俩初次见面的情景。时为1979年，在加州理工学院著名物理学家理查德·费恩曼那里。沃尔弗勒姆并不知道另一位来访者是何等人物，但见他除了谈物理学，还不断提出一个又一个出乎意料的话题。那天下午，他们几人一同驱车穿过帕萨迪纳市。一路上，此人畅谈着如果人工智能能够驾驶汽车的话，那么它必须要会判断哪些事物。到达目的地时，他又马上谈起了大脑如何工作；接着又说写完下一部书后，他将乐于让人打开他的大脑并插入电极——只要他们确有好的计划能弄明白大脑是如何工作的……这位古怪的客人就是马文·明斯基。

　　自不待言，阿西莫夫、明斯基和萨根这三个人究竟谁更聪明，其实并不重要。事实上，他们都非常聪明，极富创新思维能力，而且始终奋发向上，自强不息，为人类文明进步奉献了自己的才智和生命。倘若三位老者获悉"人机大战"以如此独特的方式展示了人工智能领域取得的又一新进展，定然会在九泉之下相视莞尔："机"再聪明，归根结底，还是体现了人的聪明。

（《文汇报》"笔会"2016年4月7日）

A4 腰

◎王开林

　　白居易晚年退居洛阳，以歌姬樊素、舞姬小蛮为侍者。樊素和小蛮的青春岁月都贡献给了这位寿比南山的大诗人，彼此间的情感不断发酵，形诸诗文，醇厚而蕴藉，俱成不朽之名作。"樱桃樊素口，杨柳小蛮腰"，白居易并未用诗句工笔描绘二姬的美貌，强调的只是她们各自的特点：樊素的口如樱桃般小巧而红润，小蛮的腰如杨（枝）柳（条）般纤细而柔软。这两句诗合成一个成语——素口蛮腰，二姬借此"羽化而登仙"。

　　古人审美，固然重视颜值，但更重视态度，以貌取人只是初阶，以态取人才是高级。《诗经》中的名篇《硕人》描绘一位侯门名姝的容貌、仪态，诗人可谓用尽了吃奶的力气，"手如柔荑，肤如凝脂，领如蝤蛴，齿如瓠犀，螓首蛾眉，巧笑倩兮，美目盼兮"，对这位窈窕淑女的双手、皮肤、脖颈、牙齿、额头、眉毛各有所喻，容貌姣好殆无可疑，可是真正出色的是她的仪态，"巧笑倩兮，美目盼兮"，魅力四射，堪称无敌。你可能会嘀咕，这位美人身材高挑，诗人为何不着墨描写她婀娜的腰肢？是啊，这确实是一个本不该有的遗漏，是这首诗的美中不足。

　　上有所好，下必甚焉。"楚王好细腰，宫中多饿死"，就是一例。这位楚王指的是春秋时期的楚灵王，他不仅喜欢细腰的宫娥妃嫔，而且对细腰的士大夫也格外高看一眼。如此这般，他的爱好就不仅影响了楚国人的审美倾向，而且还关系到楚国公务员的命运和前途。你试想，女人要取媚邀宠，男人要升官发财，节食减肥是不得不走的路径，患厌食症而倒毙，就成了他们挥之不散的噩梦。细腰好看，自然才美，厌食症患者和饿殍的细腰足以令人触目惊心。"国王病态，则国民病态"，证之于楚灵王好细腰，洵非虚言。

　　有人说，中国古代四大美女，西施是细腰，王昭君是细腰，貂蝉是细腰，只有杨玉环以丰满圆润著称，是不是细腰，暂且存疑。唐人审美，崇尚丰肥，杨贵妃的体形就自然而然地被大家想象成莫言的长篇小说书名"丰乳肥臀"

了，但从杨贵妃跳霓裳羽衣舞令唐玄宗迷恋不已的极致表现来看，她的腰肢不可能粗到哪儿去。我奇怪的倒是，中国人评选四大古典美女，为何舍弃赵飞燕而选择貂蝉？赵飞燕以细腰轻盈著称，能作掌上舞，是因为颜值不够，没有沉鱼落雁、闭月羞花的容貌？不对啊，汉成帝眷顾赵飞燕和她的妹妹赵合德，一度近似花痴。我仔细琢磨，若论"迷死人"的魔力，赵飞燕稍逊风骚，她输就输在这里。貂蝉迷死了董卓和吕布，与倾国倾城仅差一粒米的距离。

时至今日，仍有众多女生将细腰当作傲人的资本，一旦有谁灵机一动，创意用A4纸量腰，效仿者便争先恐后。这种行为艺术张贴着时尚标签，既开心，又养眼，瞬间风靡。有人认为她们的求同意识太强，对个性发展不利；有人担心粗腰女孩会因此自卑，节食和抽脂将危害健康；有人则怒气冲冲地批判A4标准过于苛刻，是少数人对多数人的粗暴施压。对此，我的态度更乐观，情绪也更平稳。古今中外，只要不是男人给女人制定审美标准，危害性就微不足道。要知道，西方中世纪女性束胸，中国明清时期女性裹足，都是男权社会中男性的病态心理造成的恶果。

让我们返回文章的开头，樱桃小口和杨柳细腰是美女的硬件，若要尽态极妍，就必须配之以歌舞，调之以情愫，软件的作用十分重要。这个时代，审美多元化，大嘴美人朱莉娅·罗伯茨和粗腰美人凯特·温斯莱特都是好莱坞的顶尖级影后，她们的粉丝数以亿计。撇开世俗的审美标准，依我看来，仪态万方，风情万种，演技高超，敬业精神优异，其成功的资本在此不在彼。诚然，在她们眼中，一张A4纸确实太小了。

（《西安晚报》"闲情"2016年4月19日）

墓碑与墓志

◎赵柒斤

　　清明来临，翻微信朋友圈，见有"名片往坟前一插，就是墓志"的戏谑，觉得此言有些误解。因为南朝以后，墓碑与墓志就不是一回事了。南宋无锡人费衮《梁溪漫志》卷六"温公论墓志"篇，对此进行了深度解读。

　　北宋政治家、文学家司马光说："古人有大勋德，勒铭钟鼎，藏之宗庙；其葬，则有丰碑以下棺耳。"作为史学家，司马光还引经据典解释了"墓碑"与"墓志"的不同。秦汉以来，功勋卓著、品德高尚的人去世后，皇帝才命文人墨客写文字褒赞功德并刻上石碑，这就是所谓的"碑"；到了魏晋南北朝时，又出现埋于墓中的铭志，"碑犹立于墓道，人得见之；志乃藏于圹中，自非开发，莫之睹也"。也就是说，立于墓道的碑像是"名片"，人人可见；而埋于坟墓中的墓志才是展示逝者"丰功伟绩"的"悼词"，如果不打开坟墓，是看不到的。至于"志"后来何时又刻上墓前的"碑"，已无从考证。故而，司马光认为，如果所葬之人真是有功于国家和人民的大贤，则名闻昭，生前就会被大家称颂，怎么等到墓铭出土后才被人知；如果墓志铭是巧言令色、阿谀奉承、强加修饰的，谁又会相信？只不过徒增笑料罢了。司马光的观点与隋文帝杨坚关于"功德碑"的论述如出一辙。《唐语林》卷八谓，隋文帝杨坚的一个儿子死后，大臣们请示为其立碑，杨坚拒绝道："欲求名，一卷史书足矣，若不能，即使刻石立碑，也只不过为后人做镇石耳。"所以，费衮觉得"古人藏志于圹，恐有深意"。

　　墓志不仅是要让铭记，也是永恒仪式的艺术呈示，是"反遗志"的一种墓园文化。其作用不仅为了彰显逝者"生平事迹""德行操守"，也是一种史料，可供孝子们据此慎终追远。"温公论墓志"一文中就列举了北宋时期与范仲淹齐名的韩琦依据墓志追远的孝故事。文中说，韩（琦）四代祖葬于赵州，五代祖葬于博野，韩琦的祖父迁居到河南相州安阳县，到宋仁宗时，已历百余年。韩琦一直未能祭扫祖坟，心实不安。经多方询问族人才得知祖先葬地，便命忠彦（韩琦长子）开圹获得了墓志，一一确知四、五代祖先身份，并推及上八代家族世系，于是，乃能"岁时奉事，少慰庸嗣之志"。这是一种值得称美追远的孝道，能使民德归厚。

墓志的撰写是有固定格式的。墓志多用散文撰写，叙述逝者的姓名、籍贯、生平事略。写作的总体要求是叙事概要、语言温和、文字简约，具有概括性、独创性的特点。故而，墓铭能让逝者得以全然的安宁，也让生者得以自如的安心。往细里说就是，首要叙述姓原族望，次及名讳字号、三代世系之名讳官爵、乡贯或迁徙之郡邑，学行功名起家之年岁，宦游经历及所建立之事功，乃至晚年之休致，卒年及年寿，葬地、葬时，妻某氏及受封号，下及诸子出身及官衔，并及于女与所择配，有孙女者亦逐一述及，最后为铭辞。大致视不同的墓主而有所损益。至于题墓与篆盖也有一定的书例，是不可逾越的。文献记载，古代几乎所有有钱有势之人皆注重墓志铭，文学大家韩愈、柳宗元、欧阳修、王安石等都奉旨或"受谢"（稿费）撰写了不少墓志铭，独北宋大文豪苏东坡例外。宋洪迈《容斋续笔》卷六载："作文受谢，自晋、宋以来有之，至唐始盛……本朝此风犹存，唯苏坡公于天下未尝铭墓，独铭五人，皆盛德故，谓富韩公（富弼）、司马温公、赵清献公（与包公齐名的赵抃）、范蜀公（北宋著名史学家范镇）、张文定公（曾任参知政事的张方平）也。"即便诏令，品德差的人，苏东坡也推辞不写。

诚然，古往今来的许多墓志，不乏溢美之词，阿谀奉承、歌功颂德。墓碑上的虚妄之言，说白了就是往死人身上抹彩，给活人脸上贴金。但从古人立碑于墓前、埋志于墓中及司马光的"墓志观"和苏东坡不写"谀碑"的态度等看，古人是深谙"金杯银杯不如老百姓口碑"的。

（《安徽日报》"黄山副刊·专题"2016年4月8日）

君臣无一是人才

◎吴敏文

　　读中国近代史不是一件让人感到轻松的事情。一败二败于以英国为首的西方列强，三败于东瀛小国日本，四败于八国联军，不断割地赔款丧失国权，国家民族不断在半殖民地半封建的黑洞里向下沉沦而不知伊于胡底……反思之中，缺科学缺技术缺文化缺坚船利炮固然都不错，但归根结底关总的原因是：满朝君臣，无一人才。

　　从最高统治者说起吧。历史证明，从中世纪社会向资本主义社会转型并非不可通过内部的改革而实现，但必须有雄才大略的领袖审时度势、筹划决断。英国的伊丽莎白一世、俄罗斯的彼得大帝等都曾成功地扮演过这样的历史角色。一个令人沮丧的事实是，从明末到整个清朝，中国都没有这样的英雄人物应运而生。

　　先说康熙。明末清初，中西文化交流出现过短暂的繁荣。利玛窦、汤若望等西方传教士，把西方在数学、天文、历算、物理、机械、火炮制造、水利、测量、地理、绘画等领域的成就介绍到中国，中国大受其益。康熙非常注重学习汉学，对西方也有一定的开放心态。但康熙对西方科学技术和政治制度的了解及认知仅限于皮毛，对其作用也缺乏深刻认识。利玛窦死后，接替他出任耶稣会中国会长的龙华民改变传教策略，不准中国教徒尊孔、拜祖，罗马教廷支持龙华民的主张。于是，号称开明的康熙终于露出他的专制本性，他在1717年下令禁教，遗祸所及，一个翻译西书七千部的计划随之搁浅，关闭了中国接纳西方文化的大门。

　　再说乾隆、嘉庆、道光、咸丰。乾隆朝号称所谓"康乾盛世"，但英国来使一眼就看穿了所谓盛世的"西洋景"。进入清朝地界，马戛尔尼马上发现："遍地都是惊人的贫困……人们衣衫褴褛甚至裸体……我们扔掉的垃圾都被人抢着吃！"……由此，马戛尔尼得出了关于清朝"盛世"的结论："清政府的政策跟自负有关，它很想凌驾各国，但目光如豆，只知道防止人民智力进步。""当我们每天都在艺术和科学领域前进时，他们实际上正在变成半野蛮人。"清朝"不过是一个泥足巨人，只要轻轻一抵就可以把他打倒在地"。乾隆呢，不仅对已经完成近代化工业革命的西方一无所知，还沉浸在天朝"无所不有"的梦呓之中。他的儿子和继任者嘉庆，在颟顸无知和盲目自大上比乾隆更有过之，乾隆好歹还允许马戛尔尼行单跪之礼予以接见，嘉庆直接把不肯在他面前三跪九叩的英使阿美士德驱逐出境。两次文明叩门失败后，英国人开启了武力叩门。第一次鸦片战争发生在道光朝，主要使用16世纪冷兵器的清军在使用19世纪先进枪炮等热兵器的英军面前一触即溃无战不败，这对道光是一个无法接受的事实，所以一线将领和地方督抚只能一而再，再而三地谎报军情。直到兵临南京，道光才如梦初醒，被迫与英国签下《南京条约》，中美签署《望厦条约》，中法签署《黄埔条约》。咸丰则凭年轻气盛，将对夷之策从乃父不得已的主抚转变为"盲人骑瞎马，夜半临深池"的主剿。至为愚蠢的是，与僧王僧格林沁合谋诱击前来换约的英国船队，并虐杀英法谈判使团成员39人中的20人，以致英法联军直捣北京并火烧圆明园。

咸丰之后到清朝灭亡之前，从1862年至1908年的近半个世纪，清政府的最高领导权一直掌握在慈禧手中。慈禧又是哪一流的人才呢？与奕䜣合谋诛杀肃顺等辅政大臣夺取政权时，慈禧只有26岁，文化程度很低。同治四年三月她手书一篇革去奕䜣一切差使的"懿谕"，全文230字，错别字及文理不通者在20处以上。她不但对19世纪的世界现状缺乏最基本的了解，甚至没有受到良好的传统蒙学教育。她喜欢玩弄权术，权力欲很强而心胸狭隘，为了个人享乐可以不顾国家安危。为己庆祝六十大寿侵吞海军经费修建颐和园就是很好的例子。

代表皇权的最高统治者颟顸无知，朝廷主事大臣又如何呢？客观地说，从明末到整个清朝，统治中枢满朝文武中确实找不出一个像德国的"铁血宰相"俾斯麦和日本的大久保利通、伊藤博文这样的人物。

与皇位失之交臂的恭亲王奕䜣，确有才识，受过良好的传统文化教育，愿意接受和学习外来的新事物，是皇族中最为开明和开放的人物。但其一，他的施政始终受到慈禧的掣肘；其二，究其本人也不是堪当富国强兵大任的经天纬地之才。在坚决抵制外国公使驻京等问题上，奕䜣与咸丰的意见是一致的；直到光绪朝的康梁变法，奕䜣也和慈禧等一群老旧官吏一样持反对意见。奕䜣病重，光绪去探病时，奕䜣反复告诫光绪："不可为康有为小人所误。"

在很多人眼里，李鸿章几乎代表了整个晚清，其名气甚至超过慈禧、奕䜣。李鸿章饱读诗书，从入曾国藩幕府经受历练，到办洋务、办实业，到最后与外国列强签署《辛丑条约》，几乎与整个晚清相始终，是不折不扣的能臣干吏。李鸿章见识如何呢？有西方人评价李鸿章说："在他的学问范围内，他是无人能及的人才；但超出这个范围，他几乎是一个野蛮人。"在世界范围内评价李鸿章，可以他甲午战败后出访欧美的两个小例子作为佐证。

在俄罗斯，尼古拉二世的加冕庆典上，不足一平方俄里的霍顿卡广场密密麻麻挤满了至少有一百万人，于是，世界近代史上最大的拥挤踩踏惨祸发生了，踩死、挤死的人数有4500到4800人。李鸿章问俄罗斯首相维特："难道你们还要将不幸事件禀报皇上吗？"维特答："是的，已经向皇上禀报。"李鸿章连连摇头说："你们太没有经验了，这样的事怎能照实禀报呢……我当直隶总督的时候，统辖的一个省份发生鼠疫，一下死了好几万人，我却经常呈奏皇上，那里一切都顺遂。皇上听了很是喜欢。"在美国，华盛顿国立图书馆，李鸿章颇受委屈，因为不让他在图书馆内抽烟，要知道，在国内他当着慈禧太后的面都敢抽烟。憋了一肚子气出门后，他"啪"地一口痰吐在图书馆大门前，两个值班的工作人员立即将他拦住，责令他擦去。李鸿章示意随从去帮他擦，但值班的工作人员不允许。结果，以罚款了结。

还是梁启超先生对李鸿章的评价最为贴切：吾敬李鸿章之才，吾惜李鸿章之识，吾悲李鸿章之遇。李鸿章是中国传统文化标准的人才，但以当时的世界眼光来看，他几乎没有什么见识，更可悲的是，他遭遇了一个"三千年未有之大变局"的复杂而又残酷的时代，而李鸿章的才具，与此并不相称。

是数亿人口的中国产生不了人才吗？答案应该是否定的。可实际上确实造成了满朝文武找不出一个能够驾驭时代的人才的客观事实。究其原因？是腐朽没落的制度窒息了人才的生长！是落后的官吏选拔制度使得像魏源、徐继畬、郭嵩焘这样的经世大才在官场上无法得到拔擢从而问鼎中枢为国效力！即使是半拉子人才奕䜣和李鸿章等，其施政也是处处受到掣肘难以伸展其志向和抱负。满朝君臣竟无一人才，这样的王朝焉能不覆亡？

（《杂文月刊》原创版2016年5月上）

拍秦桧马屁的后果

◎晏建怀

　　宋朝这个文化盛世，既产文人，又产马屁，而且是相当有"水平"的马屁。秦桧当国时，一人独相，掌管全国干部的升迁任免，围绕在他身边察言观色献媚周旋的士大夫多矣，其拍马功夫之精深、手段之精巧、"马料"之精妙，叹为观止。

　　最简单的手法是投诗歌颂。绍兴十五年（1145），秦桧"一德格天阁"落成，举国庆贺，某朝士寄来热情洋溢的贺信，其中有一联说："我闻在昔，惟伊尹格于皇天；民到于今，微管仲吾其左衽。"把秦桧比喻成名相伊尹和管仲，秦桧大喜，立刻超次提拔。另一候补官员也献诗说："多少儒生新及第，高烧银烛照蛾眉。格天阁上三更雨，犹诵《车攻》复古诗。"歌颂秦桧刻苦好学，勤政务实，随即也给安排了很好的职位。

　　稍复杂点的，是让对方知道自己的良苦用心，给予情理中、意料外的惊喜。当时，士大夫挤破脑袋往宰相府送礼，什么金银财宝，山珍海味，地方特产，吃的喝的玩的用的，真是不计其数。然而，惯看秋月春风的秦桧眼睛都不瞄一下，除了偶尔用一点，其余统统丢到地下仓库，任虫蛀鼠咬，至于哪件珍奇是谁送的，鬼晓得。

　　广东经略安抚使方务德深知拍马之道，认为要让宰相记得，必须让宰相知道，要让宰相知道，必须让宰相使用。为此，他不在礼品的贵重上攀比，而是在"心思"上发力，剑走偏锋。他请来能工巧匠，研究出一种特殊工艺，在蜡烛中添加各种高级香料，制作出一笼与众不同的蜡烛。制成后，他又安排亲信小卒快马加鞭送至京城，并交代小卒，事不成，不准归。根据方务德的授意，小卒花重金买通了宰相府主管库藏的小吏，请对方如此这般依计行事。小吏收入钱财，自然言听计从。一日，秦府大宴宾客，小吏乘蜡烛快要烧完之机，向秦桧请示说，广东方经略送来一笼蜡烛，建议一试。当蜡烛点燃之后，全场客人只觉异香扑鼻，满座惊呼，纷纷赞叹宰相家的蜡烛神奇！秦桧也没见过这种香烛，特别高兴，便问小吏，方经略送来的蜡烛还有多少，一数，连刚才点燃的，总共才四十九支。问何故，小吏急忙叫来守候在门外的方经略手下小卒，让他当面向宰相汇报。小卒说："方经略招揽天下巧匠，搜集天下奇香，手工特制此香烛，专供您使用，仅制五十条，制成后，担心不佳，试燃了一支，不敢以其他蜡烛充数，故呈送的就只有这四十九支。"秦桧听后，惊喜异常，感动方务德"奉己之专"，于是"待之益厚"，把方务德收为心腹，方务德因此官运亨通。

当然，拍马不是人人都有好运气，也有马屁拍到蹄子上，甚至被踹上一脚的。四川产锦，"中国四大名锦"云锦、蜀锦、宋锦、壮锦，蜀锦以历史最久、工艺最精、质量最美著称于世，古人称之"其价如金"，为历朝贡品。郑仲任四川宣抚使时，蜀锦就是他结交权贵的"敲门砖"。"一德格天阁"完工后，郑仲给秦桧送来一张蜀锦地毯。好阁配好毯，秦桧当然喜不自胜，命人铺在阁上，左右端详。但令人惊异的是，地毯铺上去，竟然与阁的面积毫发不爽。可见，宰相建阁，为了献上一块好地毯，郑宣抚把阁的尺寸都弄得清清楚楚，也是用足了心思吧？然而，大出意外的是，秦桧看到地毯铺上去分毫不差，突然拉下了脸，非常不快。结果，郑仲不仅没有因此受到重用，反而备受秦桧冷落，再也没有得到重用提拔。为什么会这样呢？郑仲是聪明反被聪明误，拍马屁当然要用心思，但心思花得太深，把宰相的家底都摸得一清二楚，你叫他如何不发怵，你万一不小心发个微信朋友圈什么的，那还不引火烧身？对你敬而远之算是客气的了。

权力是马屁的孵化器，高度集中的权力让马屁高度集中，因而衍生出种种怪状，以致时间久了，这些怪状积非成是地变成人人理解的所谓正常现象，见到宰相不拍马屁反倒不正常了，怪也不怪？

（《义乌商报·精读时代》2016年5月20日）

大树底下别乘凉

◎游宇明

少数国人交际时有个习惯，往往没说几句话，就会告诉别人自己有亲戚在某地做了高官，或者自己有熟人成了大名人、亿万富翁，言辞之间充满着得意，好像自己当了大官、出了大名、发了大财一样。有人说，这是出于虚荣心，我看不尽然，其中应该也有一种"沾光"心理。

在一个法治有所欠缺的社会，要让人们完全消除对背景之"大树"的膜拜，其实是很难的。当权力可以变成关系户们理想的工作、化作亲属们包揽大工程的方便，当名声、金钱可以通过购买权力而实现不当谋私的功能，任何正向的宣传都会显得力不从心。只是，背景的大树并非总给人带来好运，许多时候，陷阱也等在你准备去乘凉的路上。

北宋的苏舜钦是个牛人，他的诗写得非常漂亮，《城南感怀呈永叔》《吾闻》《淮中晚泊犊头》等作品深受人们喜爱。苏舜钦支持新党，敢于直言，先后向皇帝呈送过《乞纳谏书》《论西事状》《诣匦书》《乞用刘石子弟》等奏折，希望皇帝纳贤去佞、兴利除弊，还点名批评过保守派宰相吕夷简，一段之间内颇受皇帝赏识。苏舜钦有才，又"状貌魁伟"，宰相杜衍很欣赏他，收他做了女婿。没想到苏舜钦傍上宰相这棵大树之后变得张扬了，他觉得自己反正有岳父罩着，就算做点出格的事也没啥。庆历四年秋天，苏舜钦执掌的进奏院祀神，他想请京中名士才子吟诗，自己出了一份钱，但不够，他发现官所内有一大堆往年的旧公文封套纸，便决定将这些废纸卖掉，用来办宴会。更不应该的是，他还请来两个漂亮的"女伎"在宴会上唱歌跳舞。翌日，与苏舜钦岳父一向不和的御史中丞王拱辰唆使其亲信御史刘元瑜上奏，揭发苏舜钦挪用公款、"招伎玩乐""监守自盗"，苏舜钦被削职为民，赴宴的十余名才子被逐出京城，其岳父杜衍也受牵连下台，从此，苏舜钦一生潦倒。

苏舜钦的经历告诉我们：背景的大树虽然可能树冠宽阔，有时也可能给你遮点风挡点雨，但是，大树集万千风光于一身，过于引人注目，风雪会摧压它的树干，洪水会冲击它的根条，鸟儿会啄食它的枝叶，虫子会啮咬它的叶片，经常有它无法招架的时候，一旦遇到难以解决的麻烦，大树很可能在瞬间变成小树，甚至小花小草。对于我们来说，最好的办法是不去依靠什么大树，而是本本分分为人、踏踏实实做事，靠个人的能力创造生命的辉煌，用郑板桥的话说是："流自己的汗，吃自己的饭。"

大树自有大树的使命，它的树冠再阔大，也无法成为别人长久的乘凉之所。

（《银川日报·杂文之声》2016年5月11日）

痴尤可贵

◎张　勇

"满纸荒唐言，一把辛酸泪。都云作者痴，谁解其中味？"曹雪芹在《红楼梦》的开篇就给自己做了定位——痴人。正是由于老先生的痴，"批阅十载，增删五次"，痴出了中国文学史上的一部巅峰之作。

台湾财经前辈汪彝定先生常念"慧女不如痴男"，如果剔除性别眼光，也是对真正痴人最好的注解。慧易成事，但难成大事；痴似呆拙，但孜孜不倦，终能成就不凡的业绩。

刘邦攻下咸阳，将官们纷纷趁乱掠取金银。萧何也在抓紧时间寻找，却不是金银，而是秦朝史官留下的律令图书。人们嘲笑他是个书呆子，那些不顶吃不顶穿的破书能有什么用？不久，沛公被封为汉王，对秦地一无所知。就在一筹莫展时，萧何站出来，有条不紊地为刘邦详细解答所有难题，而他口中的答案，均是来自他收藏的那些前朝律令图书。萧何很快被任命为丞相，得到了刘邦的重用，而那些只忙着抢金银的人也只能垂涎艳羡了。

有一次，饥肠辘辘的贝多芬来到饭馆准备用餐。等菜的间隙，他脑中闪过音乐的火花，赶紧拿起菜单，在背面快速地记录起来。服务员不忍心去打扰他，等了一个小时之后才忍不住问："先生，上菜吗？"贝多芬如刚从梦中惊醒一般，马上从口袋里掏出钱结账。服务员惊讶道："先生，您还没吃呢！""不，我已经吃过了。"贝多芬根本听不进服务员的一再解释，他执意付过钱后，抓起写满音符的菜单冲出了饭馆。

美国航空动力学大师冯·卡门也做过一件"痴事"：夜已深了，他和助手仍在紧张地运算力学方程式。助手猛地想起回家的电车只剩最后一班了，便急匆匆地朝车站赶去。卡门的脑子仍在运算中，于是糊里糊涂地也跟着助手来到车站。此时他忽然来了灵感，什么也顾不得，立即趴在即将开动的电车车厢上写起来。售票员大声催促他离开，因为车马上就要开走。然而，沉醉于运算中的卡门无法停下来，他一面发疯似的继续推导方程，一面恳求售票员："请再等一会儿！"这组写在电车车厢上的公式，就是后来著名的"紊流的力学相似原理"理论。这一理论对各种飞行器的成功上天，做出了巨大贡献。

极度迷恋谓之痴。如果适度地用在正道上，不仅不让人厌恶，反倒是一种难逢的精神状态，一种进取的人生境界。你痴痴地围着一件事转，转到黑发变成白发，你就会转成一个圆心，世界便会围着你转。

痴，实在是一种心游万仞、物我两忘、情有所钟、心无旁骛的至高境界。痴的精神，尤其可贵。

（《渤海早报·渤海潮副刊》2016年5月16日）

"偏离主题"式的斗臭手段

◎唐宝民

    笔者小的时候，经常看到村里的妇女吵架，比如有一天，甲妇指责乙妇家的鸡吃了自家的米，乙妇说自己家的鸡没吃，两人便吵了起来，二人各说各的理、互不相让……这都是正常的，是在以理服人，但接下来的事情就变味儿了，只听甲妇骂道："你算什么好东西！你那年偷了村头张老六家的一袋土豆，谁不知道啊！"乙妇也不甘示弱，大声回骂道："你以为你是什么好饼啊！你跟后庄陈老七搞破鞋的事谁不知道啊！"……笔者便很困惑：明明是争论鸡吃没吃米的事，和偷土豆、搞破鞋有什么关系？何必要把不相干的事扯到一起呢？及至读大学以后，读了一些历史书，才发现，这种斗臭手段是中国数千年的"国粹"，是典型的"国民劣根性"。

    官渡之战时，袁绍命他的秘书陈琳撰写《讨伐曹操文告》。陈琳写的这篇文告，细数曹操的种种罪恶，而且对曹操家世极尽诋毁丑化之能事（骂曹操的祖上），如："最高监察长曹操的祖父曹腾，本是一个寝殿侍奉宦官，跟恶名昭彰的左悺、徐璜，同属一代妖孽……曹操的老爹曹嵩，本是一个乞丐……"官渡之战以袁绍失败而告终，有奶便是娘的陈琳便归降了曹操，大度的曹操并没有难为他，只是对陈琳说："你当初替袁绍撰写文告，只可以攻击我本人，为什么攻击到我的祖先？"陈琳因此十分尴尬。

    宋神宗元丰年间，西夏国举兵伐宋，大军逼近保安军，弄得宋朝方面人心惶惶。夏国领兵的主帅，是国主李秉常的母亲梁氏，这位梁氏啊，作风不太检点，养了好几个小白脸供自己淫乐，弄得满城风雨、路人皆知。就在夏国大军压境、宋军无计可施之计，保安军城里有一个开妓院的李老板站出来了，李老板跟守军将领说："我有办法退敌。"守军将领大喜，忙问他有什么办法，李老板如此这般说了一番……于是，李老板登上城墙，对梁氏破口大骂，骂什么呢？就是折腾她不守妇道养小白脸的那些事儿，什么搞破鞋啊、养汉啊、乱伦啊……要多难听有多难听；主帅的私德在众目睽睽之下被人翻了个底儿朝天，西夏士兵的军心立即被这花边新闻扰乱了，纷纷交头接耳、议论纷纷。就这样，李老板每天天一亮就登上城头大骂不止，一直骂到太阳下山，不停地进行"梁氏淫乱大曝光"，弄得西夏士兵军心涣散、失去了战斗力；梁氏好像当着众人的面被脱光衣服一样无地自容，没办法，只好下令撤兵。这段史料，是我在赵家三郎的书中读到的，三郎先生对李老板此举颇为欣赏："另一种不战而屈人之兵啊，好生犀利！"但在笔者看来，北宋这个胜仗赢得并不光彩，两军对阵，拼的是军事实力，你揭人家养小白脸的丑闻干什么呢？梁氏无论如何不堪，那是人家的私事；打不过人家，就用泼妇骂街的方式揭人家的隐私，怎么说也不是光彩的事，这其实就是民族劣根性的表现。

柏杨先生将上述这种国民劣根性称为"斗臭手段"，进而评论道："很多人每当被事实理性逼迫得无法反驳的时候，很少有勇气承认自己的错误，反而抛弃主题，对主题之外的东西，诸如道德、私生活等，横加污蔑……当张三坚持黑是黑、白是白时，李四只要揭发'他曾经在日本留过学，一脑筋反动的万世一系帝王思想'，就足够打倒张三，而另行建立黑是白、白是黑的进步理论。"很欣赏西方绅士的做法：我不服你，就拿起剑与你决斗，但绝不会骂你祖宗、骂你道德败坏！辱骂绝不是战斗。任何事情都要讲究规则，"以理服人"才是理性的选择；"偏离主题"式的斗争方式不除，我们这个老大民族是很难进步的。

（《经典杂文》2016年第5期）

愤怒和恐惧

◎张 炜

陶渊明生活在佛教和清谈极盛的时期，却基本上不信也不采纳这些。但佛和玄对他都有潜在的影响，比如说他对生命意义的思考，他生活的超脱性，都能够看出佛教的影响。东汉时期佛教传入中国，后来与道教合流。释道合流的端倪就出现在汉与魏晋时代。从陶渊明的日常状态和诗歌里面，可以看到大量"清静无为"的实践。"野外罕人事，穷巷寡轮鞅。白日掩荆扉，虚室绝尘想。"（《归园田居五首·其二》）但他又并没有走向极端，没有完全"绝尘想"，这与他的儒家情怀密切相关：出世的同时尚不能放下入世的牵挂。他不停地在这种矛盾状态中纠缠："脂我名车，策我名骥。千里虽遥，孰敢不至！"（《荣木》）还是无法忘记读书人的作为。

但最终他还得待下去，安于田园生活，觉得这样的逃避于自己更为相宜。陶渊明的这种选择远离了是非之地，但并没有一躲了之无所事事，而是要打理一片田园，这是一种体力活，对一个读书人也很不容易。这与那些专门的"隐士"是完全不同的。

当时对陶渊明来讲有两只"丛林"里的大动物是必须提到的：一个是桓玄，一个是刘裕。这两个人对当时的社会生活搅动得非常严重，对陶渊明的命运也起到了决定性的作用。他们之间相互厮杀，先后称帝，对晋室都有过跟随与背叛。刘裕残酷地杀害了晋恭帝：先是把恭帝贬为零陵王，让人杀死晋恭帝妃妾生下的所有男孩；后又派张伟携毒酒前去鸩杀晋恭帝，张伟不忍害主，饮毒酒自尽；刘裕又派人用被子闷死了晋恭帝。人为了攫取权力可以变得这样残忍，真是令人发指。

整个事件对陶渊明构成了极大的刺激。因为诗人的曾祖毕竟是为晋室服务的重臣，而背叛晋室的军阀就这样结束了晋室，这对他必然会引起心底的强烈震动。

陶渊明从小深受儒家传统的熏陶，年轻时抱有建功立业的雄心，具有强烈的入世情怀。当他面对这样一片"丛林"时，心里有愤怒更有恐惧，还有重重矛盾。他写出了《述酒》这样的诗，曲折地对刘裕给予了鞭挞："诸梁董师旅，芊胜丧其身。山阳归下国，成名犹不勤。"鲁迅先生就谈过《述酒》，说它具有强烈的揭露性。类似的意绪在《感士不遇赋》里表达得更为深重："密网裁而鱼骇，宏罗制而鸟惊。"在《咏荆轲》里则写道："君子死知己，提剑出燕京。素骥鸣广陌，慷慨送我行。"

诗人将无比的愤怒与勇气写在了诗中，而且借古喻今，小心暗喻，是足够谨慎了。这当然是必要的，是在一种特殊时势下的特殊表达。当时风行的玄与佛，清谈与任诞，不过是一个严厉时代酿出的另一杯酒而已，对一个具有深刻责任感的诗人，真是苦到了无法下咽。在这样的时刻，诗人可能感到自己无论如何都没法"养生"，没法"逍遥"，也没法"安命"。

鲁迅先生谈到了陶渊明的"金刚怒目"，因为听到了诗人午夜里的另一种吟唱。这种声音压抑在夜色里，在偏远的野外显出了更大的张力。我们平时不会将"勇士"的形象扯到田园主人身上，可是这里真的生活着这样的一个人：渴望"提剑"，默念"死知己"。

如果不是遥望着远城烽火，满是刺鼻的硝烟和血腥味，一个躺在树荫下的人怎么会有这样的激烈思绪。田野清风的另一边就是火焰，就是哀号和痛不欲生。诗人太熟悉这些悲惨的场景了，所以无法安稳地一个人度过长夜。

不过他的恐惧和愤怒也许一样大。他实在只是一个书生，一个弱者。他的柔弱和强悍交织一身，只能躲在一角吟哦，在纸上记录。

（《新民晚报》2016年6月26日）

奸臣是怎样养成的

◎任大刚

去年，韩国拍了一部叫作《奸臣》的电影。影片以朝鲜燕山君李㦕统治时期为故事背景，讲述奸臣父子任士洪和任崇载担任"采红史"，从朝鲜八道挑选万名美女带进宫中，供燕山君享乐，图谋以女色控制燕山君，做"王上之王"的故事。

韩国历史不如中国历史跌宕起伏，因此其古装片故事情节多穿凿附会，但具体讲到燕山君，他是李朝第一个被废掉的国王，也可以说是暴君。以中国历史的基本经验，举凡暴君或昏君，多有奸臣相配伍，两者狼狈为奸，才相互"成就"。

中国历史上，把朝臣称为"忠臣"，那是极高的褒扬；反之，"奸臣"则是最大的贬斥。因此防范出现奸臣，简直就是一门古代政治的大学问。

这个重大问题，自然缺不了韩非子的一番论述。奸臣是怎样产生的呢？

韩非子承认，产生奸臣的原因，主要是君王昏聩，不了解臣子的思想行为，不懂得怎样任用臣子。大家都称赞的人，他就跟着喜爱；大家都非议的人，他跟着憎恶。

这样一来，那些本来隐藏了作恶念头的臣子，就会不惜倾家荡产，在朝廷内结党营私，在朝廷外勾结地方势力，制造舆论，抬高声誉，暗中订立盟约加强勾结，用封官许愿来给予劝勉。他们会告诉那些人，"加入我们就能得到好处，不顺从我们只会遇到祸害"。

那些人出于贪图奸臣给的利益，又害怕他的权势，从而认为"他真对我满意，就会让我获得好处；对我猜忌恼怒，就会伤害我"。

大小官吏都这么想，结果都归附了他，民众也极力挽留，奸臣获得的赞美传遍全国，这自然会传到君王那里了。君王如果不能搞清楚实际情况，就会误把奸臣当成贤人。

此外，奸臣还会派出诡诈之人到别国，想方设法成为人家宠信的使臣，奸臣把马车给他，把他装扮成有信义的人，教他外交辞令使其显得稳重，资助他以足够的钱财，让他作为外国使臣来游说本国君王，表面议论公事，暗中却夹带为奸臣说话的私利。为谁做使臣？表面上是为别国的君王；为谁讲话？实际是为君主左右的奸臣。君王喜欢使臣的话，认为他讲得有道理，从而认为他称赞的奸臣是天下的贤士。

这个时候，对于君王左右的那个奸臣，国家内外都异口同声暗示君主——严重的，是要君王屈身让位；轻点的，要求赏赐高爵厚禄，使奸臣获利。

但奸臣位高权重，党羽越来越多，如果有篡位之心，那么他的党羽就变本加厉，迎合他的心意说："古代的圣明君王，并非父死子继，兄终弟及，而是依靠在朝廷内外勾连势力，威逼、杀害君王搞成的。"他们还会举出舜逼迫尧、禹逼迫舜、汤放逐桀、武王讨伐纣四个例子，作为臣子可以杀了君王，而天下却都称赞他们。

如果奸臣还将信将疑，那么他们就举现代的例子，说田成子夺取齐国，司城子罕夺取宋国，太宰欣夺取郑国，单荼夺取周国，易牙夺取齐国，韩、赵、魏三家分晋，这八个人，都是臣子杀死自己的君主而立的。奸臣听到这里，恐怕就是急忙竖起耳朵，点头称是了。于是窥测时机，发动政变，一举夺权。

韩非子把养成奸臣的责任，归结到君王不懂运用法术势，也就是说，假如君王懂得统治术，就不会任由奸臣出现。但问题是，如果权力继承格局永远局限于父死子继，兄终弟及，那么一定会遇上资质平庸乃至愚钝的一代"熊"主，那么也就注定奸臣滋生。

（《新民晚报》2016年6月11日）

讨论问题时的"礼仪"

◎徐　贲

　　《人民日报》微博倡议说，微博是大家的平台。在这里有话好好说：一、可以不同意，但不要谩骂攻击；二、就事论事，不扣帽子；三、不搞威胁恐吓，以法律为底线；四、无论大V或草根，都不是真理终结者；五、不搞道德审判。今天你是冷漠的围观者，或许明天就是受害者。同意的请转发！

　　"有话好好说"可以视为对人际交往"礼仪"的一种通俗说法。什么是"有话好好说"呢？美国著名演员理查德·德雷福斯的几句话似乎能回答这个问题，他说："礼仪不是不说负面的或不好听的话，不是不作批评分析。礼仪是我们分享政治讨论这一自由领地的方式。如果我们说话叫喊、吼叫，或被打断、被教训，那就是非礼仪。"

　　换句话说，礼仪不在于"不说什么"，而在于"怎么说"，或者更确切地说，在于"不怎么说"。

　　礼仪经常是从它的反面，也就是"非礼仪"来认识和要求的，《人民日报》微博所说的礼仪便是用多个"不"的要求来表述的。维基百科对编辑们的"礼仪"要求也是用"避免非礼仪"来说的，其中包括不要居高临下、不要自以为是、不要使用轻蔑的语言、不要表现太强烈的情绪，等等。

　　在西方，礼仪的言行也被视为绅士风度。梁启超1914年在清华大学的演讲《君子》中赞赏"绅士"（他称"劲德尔门"），认为符合中国传承的"君子"人格，"君子二字其意甚广，欲为之诠注，颇难得其确解。为英人所称劲德尔门包罗众义与我国君子之意差相吻合"。他说："英美教育精神，以养成国民之人格为宗旨。国家犹机器也，国民犹轮轴也。转移盘旋，端在国民，必使人人得发展其本能，人人得勉为劲德尔门，即我国所谓君子者。"

　　礼仪不仅是个人的良好言行举止，而且也是整体国民文明素质的一个标志。"有话好好说"不仅关乎日常人际交流，更关乎整体国民人格。

　　在文明的社会里，绅士因其自身的教养，而非某种显赫的门庭家世或背景而受到尊重，绅士的文明教养与人格让他们成为社会的表率和引领。法里德·扎卡里亚在《自由的未来》一书里谈到18、19世纪英国的绅士时认为："绅士们受到广泛尊敬，比贵族而言更是领导社会时尚潮流的精英。事实上，在18世纪，英国绅士变成社会向往的高贵象征，带有神奇色彩。据说，一位女佣曾请求詹姆斯一世国王把她的儿子变成一位绅士。国王回答：我无法把他变成绅士，但我可以任命他为贵族。"

贵族是一种身份，而绅士则是一种自我成就的优秀人格。同样，今天在中国，一个人可以掌握权力或财富，拥有显赫的家世背景或傲人的高等学历，但因为不会好好说话，而只能是一个没有教养、不懂礼仪的粗鄙之人。

在中国，许多人，包括知识分子，都未能像梁启超那样欣赏和提倡绅士或君子人格，相反，他们提倡的是"战士人格"和"战斗精神"。因此，在不同意见的论辩中，他们总是把旁人视为"敌人"而不是"对方"，而在言语上也顺理成章地运用对付敌人的方式或手段——谩骂攻击、威胁恐吓、污蔑丑化、道德审判。"骂"成为他们的言语特征，他们不仅骂人，而且坚持骂人有理。这种作风在五四运动前后就已经形成，延绵至今，难以消除。

早在1918年6月，4卷6号《新青年》刊出的署名"崇拜王敬轩者"的读者来信："《新青年》是提倡新道德——伦理改革，新文学——文学革命，新思想——改良国民思想。难道'骂人'是新道德、新文学和新思想中所应有的么？"

面对读者的质疑，陈独秀对"骂"做过不同的辩护："'骂人'本是恶俗，本志同人自当有则改之，无则加勉，以答足下的盛意。但是到了辩论真理的时候，本志同人大半气量狭小，性情直率，就不免声色俱厉，宁肯旁人骂我们是暴徒是流氓，却不愿意装出那绅士的腔调，出言吞吐，致使是非不明于天下。"

也就是说，假绅士比真流氓更坏，所以挨骂是活该。从梁启超赞赏绅士到陈独秀痛骂假绅士，礼仪的标准在中国发生了逆转，是革命精神的胜利还是君子精神的失败，今天更需要我们去深思。

（《中国新闻周刊》总第714期）

心灵鸡汤这伪娘

◎王小柔

男的越来越秀气，脸上的粉底越来越厚，其实人家是赤裸裸地打算告诉你怎么做女人。伪娘——对于不太懂得修饰自己的女人而言，简直就是励志人物。他们雌雄难辨的模样，总让我想起那些横在我们人生边上的名言警句，那些随便拿出来一句都能醍醐灌顶的心灵鸡汤，一句一句那么漂亮，怎么说怎么是，让你一对照自己，内心一顿捶胸顿足，脑袋里满是反思：我怎么活得那么粗糙呢？

我有个朋友，在我们喝凉水都怕长肉的年纪，她吃肥肉都不带上膘，瘦对于她而言，痛苦程度比胖对于我们煎熬得多。在胖子堆儿里当瘦子，就像韭菜地里的芹菜，又显眼又病态。没错，她并不觉得自己有病，只是站在明晃晃的心灵养生和实战养生的鸡汤文字底下，才开始遍访神医。鸡汤里说了，随缘，怎么就那么寸，出门就遇见神医了。大夫问："女人得对自己好点，你哪儿难受啊？"这朋友说："我腿酸。"大夫让照CT，举着片子告诉她："腰椎已经重度了，赶紧治吧，要不来不及了。"我估计这大夫当时要卖拐的话，这朋友都得买几副，因为自打诊断出来，她立刻觉得自己简直过不下去了。等我再看见她的时候，人家已经卧床三天，腹部裹着专业纯皮大护腰，像刚打两军阵前厮杀归来的花木兰。本来是健步如飞追公交的，遇见神医之后，跟做了试管婴儿孕妇一样，愣不能动了。你要说神医不神，我都不信！

还有个朋友，按部就班地在公司上着班，忽然就辞职创业了。人生嘛，甭管多大岁数，咱得允许人家有梦想，这算国家政策，很多墙上都写着"梦"这个字。"人生，随时开始都不晚，只有再不开始，才晚了。"睿智的话，改成签名之后我就问她，你打算干点什么呢？她说："卖猫！"我心里这嘀咕，地铁口总有卖小猫小狗的，这叫什么创业啊，顶多叫摆摊儿。作为朋友，我总得照顾下生意吧，问问多少钱。那朋友说了个数，立刻灭了我想助人为乐的念头。"猫，最少两万一只吧。"这猫是纯羊毛的吧，两万起！

我那朋友是这么打算的，买两只名纯种外国贵族猫，鼓励它们要二胎或者更多，然后卖它们的亲生骨肉。她也不算算，俩猫一辈子才能活十几年，满打满算锲而不舍地要孩子，能生多少啊？而且，她自己生活那小区全是外来人口，流浪猫都没人愿意喂，好几万的贵族猫，不遭人恨吗？一个人怎么能活得这么乐观呢？我问她："你这猫，会拍照吗？会送快递吗？嘛也不会，凭张猫脸就得让别人供养，你的客户在哪儿呢？"但这朋友坚定不移地往养猫的创业道路上去了。她说："总要尝试和努力才知道结果，不同的选择会有不同的风景，为什么要和别人一样？"我就想了，有本事在你们小区办养猪场啊！养名贵耗子，也比养猫算计着有盈利前景。

　　我们每天都被各种各样别人的说辞吸引，那些鸡汤一样仿佛能点醒我们的话，能信吗？它们如同伪娘，化多少遍妆才出门，修饰够了让你看见他的皮肤、他的气质，你要信以为真，就离伪娘不远了。

　　这些引诱你反思人生的各种说辞和故事充满了断章取义。我们不可能照着别人的"一段儿"过一生。东施效颦应该是个贬义词吧，怎么到实际生活里就成了褒义词了。难道踏踏实实过日子不是一种风景吗？

　　好好洗把脸，照照镜子。我们天资平平，我们就是自己看到的样子，我们也就能主导自己的健康。那些所谓的人生导师，自己过得都如同荧荧鬼火，怎么可能把我们的人生照亮，凭啥他说我们有病，我们就真有病了，咱又不拍《捉妖记》。

　　还是泼盆冷水，让那些伪娘见鬼去吧！

（《北京晚报》"闲事" 2016 年 1 月 11 日）

旅行的最高境界

◎刘第红

"世界那么大，我想去看看。"河南一位女教师的辞职信曾经风靡网络，引起了轰动效应。

因为工作，因为生计，我们整天忙忙碌碌，日复一日，年复一年，没完没了，往往忘记了自我，不知道自己是谁。这个时候，我们渴望停一停，去看看外边的世界，舒缓工作的压力，放松疲惫的身心，调节紧张的生活。

现在，旅行成了一种生活方式。对于生活在现代都市的人来说，它具有调节身心、调节生活的功能。

我将旅行分为三重境界。第一重境界，追寻快乐，调节生活；第二重境界，开阔眼界，增长见识，陶冶性情，改变心性；第三重境界，寻找自我，发现自我。

快乐是生活的本义。在旅行中感受快乐，缓解压力，调整身心，旅行的意义也体现了出来。但我认为，这只是旅行的第一重境界。

旅行的更高境界，在于拓宽视野，增加见闻，感受世界的广阔与精彩，陶冶性情。世界那么大，如果固守一隅，无异于井底之蛙，孤陋寡闻。旅行在丰富我们生活的基础上，开阔了我们的视野，增加了我们的人文、历史、地理等知识，陶冶了我们的性情。在广袤的世界面前，我们感到个体的渺小；在厚重的历史面前，我们感到生命的短暂。回到大自然的怀抱，我们在感受愉悦的同时，对自然多了一分热爱与敬畏，对功利有了新的理解与诠释；置身于历史现场，我们在抒发思古之幽情的同时，对历史多了一分尊重与反思，为现实提供了新的观照与参考。旅行的次数多了，旅行者的心性都慢慢地发生了变化，这难道不是更大更多的收获吗？

然而，按我的理解，这依然只是旅行的第二重境界。旅行的最高境界，在于寻找自我，发现自我。"我是谁？"这是永恒的哲学追问。在茫茫人海中，在忙忙碌碌中，我们往往迷失了自己，寻寻觅觅，寻寻觅觅，却不知道自我在何方。为了寻找自我，我们一次又一次地出发。我曾在黄山之巅，久久地凝视迎客松。它长在悬崖峭壁之上，苍翠遒劲，伸展自如，飘逸自然。我也身处逆境，但我不屈服于命运的安排，勇敢地与命运抗争。我觉得黄山迎客松就是自我的化身。有一年，我去柬埔寨旅游。在吴哥窟，直面辉煌的废墟，直面残破的神像，我在感到强烈震撼的同时，竟然有一种似曾相识的感觉。也许，破败的神就是人类的写照。有哲人说过，一个人也就是一尊破败的神。每一尊残破不堪的神像背后，都深藏着一个沧桑的自我。所以，我在那里左看右看，流连忘返。

寻找自我，这是摆在我们每一个人面前的长期而艰巨的任务，而旅行就是寻找的方式之一。听从世界与内心的呼唤，让我们上路吧！

（《南方日报》"闲趣" 2016年1月14日）

异性之间能有纯粹的友谊吗？

◎周国平

　　男女之间是否可能有真正的友谊？这是在实际生活中常常遇到、常常引起争论的一个难题。即使在最封闭的社会里，一个人恋爱了，或者结了婚，仍然不免与别的异性接触和可能发生好感。这里不说泛爱者和爱情转移者，一般而论，一种排除情欲的澄明的友谊是否可能呢？

　　在《人生五大问题》中，莫洛亚对这个问题的讨论是饶有趣味的。他列举了三种异性之间友谊的情形：一方单恋而另一方容忍；一方或双方是过了恋爱年龄的老人；旧日的恋人转变为友人。分析下来，其中每一种都不可能完全排除性吸引的因素。道德家们往往攻击这种"杂有爱的成分的友谊"，莫洛亚的回答是：即使有性的因素起作用，又有什么要紧呢！"既然身为男子与女子，若在生活中忘记了肉体的作用，始终是件疯狂的行为。"

　　异性之间的友谊即使不能排除性的吸引，它仍然可以是一种真正的友谊。拜伦在谈到异性友谊时赞美说："毫无疑义，性的神秘力量在其中也如同在血缘关系中占据着一种天真无邪的优越地位，把这谐音调弄到一种更微妙的境界。如果能摆脱一切友谊所防止的那种热情，又充分明白自己的真实情感，世间就没有什么能比得上做女人的朋友了，如果你过去不曾做过情人，将来也不愿做了。"在天才的生涯中起重要作用的女性未必是妻子或情人，有不少倒是天才的精神挚友，只要想一想贝蒂娜与歌德、贝多芬、梅森葆夫人与瓦格纳、尼采、赫尔岑、罗曼·罗兰、莎乐美与尼采、里尔克、弗洛伊德、梅克夫人与柴可夫斯基，就足够了。当然，性的神秘力量在其中起着的作用也是不言而喻的。区别只在于，这种力量因客观情境或主观努力而被限制在一个有益无害的地位，既可为异性友谊罩上一种为同性友谊所未有的温馨情趣，又不致像爱情那样激起一种疯狂的占有欲。

　　在男女之间，凡亲密的友谊都难免包含性吸引的因素，但未必是性关系，更多是一种内心感受。交异性朋友与交同性朋友，倘若两者的内心感受是一样的，这个人一定出了毛病。

作为一个通晓人性的智者，蒙田曾经设想，男女之间最美满的结合方式不是婚姻，而是一种肉体得以分享的精神友谊。倘若有人问：这种肉体得以分享的精神友谊究竟是什么东西——是爱情，准爱情，抑或仍是友谊？我来替蒙田回答吧：智者不在乎定义。

两性之间的情感或超过友谊，或低于友谊，所以异性友谊是困难的。在这里正好用得上"过犹不及"这句成语——"过"是自然倾向，"不及"是必然结果。

（《新民晚报》"夜光杯" 2016年1月23日）

如果你不是小王子钟爱的那朵玫瑰

◎周保松

喜欢《小王子》的朋友应该记得，小王子来到地球后，偶经一个玫瑰园，见到里面有五千朵玫瑰，才知道他的玫瑰并非世间独一无二，遂十分难过，经历人生第一次的意义危机。其后小王子遇上狐狸，得其启蒙，终明白生命中最重要的价值，是通过驯养建立起来的独一无二的关系。

在他们道别之际，狐狸叫小王子再回去玫瑰园。于是有以下一幕："你们跟我的玫瑰一点都不像，你们还什么都不是呢"，因为"没人驯养你们，你们也没驯养任何人"。这些玫瑰听完，感到很难堪。小王子还不肯停下来，继续羞辱她们："你们很美，可是你们是空的。没有人会为你们而死。当然，我的那朵玫瑰，普通路人会觉得她跟你们好像。可是光她一朵，就比你们全部加起来都重要，因为她是我浇灌的。"很明显，小王子是通过这番很伤玫瑰自尊心的话，来重新肯定自己。

如果你是那些玫瑰，你可以怎样响应小王子？我想大部分读者根本不在意，因为大家羡慕的，都是B612小行星上那朵为小王子所爱的玫瑰。但在真实的人生，我们大部分都不是那朵玫瑰，而是那五千朵的其中一朵。如果我们诚实一点，甚至得承认，我们很可能连玫瑰也不是，而是长在路边不起眼的小花小草。倘若如此，我们可以如何自处？我们该用什么来肯定那不曾得到驯养的人生？小王子很残忍，他让这五千朵玫瑰陷入一场他曾经经历过的巨大危机，并叫她们无地自容。

玫瑰们可以反驳说，小王子如此教训她们实在不公道。第一，她们之前并不知道驯养的道理。如果小王子不曾遇上狐狸，他也不会有这番领悟。一个人生命中能否遇上启蒙者并领受重要教导，是运气。第二，就算她们知道这个道理，但在人海中能否遇上生命中的小王子，也是运气。即使日后玫瑰园再来一位王子，最多也就只能驯养五千朵玫瑰的其中一朵。这份生命的无奈，小王子太年轻太幸运，无法体会。第三，小王子说他的那一朵，较五千朵加起来还要重要，其实只是对他而言。小三子只是从他的角度，来评断这些玫瑰的存在价值。但既然小王子根本不在乎她们，她们也就不必用他的标准来衡量自己。小王子在这里，实在过于自我为中心。

做完这番响应，玫瑰们就可以心安理得地继续生活下去？恐怕不易。因为小王子提出了一个重要的哲学命题：没有驯养的生命，是不值得过的。每一朵玫瑰都有自己独立的生命，每一朵玫瑰都只能活一次，每一朵玫瑰都希望活好自己的生活，所以她们不可能无视这个问题的重要性和迫切性。她们需要对自己有交代。

玫瑰们最少可有两种方式应对：要么积极寻找驯养的对象，要么修正或重新定义这个命题。采取第一种方式，需要许多条件配合。例如你首先要找到值得你驯养的对象，然后又要对方愿意被你驯养。驯养是个相互选择、相互接纳和相互投入的过程。它体现了一种相互性。既然如此，驯养就不可能是个完全个人自主的行为。即使这五千朵玫瑰多么爱慕小王子，只要小王子眼里没有她们，一切也是徒然。这不一定表示这些玫瑰不美，不值得小王子去爱，而是小王子的心在那一刻容不下她们。

由此可见，驯养里面既要有自己的自主，也必须尊重对方的自主。这种双重自主性加上生命的偶然性，使得一个人和另一个人在时空的某一点能够恰好相遇且彼此驯养的几率，变得极小。缘分之为难，即在此处。玫瑰们也许终须要接受，即使很努力却不一定有好结果，是人生残酷的实相。

有些玫瑰或许会说，尽管我们需要通过驯养来找到活着的意义，但并不需要将驯养的对象狭窄地局限在"小王子"身上，而可以有更为广阔的想象，例如寻找一些值得自己投入和献身的活动。这些活动可以是事业、信仰、艺术追求或政治理想。爱情虽然重要，但并非生命的唯一。人生有许多有价值的活动，同样值得我们以驯养的心态去付出，并在其中建立各种有意义的联系，从而活得丰盛。一旦见到这点，玫瑰们就不必每天被动地等待生命中的小王子的出现，而是可以将生命安顿在其他追求上。

最后，还有另外一种可能，是狐狸不曾教导过小王子的，就是自我驯养。人既是主体，也是客体。自我驯养的意思，是将自己的生命视为需要好好善待和建立联系的对象。通过感受自己的身体，聆听自己的内心，实现自己的能力，完善自己的人格，我们和自己建立起最亲密的驯养关系。这种关系和前面两种，并非对立，更非非此即彼。许多时候，我们只有先学会驯养自己，才能好好驯养他人和生命中的重要关系。先学会爱己，才能爱人，也是这个意思。

有了这样的觉悟，当玫瑰失意于外面的世界，难以找到为她们而死的人，仍然可以这样对自己说：没关系，即使如此，我还是能够每天好好欣赏落日，好好细味风吹麦稻的声响，好好在春夏秋冬的季节变换里感受树叶的不同颜色，好好活好自己，然后好好老去。在此意义上，我的生命，由我自己来肯定。

（《南方周末》"微信公众号" 2016年1月17日）

微信公众号的麻烦

◎叶兆言

  很多人不知道微信公众号，说老实话，我也不太明白。有微信的人很多，的确是好东西，熟人朋友相见，掏枪似的拔出手机一扫，很神奇地勾搭上了。可以免费传递消息，可以看朋友圈上好文章。我永远在潜水，老眼昏花，字太小，瞅到什么算什么，翻几页算几页。

  后来才知道还有个公众号，微信必须互相关注，要人家批准了，给你面子，才能看到对方的发言。公众号用不着玩这把戏，谁都可以关注，仿佛我们当年读书时的黑板板，镶在走道上，公开免费，带着宣传意味，想看就看爱看不看。公众号应该如何注册不了解，它与我压根没有关系。

  也是无意中知道自己被别人注册了一个微信公众号，类似的事过去遇到过，譬如微博，就有好几个同名同姓。这事没办法说理，微博的认证很随意，起啥名字都行，拿你名字开涮也无所谓。我的微博账号都是网站代办，譬如新浪和腾讯，他们为我弄好了正版的，加了V，大家都知道别的是假冒。

  微信公众号不一样，因为没有，没玩过这玩意，有人堂而皇之地就用我头像注册了，很多人信以为真。我的性格向来多一事不如少一事，能忍则忍，能马虎便马虎，后来看到发布的文章实在不像话，便写了一篇小文章，声明自己没有微信公众号，请同志们不要误会。身边的朋友见到申诉，上网搜索，发现那公众号还在不断发文章，标题越来越出格，最新的一篇耸人听闻，居然是《妞，让爷摸一把》。

  义愤填膺的哥们儿主动为我投诉，都觉得这事不能再忍，不能再挂着我的羊头，卖别人的狗肉。很快查到注册地址，在福建某地，办法有两个：一是起诉，告他侵权，一是让网站封杀。毫不犹豫选择第二，毕竟打官司烦人，犯不着。感觉这事不应该太困难，用了我的头像，显然是严重侵权，没想到相当麻烦，程序之复杂，差不多就是二十二条军规。

  只要是投诉，最后还必须本人，要输入这号那号，让一个记不住自己账号、密码的人来完成，绝对崩溃。好在我女婿懂，能够通过遥控，帮着找回微信的账号和密码。按照网站要求一步步深入，最可笑的一幕，是手持自己身份证拍张照片，发过去，用这种办法来证明你是你。

基本上就是证明"你妈是你妈"，一时间，仿佛自己犯了错，只有罪犯才会被这样对待。很伤自尊，很荒唐，用别人头像注册公众号，非常明显的冒名顶替，反倒不需要手持身份证拍照片。这叫什么事，太欺负人，招谁惹谁了。

（《新民晚报》"夜光杯"2016年2月19日）

春运是一段节气

◎王太生

就像立春、雨水、霜降、冬至、大寒……春运是一段节气，在这段节气里，有雨雪，也有霜，还有匆忙的脚步，天地间触觉最敏感的植物，是那些想回家的人，他们手提肩扛，大步流星，是大地一群会走动的植物。

中国的春运，被西方人认为是史上最大的人口迁徙。不同的始发地，终点站只有一个：家。

如果用一句话，似乎很难概括，它是和回家、拥挤、赶路、忙、汽车尾气、噪音、年货、民工工钱纠结在一起，是这样的真实而又矛盾。

某年，我和刘小三出差到一县城，住在旅店里，电视新闻正播出当天该县进入春运的一条消息：在汽车站的门前空地上，一个头头模样的人，走到麦克风前，手扶一下话筒，扯开大嗓门说道："我宣布，×县×年春运开始！"随后是女播音员一段甜甜的画外音："据了解，当日我县汽车站发送旅客量四千多人。"

看到这儿，刘小三笑了，对我说：那个人像演一个小品，显得有点多余。如果把"台词"换成："我宣布，××年春天开始！"春运就像节气一样，不请自来，挡也挡不住。

春运是一段节气，有钱没钱回家过年。这时候，票价上涨。做小生意的，掰着指头，在心里盘算着长途贩运的成本；专业承包运输户，暗自开怀，一年中终于等来甩开膀子、多拉快跑的光景。毕竟是加了价的，司乘人员态度特别好。座位让行李占了，递上一只小方凳，再赔一张热情的笑脸，一个也不能少。

古人的春节回家，运气就没有这么好。那时候，由于没有专门的机构组织交通工具而回不了家。唐代诗人戴叔伦在《除夜宿石头驿》中抒发感情："旅馆谁相问，寒灯独可亲。一年将尽夜，万里未归人。"这时他正在赶往故乡金坛的路上，没来得及在除夕赶到家，心生悲切。换到现代，大车、小车、加班车正在路上。

从大城市开往乡村的车，没有一点衣锦还乡、趾高气扬的意味。小地方开往大码头的，也不卑微。车厢里的众生相，回家时没有矫情。无论携妇将雏，衣衫敞散，还是头发凌乱，甚至将自己穿戴得臃肿不堪，却背着大包小包，并不华贵的行李。西装革履与光头锃亮同在，道貌岸然和美髯飘飘共存。也许胖者嗜睡，见缝插针，不加掩饰。初始如火车徐徐起步，复如乡间童子呼呼拉风箱，且垂涎欲滴未滴，继而呼呼大睡，车厢内鼾声如雷。有时候，一车的人犯迷糊，只有驾驶员二目炯炯。

漂泊的人如候鸟，家是暖的方向。这时候，气温骤降，有时还夹杂着雨和雪。每一辆班车，都承载着一个人的或欣喜、失望，或兴奋、懊恼，开往幸福的故乡。不同的方向的等待、张望，此时，老母亲正站在村头，穿越时空，目光对接。

这显然是一段精神之旅，在乡情中长途穿行。回家的路上，雪花飘着，蜡梅开了，许多人神清气爽，忘记了舟车劳顿。他们是大地一群会走动的植物，又回到原来的地方，像双臂一样伸展触须，去接通家的地气。

（《西安晚报》"闲情·连载"2016年2月16日）

刁民是哪儿来的

◎李北方

刁民这个词，特指那些让人头疼的老百姓。这个词很少听到，官员更是不敢使用，因为政治上不正确，谁敢这么说谁会被骂死的。

大家都不提，就意味着这个现象不存在了吗？当然不是。已经开工的工地，坑都挖差不多了，中间孤零零立着一栋房子；路已经要完工了，路中间戳着一栋房子，把六车道逼成两车道。之所以有人当"钉子户"，无非是要求高补偿，但能把情况推到那么极端的地步，要价肯定是有过高的问题。把制造这种现象的人称作"刁民"，并没有什么不妥。

这是显现的刁民，还有隐形的。比如一个地方有了拆迁预期，立即像下达了动员令，当地居民无不加盖房子，不能盖房子的地方也要种上树。这并不是建设，也不是发展生产，因为一开始就是为了拆掉毁掉的，目的只是在拆迁时得到更多的补偿款。

从"刁民"的角度看，他们都是理性的，是市场经济合格的参与者。可是，跳出特定主体的立场，从全局来看的时候，就会看到一个巨大的非理性的泡沫。过高的拆迁补偿制造了一个食利阶层，进一步推高地价，把压力转移给城市化的后来者，进而使社会结构更加畸形化；为了获得拆迁补偿而进行的建设，造成了巨大的资源浪费，城镇化这么多年来，这样的浪费一定是个不可想象的规模。

我们问刁民是哪儿的，其实是问这种非理性的局面是哪儿来的。

可以肯定地推断，城市化进程的最早一批拆迁户，今天一定是穷人，一定觉得自己当年被欺骗了。道理很简单：在两种体制转轨开始的时候，知道将来要怎么干的，是官员和接近官员的商人，他们已经盘算好经营土地赚钱了，但仍会用过去的方式来征地，因为成本低，才能导致利润高，这是理性的；被征地的一方则仍以为过去的规则有效，相信政府征地是为了公共利益，相信政府会给自己妥善的安置。结果，他们会发现自己被欺骗了。

这只是极其简单的推理，实际的进程肯定更加复杂。总之，一旦有人发现经营土地的奥秘，认识到某些地方政府也成了利益的主体并且跟开发商坐到一条板凳上去了，那么自然会改变行为模式。既然被排除了分享土地开发收益的权利，有什么理由不提前多要一点呢？

率先抛弃了以公益为先的原则的，不是老百姓，他们只是跟随者。民之所以变"刁"了，是因为一些官率先失去了公心。与此同时，政府的机会主义行为方式进一步鼓励了"刁"的行为，谁闹得厉害，谁得的多，自然会催生"刁"的竞争。问题是，地价的暴涨像是一场没有尽头的游戏，昨天看似足够高的补偿，今天看可能就低了，这会进一步成为刺激老百姓行为选择的因素。

刁民其实也是有代价的，那就是放下斯文，丢弃脸面。然而这已经变成了一个钱才是王道的社会，要斯文还是要实惠，让人如何选择？这样的社会生态，既扭曲了结构，也破坏了风气。对政府而言，既制造了社会问题，也失了民心。

如今已经到了必须收拾人心的时候了。既然要收拾人心，就要知道人心失落的真正原因。不患寡而患不均，不患贫而患不安，对老百姓而言，柴米油盐的日常小账当然是最重要的事，但老百姓心里也是有本大账的，你跟他算小账，他就跟你算小账，你算大账，他自然也会算大账。

大家都理性，得到的结果是集体的非理性；大家都不要那么理性，才能收获集体的理性。从谁开始当傻子呢？自然是政府！

人心不是钱买得到的东西。唯有持公心者，才能得人心。

（《南风窗》双月刊2016年第4期）

有一种幸福叫听你说"不"

◎刘　希

最近天气变冷，我想骑车去送女儿，她斩钉截铁地对我说："不可以！"我不明所以，问她为何。她笑嘻嘻地回答："妈妈，你身体不好，很容易感冒，就在家待着吧，我坐公交车没事的，放心哦。"女儿才上小学四年级，去学校得转两路公交车，天冷路滑，她首先想到的是我，而不是自己，小小年纪便能体谅大人、心疼大人，我心里突然间涌起一阵温暖，为这一声"不可以"，偷偷地背过身去幸福地抹泪。

想起不久前，和一个朋友在QQ里聊起现状，我说现在工作太辛苦不说，待遇差得要命，不如搬砖去。不多久就收到他的回复："不行，你这小身板哪能搬砖呀，干点别的吧。"搬砖，不过是我在微信群里看到转发的一条好笑的段子，随手搬来用下而已，可他却当真了，以为我真要去工地上搬砖。我和朋友是在一个文友论坛里认识的，君子之交淡如水，偶尔聊聊近况，听听对方诉苦，再无其他交集，我没想到，他却能给我这样的关心和呵护，一个"不行"，却道出了他的心里装了我，我幸福地笑。

前两天，跟母亲提议，让她搬来跟我住，我好话说尽，她却一口回绝："不可以，我还是一个人住的好。"我生气，问她为何要如此强硬地拒绝我，一点没有商量的余地。好半天，她才摆出道理一五一十地跟我讲："你和公婆同住，我如果去了，生活习惯上肯定有很多不同的地方，绝对会给你制造矛盾，你夹在中间，到时你会左右为难；你工作又忙，我去了，你还要照顾我，你身体肯定吃不消；还有你工资本来就不高，我如果去了，到时花你更多的钱，他和他家人知道，多少会有意见。我去你那住真的不好，会影响你幸福的。"母亲字字句句，都是站在我的立场考虑，我这才明白，一个"不"字，饱含了多少母爱。

中国文字博大精深，"不"字是象形字，表否定。说"不"，是拒绝，是反对，但这一个"不"字，却也表示着关心、呵护和疼爱，不可以、不行、不让、不肯、不干……有时候别人说不的时候，别生气，别发火，请你耐心地问他一下为什么，当你静静地聆听完他的原因，你就会知道，一个"不"字，有时却传递着一种温暖、一种幸福。

有一种幸福叫听你说"不"，听你说"不"，就有暖暖的爱、温柔的情在心里流淌。

（《南昌日报》副刊 2016 年 2 月 28 日）

杯中百味

◎从维熙

　　一壶酒，一个人，独坐在邻街餐馆的窗下，看大千世界的人间万象，是一种人生情趣。在熙熙攘攘的都市中，望人群如蝼蚁般奔忙，见车辆如过江之鲫穿行，更觉一个人的闲适之乐。古人说人生"难得寂寞"，这大概是人到晚年之后步入的一种境界。

　　昔日，我还没有独饮的酒习，常常是在频频的碰杯声中，走向感情的极致。记得上世纪90年代初，我的书斋里曾聚集了20多位友人，大家一一举杯，直到尽欢尽兴后才各自离去。随着生命年轮的增长，友人都进入了老年，那样开怀畅饮的相聚一去不复返，有的朋友甚至提前去了天堂，如叶楠、朱春雨。我时常回放那盘记录着书房饮酒畅谈画面的录像带：王蒙、张洁酒后的爽声大笑，李国文与刘心武的杯前低语，莫言、张抗抗与梁晓声的酒后红腮……这些画面都令我在回忆往昔时得到了一种精神上的享受。之所以有如此感受，实因随着岁月的流逝，酒的知音越来越少了不说，一些昔日善饮的友人，大都活得越来越科学，把舒筋活血的美酒视若长寿之大敌。我则无意改变生命轨迹，这是因为我没有死在二十年的风雪驿路上，自视为"超期服役"的士兵，已是"物超所值"，没什么可畏惧——正好与友人们的忌酒行为相反，我每天适量地饮上两杯，在杯中享受中国美酒的甘甜清洌，同时感悟着百味人生。

　　独饮过程中有不少插曲。一次，我在楼下的餐馆独坐，饮到得意之时，突然发现了一个熟悉的身影，这不是海岩吗？他也发现了我，亦觉不无惊奇。他看着我的破旧酒瓶，问我喝的什么酒，我答："败絮其外，金玉其中。"为了携带方便，也为了避免引人注意，我把茅台酒倒进了小瓶子里。饭馆女老板是个文学迷，曾看过海岩编剧的《永不瞑目》，除了免单，还特意跑回家取来数码照相机合影留念。她说："果然真人不露相，从老不修边幅，初来我们这儿吃饭时，我还以为是个哪个单位看大门的呐，你们这行的人，真有点'败絮其外，金玉其中'，看海岩老师这身打扮，不就像个小小办事员吗！"

还有一则酒事趣话。一日，我见一个开出租车的的哥把车停在了窗外，走进餐馆，恰好在我的对面坐了下来。他开口就要了一小瓶二锅头。我开始不安起来，酒精对于开车这个行当，显然是无形的杀手，于是我向服务员要了一瓶太子奶推到他的面前，同时用手指了指餐桌旁张贴着的宣传画——"司机一滴酒，行人千行泪"。这位中年司机顿时愣住了，苦笑着说："干我们这一行的，天天疲于奔命，闲下来就想喝上两口。"我说："我留下你的酒，你喝我要的这瓶奶，算是等价交换吧，怎样？"老的哥为了表示爽快，把那盒太子奶一饮而尽。

望着窗外，纷繁尘世中，每个人都在生活的圆周中旋转：外地来京的打工者，急如星火地穿梭于街道寻找生计；北京的大爷们，手提鸟笼游游荡荡享受人间的清闲；有车族开着轿车匆忙过市，去开拓新的生财之道；一些时尚男女喁喁而谈，不知彼此倾吐的是真情，还是假意；某些养狗族，看宠物在街头拉屎装作目盲，还要装出一副白领的风姿；那些蹬着平板车收购旧电器的人，声声吆喝，流露出城市打工族的艰难人生。

大概出于职业本能，我也不难分辨进餐馆里的客人，哪个是公款吃喝的官员，哪个是自掏腰包的庶民百姓，哪个是一夜暴富的小老板，哪个是败走商海的不幸儿……某些戴有乌纱帽的食客，举手投足之间总有一种"舍我者谁"的官气。有一天，我认识的一位文官带着同僚走进餐馆，让我看见了他淋漓尽致的人生表演。与同僚们喝到腾云驾雾之际，他先评文坛张三，又议文坛李四，说到得意之处时，便自吹自擂开了："当个头头容易吗，要有应对上下的本事。文坛自古就是是非之地，今天文坛更是上下左右、八面来风的风口，哪边吹来的风，你都不能不加理睬，不然的话你头上的乌纱，就被刮到天边去了……"我不禁暗暗窃笑起来，这与我在会议上见到道貌岸然的他，判若两人。酒浆真是好东西，能让人去掉假面，还其原形。

细想起来，不独独是他，中国文人自古就有这毛病。被后世誉为"诗仙"的李白，在奉召进长安时，不是也留下"仰天大笑出门去"的心灵自白吗，何况天下芸芸众生乎？但中国文学史上，也留下与钻营仕途的文人截然异同的肖像，晋时的陶渊明自摘乌纱之后，归隐田园喝自酿的美酒；《儒林外史》中的王冕，婉拒朱元璋让他进朝为官的圣旨，当与大自然为伍的牧童。古人说得好，人各有志，不可强求。因而人生就像城市的立交桥那般，东、西、南、北、中，各走各的道。

然而当我们回首历史时，不难发现一个真理：能流传下来的好诗章，多投胎于落魄文人的胸腹之中。无论是李白还是白居易，抑或是骆宾王、刘长卿、柳宗元、刘禹锡、元稹、王昌龄、韩愈……他们在逆境中的诗作，大都超越了飞黄腾达之时，字句中更具有了悲悯人生的色泽。

为什么？因为他们从社会中心移位到了社会边缘，更加关注底层的艰难人生了。也许人在边缘，精神才更加清醒，眼睛更容不得沙尘。这是我临窗独饮时，脑海中突然迸发的人生悟语。在这个春日，写此酒话一章，以充实夕阳斜照的晚年。

（《光明日报》"文荟·大观" 2016年3月25日）

何必事事争个"第一"

◎ 焦元溥

2016年1月中在深圳，和钢琴名家格拉夫曼（Gary Graffman）有场公开对谈，从他的自传《我为什么要练琴》讨论其教学与人生。在活动结束前，我好奇地询问大师，在教了这么多中国学生，造访中国将近四十次之后，对于中国琴童及其家长，有没有特别想说的话。

"我觉得中国人太强调竞争，尤其要争第一，而且是在日常生活中就不自觉地强调如此观念。"竞争难道不好吗？格拉夫曼却有另一番想法。"比方说我看中文，常有'某某是第一人''谁谁谁天下第一'这样的说法。我读中国书法与绘画的书，也常看到作者写'某人是某朝第一'。我总是觉得很困惑。西方世界不常见到这样的表述；你可曾见到介绍法国19世纪后期绘画的书，上面写'凡·高是法国绘画第一人''莫奈是印象派首尊'或'高更作品天下第一'这样的话？这种争第一的心态真是好事？对钢琴学生或钢琴家而言，这样真的健康吗？"

这世上有很多事物可以分个高下。就算只是快0.01秒，赛跑就是得依此决定名次，可以比出第一。但天下也有太多事，没办法找出第一，艺术正包括在内。"谁是天下第一的小说家？""谁是世上最杰出的导演？"你真能心安理得而不带一丝迟疑地给出答案？

以前女高音西弗丽德（Irmgard Seefried）也曾被问："谁是当今最好的元帅夫人（歌剧《玫瑰骑士》的女主角）？"她仰头一笑，回叹："这是什么问题？"

是啊，对于这内涵丰富、表现方式又有无限可能的精彩角色，怎么可能会有唯一选项？标举米开朗琪罗为文艺复兴时期第一，那么达·芬奇的艺术何以要被视为第二？面对无法找出"第一"的事物，我们该欣赏个别特质，也鼓励发展独特风格。作为个人，我们当然可以有自己的偏好顺序，就像我总是开玩笑地说米芾是"宋代书法第一名"。若真觉得书法艺术可以分出第一、第二，这可就一点也不好笑了。

但偏偏有人就是要这样比，虽然也是情有可原。村上春树讨论文学奖，就表示"世间众人大多只看眼睛看得到的具体的、形式化的东西……文学作品的质，毕竟是无形的东西，当授予某种奖或徽章时，就附上具体形式了"。谁是最好的钢琴家？艺术很难比，那就比技巧；但技巧其实也不好比，那就比准确。许多音乐比赛结果之所以可笑，在于最后获得冠军的，实是安全却乏味的庸才。但音乐比赛在最好的情况下，毕竟还能兼顾诠释、艺术、思考与技巧。参赛者演奏的是别人的创作，品评总是有所客观依据。若是连这点都不论，却去比"谁接了最多活动"或"谁音乐会最多"，这就和讨论作家却不读著作，只去数得过多少奖，讨论画家却不欣赏作品，以画作拍卖金额决定成就一样荒谬。

　　竞争很重要，更重要的是知道什么可争。谁是印象派第一人？没有"第一"也就是多元衡量。要了解印象派的绘画艺术，你就必须研究那个时期的诸多画家，品味各种观点与手法，自然也就不会以狭隘定义、以管窥天。这当然是更细腻也更深入的思考与涵养。我不知道中国人是否特别爱竞争、特别爱比第一，但我们确实已经看到太多无意义的排名和没道理的比较。如果竞争不能带来进步反而降低水平，是否还需要这种竞争，答案应该显而易见。

（《南方周末》"微信公众号" 2016年3月16日）

当不了童星

◎ 肖外外

娱乐圈如今是一个人人向往的地方。多少少男少女们都怀揣着当明星的梦想，一个个挤破脑袋想进娱乐圈。现在很多家庭的孩子刚刚学会走路、说话就被送去学表演、学舞蹈、学主持……家长们都想着万一自己的孩子以后进入娱乐圈，当上大明星成为摇钱树呢。可是谁能知道，明星们光鲜亮丽的背后其实有着多少辛酸！

儿子同学的妈妈是电视台做编剧的，有很多演艺方面的资讯。她儿子长得挺帅，于是经常被人调侃，可以利用她的资源，让孩子早点进军娱乐圈，当个小童星。每次她都笑笑，然后一笔带过：我儿子那性格不适合娱乐圈。大家纷纷为之惋惜。

寒假的时候，一个远房表姐带她的女儿妍妍来我家玩，正好她也在，我表姐一听她是电视台的，就赶快把女儿叫过来："我们妍妍从小就喜欢模仿，而且培训班的老师觉得各方面条件都不错，如果你们那再招小演员，一定要告诉我啊，让她去试试，没准就火了。"的确，妍妍从小就古灵精怪的，而且被表姐调教得多才多艺，表现欲特别强，经常被人说，以后是当大明星的料。

编剧妈妈不好拒绝，只说："那要做好吃苦的准备啊！"姐姐说："没事，只要能让她做演员，什么苦都能吃。不信，你问！"然后拉着妍妍："这个阿姨可以让你上电视，你愿不愿意吃苦啊？"妍妍使劲地点头。我怀疑五岁的她根本连吃苦是啥都不知道。

果然，没有几天，编剧妈妈就给我表姐打电话，说有个儿童微电影可以让妍妍去试试，因为之前没有演艺经验，所以只能客串一下。虽然只是客串，但是我表姐也很开心地答应了，并且振振有词，很多大明星不都是从客串开始踏入演艺圈的吗？

可是，自从那次演戏之后，就再没听说我表姐让妍妍当大明星的事了。有一次，我妈逗妍妍说："我们妍妍还演过戏呢，已经是小明星了！以后还要当更大的明星！"表姐赶快打断说："算了，娱乐圈不是我们一般人能待的地方！"

我猜测，那次客串肯定发生过什么。一问才知道，果然那次拍摄现场发生了很不愉快的事。

表姐的女儿虽然只是配角，可是因为没有表演经验，也没接受过相关训练，再加上妍妍可能第一次面对镜头有点紧张，所以那场戏总是不能通过。于是旁边的演艺统筹就开始恐吓："如果再演不好就要打屁股！"在家一直是小公主，从来没有挨过打的妍妍看着凶狠的阿姨吓得哭了起来。

因为表演的现场，害怕孩子眼睛总是不自觉地看妈妈，所以表姐被清场了。妍妍哭了后，表姐才被叫了进来。演艺统筹于是当着表姐的面批评，说你家孩子太木讷了，那么简单的一个动作都做不好云云。一向觉得女儿最聪明的表姐一听心里就火了，她按捺住澎湃的心情抱歉地说："对不起啊！我们女儿第一次演，不太会演！"哪想演艺统筹不但不领情，还当场发飙："不会演戏，那你带过来干什么！这不是浪费我们的时间吗？你知道剧组一天的开支是多少吗？为了一个小角色浪费这么多时间，你负担得起吗？"好在最后那场戏妍妍总算是勉强过了。但是表姐从此也打消了让妍妍进军娱乐圈的念头，妍妍也因此留下了心理阴影，再不说要当大明星这种话了。

编剧妈妈后来说，这么小的孩子，哪里能像大人一样一遍一遍地配合你演戏呢？其实那天微电影拍摄现场后来还有更大的波折呢，混血小男主演因为现场太调皮，不配合导演，拍了一半，最后被换人了！看着最后小男孩伤心地离于剧组的画面，她心里说不出来地难受。

作为一个妈妈，她能深刻地理解小男孩顽皮的天性。可是在剧组看来，这些显然是不能被原谅的。"所以你现在知道，我为什么不让我儿子去拍戏了吧！做演员，当童星，那真不是一般人能承受得了的！"

（《北京晚报》"闲事" 2016年3月24日）

当心那些利用你正义感的人

◎曾　颖

在《瓦尔特保卫萨拉热窝》这部老电影中，有这样一段情节——德国侵略者为了混淆视听，派特务假扮游击队领导人瓦尔特。假瓦尔特怂恿地下游击队员和爱国青年去攻击毫无战略价值的德国运输队，结果落入德国人的圈套里，一阵乱枪扫射之后，几十个爱国青年横尸街头，一腔报国热血洒在冰冷的街道上。

这个片段我看过无数次，每看一次，感受都很复杂。既有对残忍阴险的阴谋实施者的恨，也有对热血勇敢的年轻人的敬佩，但更多的是对正义没能识别出邪恶的无限惋惜——包裹着正义外衣的邪恶是最难识别的，但其杀伤力和破坏性比赤裸裸的邪恶大千倍万倍。

假瓦尔特们所利用的，恰是爱国青年的"真"。

在美剧《曼哈顿计划》中，也有一个典型的例子，一位美国物理学家被苏联特务组织招募，帮助刺探和搜集美国制造原子弹的情报，招募人引诱他的说辞便是："你所做的一切，是让原子弹晚一天落到妇女儿童的头上！"邪恶的间谍活动打着和平与悲悯的旗号，突破了那个心存正义感的年轻物理学家最后的心理防线，他满怀正义感地在罪恶的路上越走越远，直至害死最好的朋友和他的妻子，将自己引入万劫不复的境地。

这种以高尚的理由犯罪的事情，不仅存在于影视作品中。前几年一位刚工作的年轻记者，在新闻正义感的驱使下，报道了一起屠宰场半夜给猪灌水的事件。线人把猪被灌得嗷嗷惨叫的视频交给他，激起他无限的愤怒，当场写下曝光稿，稿子历经波折终于发表，给猪灌水的屠宰厂停业并被罚款。但是真相是，整个报道是由那家企业的竞争对手策划的，两家企业为争"龙头企业"称号闹得势同水火，线人和视频都是竞争对手提供的，他们还付给记者的上司近百万元，上司用几句有关新闻理想的巧言，把这件危险的事情轻松搞定。

某位爱犬人士每年都会找年轻记者去他的救助基地采访，以慈善的名义声情并茂地讲述这些"人类的朋友"多么需要帮助，把年轻记者们感动得眼泪汪汪，写下一篇篇令人读后觉得如果不捐点儿什么就不是人的稿子。但这些文字往往会引得老记者们讪笑。并不是老记者们心硬如石，而是因为他们亲眼见过那个"爱心人士"的家里堆积的大量受捐物资，其中光钢琴就有六架。

我还亲历过一件事。某日，一家网站的编辑义愤填膺地向我爆料了一个当地的负面事件，请我写篇声讨的文章。我在正义感的鼓动下，洋洋洒洒写下一篇文章。他拿去发表、重推，然后联手公关公司，把那篇文章又"和谐"掉——这其实是他们网站的一种盈利模式，而我也是在他和他的网站被逐出传媒行业之后才知道真相的。虽然事情已过去很久，但我仍有一种正义感被亵渎了的感觉。

对正义、仁爱、公平甚至国家、民族、宗教的正向之爱以及尊奉与追求，是人性中光辉的一面。但这种追求一旦被误导，就会把结果推向和我们的意愿相反的一面。因此，要警惕那些将正义的力量引向黑暗面的"假瓦尔特"，并远离他们。虽然识别他们有一定的难度，但也有一些诀窍，而其中最重要的一条，就是不仅要听其言，更要观其行。

正义的目标从来不是通过阴暗、邪恶的行为实现的。把正义的口号喊得震天响，是既简单又廉价的事情，而做什么和以什么样的方式做，才是最重要的。

（《读者·原创版》2016年第4期）

没有人问我在想什么

◎孙昌建

老底子的熟人见面打招呼，一般都是问"吃了没"。现在似乎吃的问题已经解决了，于是寒暄语一般是这样几句话了，第一句"你最近忙不忙"，第二句是"你最近在忙什么"，第三句是为我本人定制的："你最近在看什么"。

这三个问题都很好回答，也都很难回答。为什么，因为职业的原因，又加上习惯的不同，忙和不忙，实在是一个没标准不靠谱的问题。人人朝九晚五，也说明不了到底是忙还是闲，而且付出和得到也并不是一回事情，有的甚至有天壤之别。起早摸黑的，比如说我们的中小学生，看上去当然很忙，但这个忙有意义和价值吗？这很难说。

至于个别的朋友会问我的第三个"你最近在看什么"，这个问题是我乐意回答的，因为作为一名文字工作者，看什么书和影碟不仅跟职业有关，也反映了一个人的兴趣爱好，同时也决定了我将会写出什么样的文字来。如果我习字时读的是王羲之、临的也是王羲之，那十年之后，我的书写可能会带有一点点的"王气"，这跟种瓜得瓜、种豆得豆大约是一个道理。当然人毕竟不是奶牛，吃下去的是草，挤出来的并不一定是奶。同样是奶，有人生产奶茶，有人出品豆奶，而有人干脆是搞饮料灌装，或有人干脆卖白开水，这跟一个人"看什么"好像还是有关系的。

但是我发现，从没有人问我"在想什么"，我以为这是一个很可怕的现象，不是问题本身，而是根本就没有人问我这样的问题。中国古代有一则寓言叫《杞人忧天》，当时我们都把杞人解释成是可笑的、他是没有必要去顾虑天会塌下来的，直白地说杞人是精神有毛病的，或者他一天到晚在想引力波和外星人这样的问题。因此生活中没有人问我在想什么，大概他们本身也很少在想什么，或者说"想什么"是属于很私人的、很形而上的问题，没必要拿出来说给人听的，它不像"忙不忙"这种比较形而下的问题，比如开会忙、带孩子忙，这大概人人都有同感，而至于你在想什么，这属于咸吃萝卜淡操心，操了也白操，所以就不花那个心思了。

如果能让我把时空稍微转换一下，比如回到学生时代，作业做不出或闯了祸被叫去办公室，那除了用沉默来装孙子外是没什么好办法的，这时候老师常问的一个问题（也基本就是这么个问题）就是——你脑子里到底在想些什么？老师也是人，有时也会说出一些很接地气的话，诸如"脑子是不是进水了""脑子是不是坏掉了"。

嗨嗨，脑子里在想隔壁班的女孩怎么还没经过我的窗前，校门口的地摊上有没有新到的漫画，我的QQ邮箱里有没有她给我发来的新邮件……这样的问题当然不能告诉我的老师，就是把我家长叫来，我也是不会说的。这也等于说老师问的"你脑子里在想什么"基本就不是一个疑问句，而是一个否定句，就是说你脑子里是不能想什么的，想了也白想！

我写这一段话没有想怀旧致青春的意思，我是指大概只有中小学时代，老师认为我们会东想西想想开去，想那些跟功课无关的事情。而一到社会上，特别是人到中年之后，大概没有人再来关心我们在想些什么，包括我这样的文字工作者，大家也认为你只要写就是了，你只要完成任务就可以了，根本就没有"想"这档事情了，好像脑袋搁在肩膀上就是个装饰品。人家让你写什么，你就写到让人家满意就是了，至于你的个人风格和腔调，对不起，一切要由甲方说了算的。是啊是啊，从一句顶一万句的时代一下子跨入到大数据时代，我们的眼睛都离不开屏幕，手指离不开键盘，好像我们也真的很少再想什么问题了，最多也只是今天晚上吃什么，吃好之后的散步走哪一条路，哪一条的灰尘和雾霾会少一些。

没有人问我在想什么，不代表我不想，只是东想西想还基本处于混混沌沌当中，不会去梳理和归整，也没有去清零，因为现在我们的生存已经到了一个碎片化的状态，本来我一天做自己的事情，最多也就几个电话的联系。现在电话也还有，但都是陌生人打进来的。还有就是你时不时要去关注一下微博啊微信啊，那上面有没有好玩的文字和图片。也就是说我们为了这"好玩"而牺牲掉了不少无聊的无所事事的时间，包括一个人发呆的时间。殊不知，一个人在发呆的时候，真是注意力高度集中的时候，好像人进入了一个真空状态，在这种状态下才会有思想的火花和灵感迸发出来。

没有人问我在想什么，这不是我朋友的错，更不是这个时代的错，而是我自己也常常忽视了这种"想"。在忙和碎片化的借口下，冷静和清醒少了，跟风和随大流多了；坚持和专注少了，滑到哪里算哪里多了；更可怕的是，我们的理想少了，我们跟现实讨价还价多了；同样的，我们的思想家在渐渐减少，我们的策略家攻略家增多，当然忧虑和焦躁也在增多，只是很少有人会涉足这一块，我们在朋友圈里东看西说，但最终还是活在自己的世界里，这世界看似开放，实则还是封闭的，因为没有更深入地去想……

没有人问我在想什么，这是我碰到的问题。我想借此反省：我是不是真的想得少了，没有敢在黑暗的隧道里顶着矿灯前行？我是不是沉迷于浮光掠影，而没有沉下心来认真地写一篇文章哪怕是千字文？我是不是不敢也不想突破自己，而只是停留在对朝花夕拾的迷恋之中？

我最近就在想以上这些问题。

（《杭州》（生活品质版）2016年第4期）

求之不得的诗和远方

◎朱　辉

从《晓说》到《晓松奇谈》，我一直是高晓松脱口秀的忠实粉丝。年初《晓松奇谈》片头换成了几句歌词："生活不止眼前的苟且，还有诗和远方的田野。你赤手空拳来到人世间，为找到那片海不顾一切。"虽然只有几句，但我预感到一旦"组装"完整，此歌必能流行一时，说不定能像《同桌的你》一样成为经典。果然，三月中旬，许巍演唱的《生活不止眼前的苟且》出炉，很快风靡网络。反响可谓"一半是海水，一半是火焰"，草根热捧传唱，精英文人撰文鄙薄。

草根热捧原因很简单，这歌提神、提气，还有比"诗和远方"更让人向往的吗？精英的鄙薄大多从歌词入手。不少人指出高晓松出自士大夫家族，爷爷高景德是清华大学前校长、中科院院士，外公张维是深圳大学创办者、两院院士，舅舅张克潜是著名物理学家、清华大学博导，母亲是著名建筑学家……再往前推，晚清时更为显赫。如此身世，何曾"苟且"过？他为明天的早餐发过愁吗？有包租婆逼着他讨房租吗？歌词最怕仔细推敲，如此家世，让那句"你赤手空拳来到人世间"变得矫情。从表象看，人人都是赤手空拳来到人世，但"起跑线"却相差甚远。有的生于贫苦之家，注定要经历苦难的童年；有的含着金钥匙出生在香港、美国的私立医院，幸福生活唾手可得。长大后，家世还会深刻影响着交际圈，而圈子很大程度又决定着未来，尤其在阶层固化的成熟社会。

"诗和远方"对于绝大多数人显然遥不可及，它属于马斯洛所言人类需求的最高层次"自我实现"，而大多数草根一生所求只能是最低层次的生存，也就是"苟且"。

多年前，高晓松曾经发表过对于买房的见解，大意是你买了房，只拥有了那一小块空间；你不买房，整个世界都是你的。听起来荡气回肠，可是当年欣赏这句话的人们，比如我，还是买了房。因为我知道虽然已经二十一世纪了，农耕文明在中国并没走远，我们得依存于户口、人际圈等而生存，只有高晓松这样的精英人士，才能走遍世界都有饭吃。我们在一个熟悉的地方扎根繁衍，是能力所限不得已的选择，远方只能偶尔去看看。

当年的李德、博古，他们生搬硬套先进战略思想，和国军打阵地战，几乎葬送红军。今天这样"轴"的人很少了，不用担心有人听了《生活不止眼前的苟且》，立马辞职去流浪。我就很喜欢这首歌，听了一遍又一遍，但我还是"苟且"着，柴米油盐着。我喜欢它，只是代表我对更高层次需求的向往，但我知道对于我没法实现。这也并不一定让人痛苦，有时"求之而不得"的东西更加美丽。

（《羊城晚报》"人文周刊·专栏" 2016年4月3日）

"美颜" 脏话

◎沈月明

昨天看到一篇文章，题目是"今天的汉语越来越猥琐"，心有戚戚焉。这里举一些例子：逗比、屌丝、逼格、撕逼、麻痹、尼玛、卧槽、草泥马、然并卵……这还只是一小部分。虽然我知道这些词会引起部分读者的不适，但写评论就像看病，必须直视创面。但有不少人一定是见惯不怪了，因为脏话是我们互联网文化的一部分。

如今最流行的脏话都是经过一定程度的简化、矫饰或伪装的，类似经过"美颜"处理，虽仍不太好看，但竟能见人了。这其实是它最糟糕的地方。原生态的脏话，只有流氓泼皮悍妇太妹才会脱口而出，稍微想端着点的人，总不能轻易讲的，到了嘴边可能还要咽下去。而"美颜"脏话让很多人放下了心理负担，只管酣畅地讲或敲到屏幕上。其实连大众媒体也按捺不住了，虽还不敢上封面上标题，但内页已如"一万头草泥马跑过"。这种奇怪的"脏话文化"，有点像一群只披着薄纱的人，因为知道对方一丝不挂而暗生欢愉。

有统计说"逗比"这个词的使用频率超过了"抢红包"。北京工人体育场5万人有节奏地喊"傻逼"时，气势凌云。其实那些只顾张嘴狂吼的人，可能不知道自己参与了一次内涵极其丰富的当代文化行为艺术表达。

无论我们怎么样利用汉字的千变万化闪转腾挪，我们其实都明白那是在用生殖器对话。这种大范围的"下三路"语言现象，在汉语的发展史上是极其罕见的。有人说这是道德的倒退，有人说这是语言的堕落，有人说这是互联网文化的负资产，也有人说这是一种社会学现象，是精神压力的另类释放。

我不是语言学家，也不是社会学家，但我相信当下通俗语言中脏话的狂欢式存在有其复杂的社会因素。而我们每一个不甘心这种语言环境的人，所能做的行动之一就是抵制脏话倾销，无论它以怎样的魅惑姿态。

作家孔明珠昨天在我转的帖子下留言：我鉴定人，尤其是女人，以不说脏话为底线，说脏话一切莫谈。话虽平常，但文明自有其力量。

（《新民晚报》"评论/随笔" 2016年4月29日）

我该改名吗

◎蒋纯槐

其实，我已改过一次名了。

上世纪70年代，我去山村小学上一年级时，父亲给我取名叫蒋纯桂，没想到学校有一个老师名叫蒋纯贵，一到老师点我名时，课堂上立即引起哄堂大笑。更要命的是那个老师的女儿也在我们学校读书，比我高几个年级，每当下课在校园里遇见，就有顽皮的同学故意高声起哄，弄得年幼的我连教室都不敢出，那老师的女儿则哭着去找校长。没过几天，校长在路上遇见我父亲，说还是给孩子改个名字吧，我父亲想了想，就给我取了现在这个名字。"桂"和"槐"都是很常见的树木，我想父亲大概是希望我像一棵树一样苗壮成长吧！

从那以后，我就一直用这个名字，再没有遇到同姓同名的情况。在乡下学校当了十多年老师，我也从来没觉得这个名字有什么不好。本来嘛，名字就是一个符号而已。可是，后来我改行调进县城后，因名字而引起的烦恼却接踵而至。没想到，真的没想到，居然有人连"槐"字都不认识，你猜人家读成了什么？读成了"魁"！最初是到一家银行取钱，那营业员把"槐"读成了"魁"，我纠正了，她说没看清偏旁，我也没当回事。后来去交电话费，那营业员也把"槐"读成了"魁"，我照样纠正了，到下个月去时，还是那个营业员，又读错了，我耐着性子再次告诉她"槐"字的汉语拼音，我以为她一定记住了这个并不生僻的字，遗憾的是当我再次站到她的服务台前时，她还是把"槐"读成了"魁"！我只能自我解嘲说："姑娘，你要是叫我蒋纯鬼，我不怪你，说明你有文化，知道有边读边，无边读中间，可'魁'字跟'槐'字的读音相差十万八千里呀！"那营业员脸红一阵白一阵，连声说对不起、对不起。最突出的是，我有幸参加一个中青年干部培训班，开班点名时，主持人同样把"槐"念成了"魁"，他点第一次名时，我没答应，内心正纠结时，他又点了一次，我站起来大声说："没有蒋纯魁，只有蒋纯槐，蒋纯槐，到！"顿时，参加培训的学员哄堂大笑起来。我这一自我点名，让我一下子出了名，培训班原是有很多人不认识我的，这一下都认识了，后来他们当中有些人回去又当笑话讲，真是臭名远扬了！事后觉得有些对不住那主持人，不该当场让他丢面子……

这些年，我仍时不时地遇到叫错我名字的情况，尽管我一次又一次地纠正，但收效甚微，真不明白，为什么那么多人不认识这一个简单的"槐"字？慢慢地，我有些麻木了，错了就错了吧，有什么要紧的，中国这么大，汉字这么多，语言文字不规范使用的现象比比皆是，何必较真呢？可话是这么说，烦恼却不可能彻底消除，特别是看了《中国汉字听写大会》这档节目后，我为自己这种麻木感到脸红，试想，假如人人都对身边不规范使用语言文字的现象不闻不问，我们的语言环境会是什么样呢？

前不久，一天之内有两个人叫我改名。一个是送快递的，他倒很实在，打个电话，说："你的快递到了，你那个名字最后一个字我不认识，你改个好认的字呀！"我说："你不认识没关系，只要我的包裹没弄坏、没丢失就行了。"另一个是个骗子，电话里说："你是蒋纯魁吗？你明天上午九点到我办公室来。"我一听，乐了："你是叫我去给你上课吗？你连我名字都读错了。"没想到那骗子居然说："你该改个名字！"真是哭笑不得。或许，我该再改一次名，改成蒋一二，或是蒋三四，这样就不会有人读错了，可用了几十年的名字改成这样，我还是我吗？

思前想后，我作出了一个重大决定：这名字，不改也罢！

（《桂林日报》"花桥副刊"2016年4月3日）

交"有用"的人不如读"无用"的书

◎夏　磊

　　前些年，我结识了一位实业家，和他成为朋友的原因是，他同时是一位藏书10万册的藏书家。我经常在他的一排排书架前一待就是半天。这朋友其实没有多少时间看书，但他有一天告诉我，他知道这些书在这里，就好像知道有那么多智者在身边，心里就踏实多了。他时常回乡下老屋住住，也是为了去陪陪那些书。朋友的话让我思忖良久，在这个什么都讲实用的时代，与书为邻，实为幸事。

　　从小到大，我们总是被谆谆教导读有用的书，有时候我看看《史记》或其他典籍，也会被人善意地提醒，不要把时间花在这些无用的书上。于是书就被人们分成了有用的和无用的两种。有用的书就如同日常饮食，饿的时候需要它，解决的亦是眼前问题。而所谓无用的书，它的用处不在当下，却能培元固本，是可以让一个人从根本上好起来的东西。

　　有位作家讲过一个故事：在秘鲁的一座小城，那里的警察脾气暴躁，市民意见很大，市长想了一个办法，给警察每人放三天假，要求他们在这三天里读三部文学作品。后来，警察们的脾气有了改观，市民们的怨气也小了很多。无法考证这个故事是否真实，警察们又读了什么书，但我想，这个故事大概就是告诉大家，书，尤其是"无用"的书，可以让人先安静下来，然后哪怕只获得一点点熏陶或唤起心底一点点善意，人与人的态度就起了一点点变化。这样的阅读，或许就是阅读的"无用之用"。

　　《人民日报》微信公众号"夜读"栏目推荐过一篇文章，题目是"你读什么书，决定了你是什么人"。的确，我们的经史典籍解释和规定了我们从哪里来，并且为什么会是这个样。如果不知道这些，只读实用的书，就只能成为一个有实用价值的机器，人生还谈什么灵魂和境界呢。正如《颜氏家训》"勉学篇"里所说的，"若能常保数百卷书，千载终不为小人也"。我们现在开始重提"斯文"，也知道"斯文在兹"的意思，这本书告诉了我们怎样做才是一个有家教的斯文的人。

时下，不少人每天都在朋友圈里寻找"有用"的人，或者寻找一切机会结交有权有势的所谓有用的人。若真的读了那些"无用"的书，就可以用一种更加平和的心态，面对这样一个纷繁的世界。打开《诗经》，"杨柳依依、雨雪霏霏"的意象会让许多渐渐远去的日子又回到眼前；翻开《围炉夜话》，很容易读到这样几句："习读书之业，便当知读书之乐；存为善之心，不必邀为善之名。"就是这样一些无用的书，把我们带回遥远的年代，重温我们民族骨子里共有的淳朴，让我们以儒者的宁静面对芜杂的世界，以平和的心境去迎接突来的风雨。

交十个所谓有用的人，不如读一本所谓无用的书，因为那十个人只会让人知道什么是功利，而一本无用的书教给我们的往往正是与功利无关的崇高，这才是立身之本。母亲常常对我说一句话："我没用了，什么都帮不到你们。"可是母亲就是一本书，就跟藏书家朋友说的那样，知道她在那儿，儿子心里就会踏踏实实。对于我们来说，生命中最重要的不是什么有用的人、有用的书，而是母亲倚在老屋门框上送我们的目光，还有父亲转身回屋那弯曲的背影。

（《人民日报》原创版2016年6月7日）

向高贵的生命致敬

◎毕飞宇

    1987年，我还是一个23岁的年轻人，那一年我大学毕业，成了南京特殊教育师范学校的一名教师。在这里我需要解释一下，南京特殊教育师范学校的学生都是健全人，毕业之后，他们将成为残疾人的老师。作为残疾人老师的老师，老实说，我当时一点也不知道残疾人对我将意味着什么。

    因为我写过小说《推拿》，许多人都有一个误解，以为我把我所认识的残疾人的故事都写进了小说，事实上不是这样。为了尊重朋友的隐私，我在《推拿》里头没有记录任何一个真人，也没有记录任何一个真事。但是，在今天，我要给你们讲两个故事，人物是真的，故事也是真的。对了，在讲故事之前，我要介绍一下我的职务，我的职务是推拿中心盲人居委会的大妈。

    第一个故事是关于戒指的。我有两个盲人朋友，一男，一女，他们是一对恋人。有一天夜里，姑娘把我从推拿房叫到了大街上，掏出了一枚戒指。她告诉我，她想和她的男朋友分手，戒指是男朋友送的，她请我把这枚戒指退还给她的男朋友。我把小伙子喊了出来，把姑娘的想法转告了他。小伙子对我说，他已经感觉出来了，但是，希望我把戒指再送给女方，理由很简单，恋爱可以终止，这段感情却是真实的，他希望女方把戒指留下来做个纪念。我只能来到女孩的面前，转达了小伙子的意思。姑娘说，都是残疾人，买一个戒指不容易，请你再跑一趟，退给男方。我又一次来到小伙子的面前，经过我的反复劝说，小伙子最终接受了戒指。第二天上午，那个姑娘就消失了，我再也没有见过她。

    在这里我想告诉大家，盲人都有他们的身体缺陷，他们大部分都有些自卑，他们担心主流社会的人瞧不起他们。为了补偿这种自卑，他们就格外地自尊。作为居委会的大妈，我时刻能感受到他们心底里的那种力量，这力量其实也正是生活里头最为朴素的一个原则——是自己的就是自己的；不是自己的就不是自己的。在我看来，一个人只要过上有原则的生活，他就是高贵的，这样的生命就是高贵的。我愿意向这样的生命致敬。

现在我要说第二个故事了，还是关于戒指的。我另外有两个盲人朋友，一男，一女，也是一对恋人。这一对恋人要幸运得多，他们最终结婚了。就在他们举办婚礼的前夕，小伙子找到了我，让我做他们的证婚人。在我给他们证婚之后，婚礼的司仪、江苏人民广播电台的一位女播音员，请一对新人交换戒指。小伙子拿出了戒指，是钻戒。而那位盲人姑娘也拿出了一枚戒指。现在，我想请朋友们猜猜——姑娘的戒指是用什么做的。

这枚戒指是新娘用她的头发做的。新娘是一个诚实的姑娘，她大大方方地告诉我们，她买不起钻戒，她只能用她的头发为她的新郎编织一枚结婚戒指。这位盲姑娘说，她的头发太软了、太细了、太滑了，为了编织这枚戒指，她失败了一次又一次。她差不多动用了一百个小时才算完成了她的梦想。我清楚地记得，婚礼上所有的人都流泪了，我请来的女播音员几乎泣不成声。唯一没有流泪的那个人是新娘。她仰着头，凝视她的新郎，她自豪的、倔强的、幸福的、什么也看不到的、远远说不上漂亮的凝望给我留下了终生难忘的印象。她自己也许都不知道，因为贫穷，她没有能力去购买钻戒，但是，她却为我们展示了一只最高贵的戒指。它不是矿物质，它是一个姑娘的生命，她全部的爱，因为爱而激发的无与伦比的耐心——这个故事就发生在大行宫附近一家最为普通的路边店里，时间是2011年的冬天。非常遗憾，在我证婚的时候，我的《推拿》已经出版了，要不然，说什么我也会把这个场景写进我的小说。今天，我把这个故事讲给你们，多多少少弥补了我的遗憾。

在这里我特别想说遗憾。作为一个作家，我的人生几乎就是在遗憾里头度过的，我相信，在座的艺术家们都会同意我的说法。每当我完成了一部作品，无论我多用心，回过头来，都会发现有许多东西没有写进去。这个没有写进去的东西就是比小说更加广阔、比小说更加丰富的生活。可我依然是乐观的，正因为有遗憾，我们手中的笔才不会停歇，遗憾在，艺术创作就永在。

最后，我有一个小小的提议，朋友们，为了你们的健康，也为了盲人朋友有一份更好的收入，大家常去做推拿吧。

（《新华日报》2016年1月28日）

好官也要不怕骂

◎刘诚龙

您别以为，挨骂全是因为您做错了什么事；有时候挨骂不是因您做错了什么，而是您做对了什么；挨骂得越凶，不是您错得太离了曲谱，而是您对得太该谱曲。

我这里说的情况是有时，大半时候人家骂你，确乎是你做得不对。比如你跑到人家菜园子里偷了茄子辣椒，盗了西瓜南瓜，还把人家瓜棚架都摇倒了，活该隔壁阿嫂操着菜刀，骂得阁下一佛出世，二佛升天。

这都是正骂，实是源自你该骂。不过世界是复杂的，有淑女也有恶妇，有醇儒也有犬儒，有谔谔之士也有无赖泼皮。老婆婆菜园子里豆角如璎珞，白菜如白玉，他偷了你不偷，他不骂你伪君子？

做清官，是合乎全人类价值的吧？这也曾挨大批。有人认为，却是因了清官，苟延封建寿命。有的则要更迂回些，不直接骂清官清廉，而变了些口，主要骂清官清刻、清酷。

大清刘熙载，世以耕读传家，是颗读书种子。道光时候考上进士，咸丰时候入值南书房，一举首登龙虎榜，十年身到京都栖，刘公却是没改劳动人民本色，"每徒步先至，大风雪未尝乘车，衣履垢敝"。不买公车不坐公车，买的是地摊衣穿的是补丁裤——这个严格意义上的好官员，却是遭人奚落，"诸王子窃笑，称为'厨子翰林'"。

好品德不受点赞也罢，反是遭辱，这社会癫了么？礼失求诸野，太爷们价值观紊乱或淆乱，不可怪；反是我们素来不正眼瞧的太监们，倒还残留着人间正道。太监们到处打油火乱揩油，有回跑到刘熙载家，"大呼门者，乃无一人。至厅事后，见一持斧劈柴者"，厅后面砍柴的，正是南书房秘书刘熙载。太监们本是来敲诈勒索的，见了清官刘熙载，却也是良心发现，"刘公贫至此，我辈忍取求乎"。太监们还有良心啊——人确曾坏了却还可救，根尚未朽，基本价值观还没坏透：对清官，还是认同的，还是尊敬的。

刘公如此艰苦朴素、戒骄戒躁，清官甘于做穷官，咸丰见了，过意不去，将他外放地方，"特授广东学政"。广东学政是个肥差，一般人无须另挖地三尺，只需前头乌龟爬烂路，后头乌龟照着爬，不愁赚个盆满钵满。

刘熙载却不这么干，他不单洁身自好，还加强吏治。到辖区学校搞检查，吃人家、拿人家、收人家"误餐费"，统统禁了；教材外开动机器，猛印各类教辅，高价推销学校，统统停了；考试经济，教育产业，统统废了；还有那些潜规则、暗金库，"熙载至，尽裁上下陋规"。独善善独善其身，众善善众善其政。您说，刘熙载是不是好官？

您是这么以为的，奈何当时许多人并不以为然。刘公被骂清刻、清酷、作秀、捞名，有次会上，八个不同扶色的小把戏抱着刘熙载的腿喊爸爸……"胥吏患之，知熙载狷，故为蜚语刻污报中"，抓了刘熙载软肋。

众口铄金，人言可畏；很多人不怕枪杆子，却怕笔杆子；流血敢流，流泪却不敢了。王安石不管枪杆子还是笔杆子，吾往矣。纵横数万里，上下五千年，这样的人不多。大部分人如刘熙载，却是怕了，"熙载见之果恚"，有心做清官，到头来没得一句好评反遭污蔑，这不让人心灰意冷？解甲归田去，"即日乞病归"。

刘熙载乞病归后，著了《昨非集》《四音定切》《说文双声》等，尤以《艺概》传名后世，算独善其身了，可他还是兼济天下之逃兵哪。这社会或缺独善其身，更紧缺的是兼济天下。可叹者，刘公既是官场逆淘汰所致，更是舆论场劣币驱逐良币造的孽。对刘熙载们，当亮嗓给他鼓劲哪，做好官要有比做贪腐官更大的定力，不要怕骂。

（《北京日报》2016年7月26日）

闲话起名

◎沈　坚

　　三十多年前上大学那会儿，寝室曾有同学突然问我："你的名字是不是'文革'时改的？"我一愣，只是简单回应了一句："出生后就是这个名。"

　　他这么问，并不奇怪。"文革"期间确有不少人热衷改名。当然是愈改愈"红"，愈改愈"贴近潮流"啰。我的名字本身虽说不上什么色彩，却似乎很容易跟主流意识偏好的那些字、词发生联想。同学怀疑我的名似属"赶时髦"，也算事出有因，不难理解。早在看连环画的年纪，我就已知道古人中有过孙坚（三国孙权之父）、杨坚（隋文帝）。无非取名的字好，此外并没觉察自己名字有啥特殊的。人名，不就一个称呼、一个符号吗？

　　前几年，不经意间翻到一张父亲留下的薄纸片。笔记本中撕下，钢笔字记下了我出生的确切时间、医院，尤其详述了他为我起名所作的考虑。这才是我所关注的。他写到，经"反复思考，拟为取单名坚。用意期此小生命身（体）坚实康壮，意志坚忍不拔，以迎接新中国的建设"。他还特意注明该字的字义，"如坚固、坚实、坚决、坚定、坚忍……，为今后建国应取之精神。以之期此儿，似较适切"。父亲写下的这番话，这样的意涵，同新中国成立之初那种社会氛围和人们的普遍向往、期待完全合拍，与主旋律合辙押韵，俨如"解放区过来的"。难怪人家会以为我是后来"红遍天"时才改的。

　　近几十年来，中国人的起名，其实已非纯然的个人或家庭行为，而是带着一个时代很深的印记。虽说将"计划""路线""方针""政策"之类政治术语用来给孩子冠名的例证确属稀罕，可同龄人中，起名带有时代特征的就太多了。近时看篇文章才知道，北京女学者李银河7岁前的名字居然是李三反（"三反"运动那年出生的）。她同学中叫这"三反"那"三反"的还有好几位。我们自己周边差不多年纪的熟人中，叫建中、建华、建新、建国、建平的，尚大有人在。朝鲜战争爆发后，给男孩取名援朝或卫国、卫平的，女孩取名抗美的，光我认识和听说过的人，就不计其数。后来1958年"大跃进"年代出生的孩子，无论男女，取名"跃进"，甚至名中带"跃"字、"钢"字的，也极多。以至于可由此名字线索，推溯出某人出生的大致年份，还真八九不离十呢。"文革"年代出生的人起名，有很多就直接叫"文革"。后来时过境迁嫌不好听，又改。高明些的改名，我认识一位，改作了谐音"闻歌"。还挺诗意。那年头还追慕副统帅，给孩子取名"彪"的也不少。"九一三"后又匆匆更名。还有些人的起名灵感，则源自那会儿时兴的伟人诗词。男孩兴叫"劲松""朝晖"，女孩叫"英姿"，都可谓标识鲜明，一目了然。

到了改革开放年代，取名不须依傍什么政治风向了，有本字典就得。但无论如何架不住中国人多，好字好词就那么些，一窝蜂地上，重名率岂能不高？据说全国重名最多的50个名字，像刘霞、王平、张军、李强、王刚、刘敏、李丽等，谁都知道几个。而最骇人的是独占鳌头的"张伟"，全国竟有30万个！上网搜搜，我的同名人这些年也凭空多了不少。有上海、南京、苏州、杭州、深圳的，职业五花八门，年龄各异，大抵都是后来出生，比我都年轻。一次，一位与我专业相近且又熟识的同名人，寄给他的论文稿酬却不知怎么到了我的单位。文章刊发，也常得辨清是谁的，免得张冠李戴露尴尬。这样的麻烦，想来今后或将愈见增多。

起名，无非一种文化现象，自会映照出一定的社会背景。如今国人起名遭遇的困惑和尴尬，并非从来如此。这恐怕同一些年来人们习惯于文化的单一色彩，加剧了从众心理，以及过于偏激地否弃传统有关。多年前下乡时，陡然发现北方乡村农民的名字起得风雅而端庄。大名绝不混同于小名，同族按辈分择字排列，单名极少。这就降低了重名的几率。而姓氏、辈分后面第三个取名的字，往往也都用的好字好义。那时重名现象并不常见。给人起名不轻忽，一般皆请村里断文识字的老学究来定夺。这就好比信仰基督教的欧洲人，通常由神父赋以教名一样。教名大都出自《圣经》圣徒、名人，数量有限，而中国汉字选择的余地则广得多。

现在当然不是要提倡恢复传统社会的宗族陈规，而是应须保持文化多元的选择。起名要拓展视野，旁及左右，切勿跟风，善于动脑，少用单名。关键还在提升国民整体的文化修养。

（《杂文月刊》原创版2016年7月上）

无路者无根

◎何苦子

很多人把"游民"和"流民"混为一谈。从概念上看，两者有极大不同，游民是没有正当职业，在社会上游荡的人；流民是流亡在外，生活没有着落的灾民。另一个重大区别是：流民倾向正常社会，渴望回归；游民虽然与流民一样也流离失所，却不想再回归，依靠非主流的方式生存。

前不久，中国社科院原文学所所长刘再复出版新著《双典批判》。双典是指中国四大名著中的《三国演义》和《水浒传》。不仅是在刘再复的笔下，在很多学者那里，双典都被视为反映游民意识的通俗文艺作品。在这两部作品中，我们可以集中看到游民"思想意识和行为的非规范性"。

中国皇权专制社会的文化形态以小农生产为经济基础，以地域、宗法为联系纽带。用现代眼光看，其阻碍社会健康发展的表现为：愚昧——因生产力水平低下，人的认识能力很低，缺少理性和分析能力；野蛮——因文化程度普遍很低，所以想事情、做事情往往凭动物性本能；注重眼前功利——这是由小农生产决定的，眼光只到鼻子尖，不能看得更远。

两三千年过去，中国已走向现代，虽然游民的人员构成发生了很大的变化，但游民意识并未消除。游民不相信未来，不相信原则，他们只相信利益，且只相信到手的利益。有一句话，曾在北京过去的下九流中被奉为生活准则：吃到嘴里的窝窝头才是真的。比较来看，现代人虽然不再拿窝窝头打比方了，但仍然把一切都工具化，没有信仰，不惧任何戒律。

为何现代社会会产生"意识上的新游民"和"年轻新游民"呢？一是没有出路，或感觉上没有出路，二是社会不公。后者在很大程度上强化着前者。他们是"无根者"。"无根者"是社会大变革的产物，是小农社会向工商社会转型的表征。正是因为处在变革时期，各种准则、社会接纳系统等还在建立初期，所以很多人虽远离了小农社会，却不能顺利被工商社会所接纳，他们退不回来，又走不进去。新生代农民工是这样，很多大学毕业生也是这样。他们虽然出发地不同，但"走不进去"的命运是一样的。

　　跟清朝以前比，当代人的受教育程度普遍提高，他们基本上不会再以自己的游民身份，单个人或成帮结伙去干反社会的勾当了。但游民意识已深植于头脑之中，他们会在不明显破坏伦理纲常、社会规范和法律法规的前提下，以"力所能及"的擦边球或其他隐秘方式，满足自己一切的短期需求。社会秩序中的排队加塞儿，驾车抢行问题，食品安全中的假冒伪劣毒问题，官场中的权钱交易、权色交易问题，莫不是游民意识的产物。

　　给人以出路，让社会公正，道理犹是，路很艰难。再难也得前行。

（《杂文月刊》文摘版2016年8月下）

"被掏空"的你，是"笑疯了"还是"哭傻了"

◎罗筱晓

因为有了《感觉身体被掏空》，在这个夏天结束之前，风靡全国的"北京瘫"终于在上海滩找到了最搭配的背景音乐。

继年初"找钥匙"找出了名气后，最近，被网友戏称为"上海非物质文化遗产"的上海彩虹室内合唱团，又以一曲《感觉身体被掏空》开启了全民"掏心掏肺"模式。

与"找钥匙"不同，这一次的歌名不再奇长无比、语法繁复，而是借用了一则经典广告的广告词。但合唱团"一本正经地胡说八道"的气质没有改变，荡气回肠的配乐＋高超的合唱技艺＋魔性的歌词没有改变。不意外地，新歌一经推出迅速霸屏。

况且，这回被歌唱的不再是类似修马桶、叫外卖这样的陈芝麻烂谷子的事儿，而是让无数上班族"说多了全是泪"的话题——加班。

"十八天没有卸妆，月抛戴了两年半"；

"我要去机场接我，年迈滴爸爸；三十多年没见啦，他来自遥远的西伯利亚"；

"难道你就没有家，求你不要，说出那句话"……

魔幻现实主义风的歌词，一面可信度几乎为零，一面又将生无可恋的情绪和画面刻画得入木三分。甚至可以说，因为有了《感觉身体被掏空》，在这个夏天结束之前，风靡全国的"北京瘫"终于在上海滩找到了最搭配的背景音乐。

去年，一场名叫"北上广深票选PK吸血加班楼"的活动在4个城市的上班族中悄然兴起。突然之间，"加班狗"这个本来充满负能量的头衔，成为万众争夺的名号。无论票选结果如何，加班确实已变成都市生活的常态之一。工作量加大、竞争加剧、通信越来越便捷……无数理由都推着人们不断延迟下班时间。"时保联"（时刻保持联系）不再是情侣间的专属状态，而是工作对生活无孔不入的侵占。

看着网页上无数饱含血和泪的评论，我一边捧腹，一边后知后觉地意识到：虽然有幸避开了做"互联网狗"和"创业狗"，但自从一不小心掉进媒体这个大坑，我不也为了配合采访对象的时间在等待中枯坐到凌晨，在编辑的"威逼利诱"下写稿写到"知道凌晨四点的北京什么样子"，梦到错过了截稿日而"垂死"惊坐起吗？

加班是你的，也是我的，但归根结底是所有"上班汪"的。

当一个温柔如天王黎明的声音对你说"宝贝，加班吧"，你怎么办？有人选择去追寻诗和远方，就像歌里所唱："欧嗨呀欧嗨呀欧嘿依我要去云南"；也有人选择苟且与忍耐，前赴后继地"北漂""海漂"；还有人一边对老板说"谁需要睡觉，多浪费时间啊"，一边心里盘算"辞职以后拉黑他"。

有趣的是，在接受采访时，《感觉身体被掏空》的词、曲作者金承志透露，其实这首歌也是他熬夜写出来的——加班写着"抨击"加班的歌，这算一种讽刺吗？就连阿里音乐CEO宋柯，听完这首歌后都写下了"想想一年来的生活，老泪纵横"的感触。

所以，对绝大部分人来说，《感觉身体被掏空》是一针安慰剂，但我们都需要这一安慰剂。

不管是"笑疯了"，还是"哭傻了"，既然还要继续在都市森林生存，既然财务尚不自由，既然无法承担放弃一切带来的后果，那不如，在笑过哭过后，学着与加班、与不那么友善的生活达成一种平衡：哭，是为了发泄，笑，则是为了重新鼓起勇气。

其实，我也是在凌晨，加着班，"感觉身体被掏空"地写下了这篇评论。然而，等它印成铅字为读者品评"哑巴"时，我可能感觉"满血复活"。

（《工人日报》2016年8月8日）

类型化表演少不得专业精神

◎赵宁宇

近年来，华语电影的类型化创作取得了明显的进步，然而，进步的速度似乎正在放缓。2016年公映的影片，虽然大多已经具备了类型片的特征，但对于类型电影创作关键要素的运用仍不够成熟，存其形貌，缺其筋骨。在若干外力的影响下，更存在对"类型化"一知半解、生吞活剥的现象。产生的后果就是，不仅直接拉低了年度票房，在类型电影的本体意义上伤害亦大。

造成类型片"空心化"的原因很多，其中之一，在于演员和表演。

动作片需要动作片表演，喜剧片需要喜剧片表演，爱情片需要爱情片表演，术业有专攻，本为规律与常识。当类型电影已经成为华语电影产业的主流之时，产业分工不断细化，对于每一个创作部门的要求，都要符合类型规律和产业规范，如此，才能使"类型化"的力量生发至极致。在演员和表演方面，事实却在相当程度上与"类型化"背道而驰。

有电影而缺人物，有明星而少演员。当下，最多的是通用型演员。只要是明星，就可以出演几乎一切类型的影片，扮演几乎一切类型的角色，"奉献"相差无几的演技、千人一面的形象。随着类型电影蓬勃发展，大小明星层出不穷，令人过目难忘的银幕形象、荡气回肠的精彩表演却为数不多，成为华语电影软实力缺失的一个显性病灶。

这个问题的出现，首先源于正在被异化的明星制。明星对于电影产业的进步功不可没，但疯狂的逐利思维，使得资本不断搅动。为了争夺有限的明星资源，资本可以不顾电影创作规律，将实存的或者伪造的知名度当做唯一的评判标准，许多演员出演了并不适合自己的角色，虽然也有偶然成功的案例，但整体表现欠佳，甚至以低俗、浅薄作为商业的标签，破坏了初步成形的类型电影创作格局。此中恶果，已经在2016年的电影市场上有所体现。

类型电影对于演员能力的需求非常具体，动作片需要演员全面的动作能力，爱情片需要演员细腻的心理技术和表演层次，喜剧片需要演员超强的信念感、想象力和表现力，历史片需要演员厚重的文化积淀和年代感……我们相信，最优秀的演员对于各种角色都能够做到游刃有余，但真正的"性格演员"少之又少，难敷使用。部分演员为了摆脱"本色演员"的帽子，勉强在超出其能力的类型电影中尝试，其表演技术并不能因为更换类型平台而有所突破。其实，在产业的大平台上，也需要适合某一两种类型电影的"类型化"演员和表演。作为演员，与其分散能量在多种类型中广种薄收，不如集中精力在某一类型中形成突破。

这就要说到我们的演员培养机制问题。各大院校的课程体系，存在创新不足的问题，不能满足当下电影创作对演员能力的诉求。产业一线对此意见不少。

明星制和类型电影相生相伴，演员表演和视听语言互为表里。类型电影是支撑一个国家电影市场的主要力量，本土电影这些年竖起类型电影大旗，迎来了电影产业的爆发性增长。在这个逆水行舟的关键时刻，认识"类型化"的力量，梳理类型片表演的规律，提升"软实力"和"巧实力"，是国产电影表演非常重要的任务。至于电影领域客观存在的一些乱象，不破不立，大乱大治，电影人应记取教训，为中国电影艺术内涵的丰厚而用真力才是。

（《人民日报》2016年8月19日）

被曲解、被嘲弄的时候

◎朱仲南

被人曲解和被人嘲弄本质上是一回事，这是指一个人受到不公正的干扰和猜忌，受到诽谤及不文明的攻击与干预等。

这些事有很多，多得难以想象，你即便买下全国生产的宣纸，叫地市级以下县区的书法家集中起来去记录，去写访谈，估计要写上百年，而且宣纸一定不够用。为啥呢？因为我们古文化的精华与糟粕并存，精华部分大家都很熟悉了，那些糟粕我们也并不陌生，如"控制人"的文化，如"防人"和"分等级"的文化，如"整人和治人"的文化，等等。你再想一想那些富有"创意"的刑具，想想什么是"阉割"，什么是"五马分尸"，什么是"抽筋剥皮"，每至此，你不得不掩卷叹息，在一个能做出如此恶劣卑鄙行径的环境中，曲解、嘲弄、挖苦、造谣已经是很收敛的事了。也正由于"平常"，所以就多如牛毛，罄竹难书。

我们的传统文化底蕴深厚，有极其光辉灿烂的一面。但是，传统文化中也有肮脏的糟粕，恶俗奸诈的邪术，决不可任由其流传发展。因为不管你是谁，这盆脏水你可以端起泼别人，别人同样可以回敬你。大叔，你能幸免吗？

我们但凡有点智慧的人，有点儿发展前途的人，读书干活比较灵巧守纪的人，与人关系比较和谐的人等，一定会有被人曲解、被堵、被嘲弄、被贬损的经历。这里面有很复杂的原因，也有很浅显的道理，其实这是一种歪风邪气在作怪，只是它长期没有得到有效的遏制。许多搞这一类邪术的小人，放冷箭的奸人，根本不配称贤人、能人、圣人、贵人，阳光一照，你便可知，这都是一些贱人、恶人、奸人、邪恶人而已。

百姓中不少人喜欢说一句话："好心不得好报"，其实意思是被人曲解了、误会了、丑化了；百姓中常说的"背后被踢一脚"，说有人"阴阳怪气"，说"妖言惑众"等，大抵都是指受人嘲弄、歧视、被贬损的意思。表面上看这都是不大的事，但一旦不留神，都会演变成天大的事。如内蒙古的"呼格案"，由于曲解、误会、方向错了，案件就变成大冤案了。如嘲弄人、讥讽人、侮辱人，被辱者难咽怨气，结果就有了暴力冲突，就引发出"马加爵"的案件。这些是小事吗？你认为这些都是小事的时候，大事就可能随时在你身上出现。

怎么办呢，人生中有那么多的被曲解、被嘲弄的事，像武松那样、李逵那样行吗？你真的打将过去，那你就是鲁莽文化的殉葬品了，那就中了奸诈之人的诡计了。你要那样做，要法办的人是你，歹人他可以站在"道德"的高地上，发出阵阵令人寒心的奸笑。那你去迎合吗、去求饶吗？错了，给黄鼠狼拜年，给毒蛇作揖，你可以试一试，那换来的只会是人格丧尽，表错情了。

在这讲一个小故事吧。有一位老人，很多年前由于各种各样的原因被斗、被整、被曲解、被嘲弄，从天上打入了地狱一般，从京城被贬至江西省的一间小工厂里当车工、锉工，举目无亲、无依无靠，住在一处孤零零的小楼里。但老人没有流一滴眼泪，把冤把恨吞进肚子里。他每天准时上班、下班，做家务，准时烧水给孩子搓澡，然后吃饭、散步。他心底里明白许多事，他明白愚昧、邪恶、暴力都来自于封闭，来自于不讲法，来自于不讲规矩，来自于禁锢思想，来自于不开放带来的不开明。所以他一旦有了大展宏图的机会，他第一件大事就是抓改革开放、开放改革，善哉、伟哉！

凡人也是一样的，我们会有苦衷，我们不可能像这位老人一样，鄙视蔑视五恶下贱的恶行，去做翻天覆地的大事。我们却可以在被曲解、误解、嘲弄、讥讽之时持一种泰然生存的气度，学习这位老人的处世品格，学习他的生活作风；当然，也要学习鲁迅先生，并在心里记住：鲁迅精神不能死。也请记住，"没事时不去惹事，有事时别怕事"。其实，人生就这么一回事。人生的哲理，有时就这么简单。

（《南风窗》2016年第1期）

我心伤你点赞

◎李贵平

有时发完微信，想看看朋友圈的反应，让我哭笑不得的是，一些悲催事竟引来恶作剧点赞，气得想扔手机。

前不久，我们几个摄友自驾去康定旅游，车子在318国道抛锚。换轮胎时发现，长期冷落在后备厢的千斤顶锈迹斑斑，用起来相当吃力。天色渐晚，很快下起雨来，几人饥肠辘辘折腾两小时。祸不单行，一兄弟搁在副驾上的相机包被几个骑摩托的人顺走了。为记录这次倒霉的旅行，我随手在朋友圈发了几张图。

不到五分钟，那条微信下竟冒出十多个"赞"——"笑嘻嘻"的黄色图案不停眨眼，像无数人围着红彤彤的火锅大快朵颐。有个半拉子朋友还友情提示：就近拖车，只需九百。我纳闷，这种倒霉事谁都可能碰到，点个啥赞啊？

相比之下，王空姐的境遇更令人绝望。那天她飞完航班，出机场时不慎跌倒在石梯，膝盖出现一块碗口大的红肿，玉腿儿楚楚可怜。作为微信控，空姐咬牙发了条微信，本意可能是让在美国的男友看了安慰几句或再买个LV。才五分钟，那条讯息下就涌来许多人点赞，有的还开出一串卖萌的剪刀手。空姐忽然想起另一件事：上周她最亲近的姨妈去世了，悲痛中她发一微信，也被人点赞。空姐愠怒补发一条：认识的人越多，越喜欢咱家的狗狗。

平时爱给别人点赞的王空姐，自己也吃过哑巴亏：那天她参加"点赞免单"活动，商家承诺只要在微信转发并集齐25个赞，即可免费获取某火锅店四人套餐一份。商家还大吊胃口：四个人，随便烫。

空姐迅速攒来25个赞后将截图发给商家，当晚她的微信号就出现在中奖名单上。第二天她打电话给商家预订座位，怎么也打不通，都是"对不起，您所拨打的电话正在通话中"，她才明白自己被"烫"。

我经常觉得，朋友圈就像个你方唱罢我登场的草台班子，偶尔也能看到一些好演员，但总体上还是个跑龙套者大行其道的地方：有人喜欢发一些咒骂社会的文章，有人喜欢发一串喝牛奶打嗝的图片，有人喜欢炫耀她乖儿学芭蕾的视频，有人喜欢推销虫草和枸杞子，有人喜欢参加故事大赛后吆喝拉票，有人喜欢端着心灵鸡汤四处"治愈"……

有个六旬大叔是个诗人，自名米噜可，近年来他猫儿迷食南瓜般将"怎么"说成"肿么"，将"你知道吗"说成"你造吗"，将"这样子"说成"酱紫"，似乎不这样潮着他就不会说人话。上周，他的新诗里又冒出互联网+、大数据、P2P、双创、孵化器、众筹等热词。我问他懂不懂这些词的含义，他说他不懂也不重要，关键得常用，一用就表示自己是个扑腾于互联网时代的弄潮儿。那天他在微信里不服气地问我：我写了那么多好诗，引无数英雄竞折腰，你怎么瞎子坐上席目中无人，从不点赞个只言片语？我说抱歉我不会写诗，不懂你脑子里的"羚羊"是怎么"挂角"的，我也从不给人点赞——要么货真价实地点评，要么当看客啥也不说。

曾经以为，微信朋友圈，可能给这个年代缺少温情的人们拉近点距离，现在才发现，它的乱花迷眼，它的过于随意，很容易破坏温情脉脉的交流，简化彼此间的体贴。一旦你扎进了朋友圈，尤其是你一旦点赞错位，就可能不经意伤损或误导了你一向看重的友情。

（《北京晚报》"闲事"2016年1月25日）

霾的联想

◎张怡微

　　我已经很久没有在上海度过真正的冬天。这令"真正"悄然而至时，略有一些奇妙的惊异。事实上，在更早一点的时候，人们尚不知道"霾"为何物，日复一日的冬季清晨，与陌生的集体飘进无始无终的迷雾里是常见的。自行车的铃声足以清脆地打破它，或是人们口中哈出的热气自然与之交融，没有丝毫恼怒。而如今，空气却成为人人心头的背景噪声，像一种健康意识的勉力熏陶。这种对于绝对健康的极端向往，不免令死亡显得更加冷酷。作为一个亚健康的人，我十分频繁地考问自己健康有什么用。可仿佛除了更舒适的虚度，并无他用。人们抵抗污染的空气，实际上是在抵抗无常命运的强力。无疑这是徒劳的，但也无非是一种尝试，要将无常纳入有常，将科学之于命运的篡改之力发挥到可控范围之内。如同卡尔维诺所言：对于一个人、一个社会、一种文化来说，只有当记忆凝聚了过去的印痕和未来的计划，只有当记忆允许人们做事时不忘记他们想做什么，允许人们成为他们想成为的而又不停止他们所是的，允许人们是他们所是的而又不停止成为他们想成为的，记忆才真正重要。

　　这令我想起最近看的两部电影。

　　《寂寞心房客》里，公寓的电梯坏了，二楼的那位先生不愿意支付维修费用，因为他认为自己不会使用电梯。随后，他被全楼限制使用电梯。因为一次受伤，他开始使用轮椅，于是即使居住二楼，他也不得不偷偷摸摸地乘坐电梯。他仔细地记录了电梯运转时间，发现只有凌晨四点半没有人会使用，于是他在那个时间出门，推着轮椅滚过重重迷雾，去医院的自动贩卖机买食物。在那里，他遇到了出来抽烟的女护士。护士问他是做什么的，他脱口而出："我是《国家地理》杂志的摄影师。"这个谎言令他之后全部的行为都围绕着"摄影师"来型塑。他开始背上一个傻瓜相机出门觅食，用拍立得的照片制作影集，对着电视机里的自然风光拍照，护士问他："你一定去过很多地方，埃及好玩吗？"他只能说："当地人很热情。"当他最终鼓起勇气对女主说："我可以给你

154

拍张照吗?"女主同意了。然而，隔天的凌晨四点半却笼罩着各种扰攘，电梯被卡在一楼无法开门，为了给女主拍照，他不再介意被人发现，疯狂地咆哮，扒开电梯门，甚至从轮椅上站了起来。一步一踉跄地走过工地，走过夜晚湿气与粉尘的萦绕，走到天亮。他倚着墙对女主说："你笑一笑。"她回答："我笑不出来，不然你说个笑话。"他说："其实我不是摄影师，我的相机里也没有胶卷。"女主这就笑了，以为这真是一个笑话。

而《我记得》则更为残酷。老人院中，一位丧偶的老先生得到一个病友提示，告诉他他曾经是奥斯威辛集中营的受难者家属，杀害他家人的行刑官隐姓埋名生活在德国数十年。老先生有失智症，睡一下醒来就会忘记所有的事。于是，病友将这一切都写在信上，老先生也在手臂上写着"读信"。他的另一条手臂，刻着犹太囚犯的编号。他以为自己是一个犹太人，一路出发去报仇，路遇许多人，有同情他的囚友，或是纳粹二代。他睡睡醒醒，一再清洗着自己的记忆，又通过那封信唤醒知觉。直到最后，他找到了那一位行刑官。行刑官意外抱住了他，告诉他："我知道你一定会来找我的。"他却拿枪指着他，逼他在子女面前承认自己是罪犯。行刑官万般无奈，告诉他："其实你也是，你要找的那个人就是你自己，你手臂上的编号与我连号。"他们曾经一起杀人，后来又一起隐姓埋名。最后老人杀了对方，自己也饮弹自尽。新闻播送时，那位老人院的病友如释重负，他说自己才是真正的受难者。他指使一个失忆症纳粹重走创伤之路并完成了自相残杀。

这两则小品，均是记忆再造，均是一种身份的布置及命运的控制。是我们本已习以为常的霾害，终于通过唤醒的方式，重新建构观看的方式。会这样想，是因为地球并不会毁灭，无论PM2.5冲破多少极限。会毁灭的只有人类，只有这因无知而舒适的虚度。

（《新民晚报》"夜光杯" 2016年1月4日）

真正幸福的人，不必活在婚纱照里

◎艾小羊

咖啡馆的附近，有很多摄影工作室，不下雨的时候，每天都有摄影师带着客户，来咖啡馆门口以及院子里拍摄婚纱照。某一段时间内特别火爆或者商家主推的衣服，几乎每天都有人穿。

铁打的衣服，流水的人，于拍照的人而言或许是独特的难忘经历，对于我们这些每天看到重复画面的人而言，难免麻木，摄影师估计更会如此，遇到不会拍照的女顾客，他们尽管努力压抑自己，还是显出不耐烦。

在婚纱照里，新郎的作用基本上与我们咖啡馆的朱红门扇相似，只是为了衬托新娘的美貌，所以虽然他们普遍木讷，摄影师却很少指导、关注他们，而是尽力将女顾客照顾好，指点她如何将身体扭成S形，收缩下巴，眼神里有幸福的火花。

"来，看我的手，这里有10卡的钻戒，想要吗……对对，就这种眼神，别动。"

摄影师还有一个绝招是夸赞新娘今天真漂亮，也是异常灵验的一招，即使是明显诚意不足的赞美，也能让女孩立刻变得自信，并且容光焕发。

有些新娘，穿起婚纱礼服，格外欠缺美感，尤其冬天刚下过雨的时候，她们裸露在外面的肩膀与手臂冻成紫红色，笑容也僵住了。摄影师要对这样的顾客保持热情，调动她们的情绪显然有些困难，然而他们还是努力做着，不断地说"非常美""太棒了"。

有几次，我看到新娘补妆的时候，摄影师偷偷躲在角落里吸烟，一副颓废的样子，忍不住想，浪漫的事情一旦变成养家糊口的职业，总会在这儿或者那儿贴上不那么令人愉快的创可贴吧。

今天我去咖啡馆，看到一对中年男女在拍摄婚纱照，两人加起来应该有100岁了。婚纱影楼的妆，浓艳粗糙，通常会让女人变老5岁，对于皮肤干燥有皱纹的人来说，厚粉底更是灾难。

新娘穿的也不是普通婚纱，而是模仿范冰冰花仙子造型的一款礼服，衣服上缀满花朵，也许是为了让自己显得年轻一点，却与她的浓妆一样，起到了适得其反的作用。

这个年龄走到一起的人，理应经历了一些生活的挫折，值得被更好地祝福。然而看着他们摆拍的亲热姿态，并排站立的时候，宽度几乎是年轻情侣的一倍，大家还是只想绕道，快点走开。

虽然我们受过很多教育，有时候却难免依然存在一种不自觉的情绪，名为视觉歧视。客人一关上咖啡馆的门，在暖气里搓搓手，就开始议论拍婚纱照的这两位。

"这么冷，大爷、大妈何苦买着？"

"摄影师真不容易。"

"修片师才不容易呢。"

伴随着他们不断变换的拍照姿势，大家也不断变化着议论的角度。不能责怪大家不够宽容，而是他们所呈现出的情景，没有丝毫的美感，反倒显得滑稽，使人没办法用温情的语言去描述。

虽然我认为别人的看法并不重要，心里还是暗暗为他们感到悲哀。绝大多数时候，美好的事情是有保质期与阶段性的，我们不必害怕自己衰老，却终究也要明白年龄必然成为一种局限。年轻时，美是美貌，是闪光，人到中年，美就是得体与合适。一对中年男女，结婚的时候穿自己合身、干净、舒适的衣服，请摄影师来咖啡馆拍几张照片，既不折腾自己也不折腾别人还不折腾钱，可谓聪明的选择。

只是，它大约显得不怎么像一定要幸福的样子，所以不甘心的人们无论什么年龄，都要被折腾一次而后快。

（《中国青年报》"屋檐下" 2016 年 1 月 12 日）

享受怎样的便利，就要付出怎样的代价

◎石　早

关于身体，最明显的一个衰落信号是，你似乎已经承受不了"爬楼梯"这样规格的运动了。

不是你老了，而是你的身体老了。

一个拥有良好体魄的成年人应该能够轻轻松松地爬8~10层楼梯，而完成这些运动，付出的代价只是头顶微微出一些汗。我很早就意识到自己的身体老了，大概源于我过去做过一阵专业运动员。从事专业训练时，我们被迫陷入严苛的身体管理中，比如不能吃猪肉、油炸食品，多吃鱼肉、牛肉、鸡肉、奶制品；比如在每天长达3个小时的训练过程中，我们先要热身，大概30分钟，然后进行高强度的技术训练，最后会有40分钟的恢复放松时间。那时，我爬北京的香山和走路一样轻松；骑着自行车从海淀到朝阳，完全感觉不到疲惫；高考测试800米，只需要两分多钟就能跑完。所以当我工作多年，忽然在某一天，发现自己爬6层楼都非常费劲时，那种震惊感是超过其他人数倍的。

我对身体的管理是开始跑步。家门口有一所大学，跑道400米一圈，跑10圈一组，跑完一看表，一圈竟然要8分钟，也就是说，4公里跑了40分钟，简直是太慢了。但没办法，重新恢复身体是急不得的，一切贵在坚持。大概在跑了两个月后（也不是每天都跑，大概隔天一跑），我把距离提到了5公里，最快的时候，可以在32分钟跑完。其中的痛苦自不必说，最初腰酸腿疼，紧接着就是由跑步带来的枯燥和无聊。

每一天，开始换跑步的衣服的时候，我脑海里都会冒出一个念头：今天不跑了吧。但是作为一个有自尊心的成年人，很快，我会打消这个念头，因为随便放弃一件事更会令我看不起自己。另外，跑步给人带来的快乐还是多过痛苦，在每一天完成计划的公里数之后，走在回家的路上，我大汗淋漓，浑身舒爽，伴随着朝阳或晚风，心情是格外惬意的。

因为运动，我的生活开始变得有规律起来。晚上11点会不自觉地感到疲怠，困了，要睡了。饮食上，跑完步后，会很自然地对油腻、辛辣的东西没有太多食欲，反而更愿意吃一些新鲜的蔬菜和水果。在因为工作忙碌三四天没有跑步时，我的身体会显得很疲惫，特别想活动活动。以上的这些变化，并非来自我的主观意识，而是身体自动发出的信号。

其实，人的身体是特别势利的，你对它投入多少，它就对你回报多少。当你对它长期不理不睬时，它会报复性地出现各种小病小灾，以显示它的存在感和重要性。

严格意义上来讲，现代人所有的身体问题，都源于吃得太多，运动太少。去年最流行的一本叫《人类简史》的书里写过，人类发展至今，饮食结构最健康的时期其实是还处在野人的时候，日出而作，日落而息，每天以松果、树叶为主要食材，偶尔捕到小型动物，会取火烤制——那时候，人类很少有心脏或者肠胃疾病，大多是因为自然灾害、外伤感染或者妇女生育而死。而如今这个时代，任何事情都不再劳烦你过多使用体力，出门打车，平时的工作大多在案台完成，再加上我们的饮食结构与过去相比已发生巨大的变化，油炸、爆炒、多肉多油……然而，我们的身体结构在近千年的历史演变中没有颠覆性的变化，所以也难怪，现代人的身体变得更差了。

管理自己的身体，其实非常简单，有一个公式揭示了其中的规律：身体每日的消耗量约等于摄入的食物热量。懂得这个公式，其实相当于掌握了如何通过运动管理好自己的身体的秘诀。换个角度想，当我们需要特别提示自己开始管理身体时，有一件事情就是必须要接受的——因为它是由现代生活衍生出来的新问题——你享受怎样的便利，就要付出怎样的代价。古代人可从来没说过要管理自己的身体，因为也许他们拜访个老友，都要连骑马带步行，花上好几天呢。

（《中国青年报》"屋檐下" 2016年1月19日）

适合自己的才是最好的

◎马亚伟

换季了，我打算买一款舒适的休闲装，于是找了两位朋友做参谋。我看中了一件天蓝色的休闲上衣，一位朋友说："这件衣服穿得舒服，但不够漂亮、时尚，类似的款式去年春天就有过，这件不过是稍稍做了一下改动。"于是作罢。

又逛了一会儿，我看中了一件淡紫色的上衣，宽松、时尚。一位朋友却说："单位小李穿了一件绿色的，款式和这件一模一样，你穿就撞衫了。"另一位朋友看了看价格说："这件衣服要400多元，小李那件才300多元，好像不是在这家店买的！"我只好把衣服重新放回货架。

两位朋友不时给我各种参考意见，我渐渐地受到她们的影响，改变了原来的主意。最后，我在她们的指点下买了一件短款绿色毛衣，再搭配一件黑色中长裙，因为她们说："这样一搭配，你看上去年轻10岁。"

可是第二天我就发现这套衣服根本不是我想要的。穿在身上不舒服还不算，主要是这套衣服根本不适合我的气质和年龄。就这样，这套衣服被我搁置起来。

生活中，我们几乎每天都面临各种各样的选择。我们常常不知所措，心里摇摆不定。选项越多，选择就越困难。究竟是什么左右了你的选择？

首先是太在乎别人的评价。就像我买衣服，别人说不时尚或者会撞衫等，我就改变初衷。我们太在乎别人的眼光，结果宁可违背心意也要选别人认为不错的。

其次是我们自己的衡量标准太单一。大部分人总以物质利益来衡量物品价值，以为贵的就是好的，不管自己是不是需要。其实，对一个诗人来说，田园牧歌式的散淡生活远比灯红酒绿的奢靡生活更有意义；对一个音乐家来说，纯净的天籁之音远比喧嚣的市井之声更迷人。

那么，你需要的到底是什么？

生活中，我们见到太多的人不是为自己而活，而是为别人的评价而活。比如一个三口之家明明只需要一所小房子就足够安放幸福，可是为了别人的眼光，他们选择背着沉重的负担买一所大房子。还有的人明明喜欢那个送她一朵玫瑰的人，却选择了送她一辆豪车的那个人，因为她觉得豪车比爱情更有价值。

为什么会有那么多不相干的人和事或者观点、意见左右你的选择？因为你的内心不够坚定，你不清楚自己想要的究竟是什么。其实，适合自己的才是最好的。牢记自己的出发点，让你的内心足够坚定，谁也无法左右你的选择。

（《西安晚报》"闲情·连载" 2016年1月12日）

学习肯定是辛苦的吗？

◎石　破

近来，有一篇网文《请严肃地告诉孩子：学习肯定是辛苦的！全世界都一样！》在中小学生家长群里流传。该文称："……谁不是一路考试拼搏上来的，谁小时候不是一大堆家庭作业，有时做得不好还要被老师批评两下……有些家长以为国外教育就是快乐的，其实在国外，优秀的学生一样要很努力学习才能取得好的成绩……无论哪种情况，他们首先是有一个目标，并在实现目标的过程中，努力付出，这个过程是谈不上快乐的。快乐是体现在学习的结果上。"我去参加女儿班的家长会，老师们也异口同声说："就没有'快乐学习'这一回事，咱们大人这样说说可以，用来骗孩子后果很严重！"

我注意到，多数家长亦认同老师观点，他们达成高度共识，逼孩子以"刻苦学习"为第一要务，我却不以为然。我觉得，逼着孩子刻苦学习的人，是他没学会教孩子"快乐学习"。

子曰："知之者不如好之者，好之者不如乐之者。"意思是知道学习的人不如爱好学习的人；爱好学习的人又不如以学习为乐的人——三者中以"乐"之者的效率为最高。

女儿刚上初中时，英语成绩不好，孩子妈妈给她报了课外辅导班，也无明显提升。但去年以来，女儿英语成绩大变，考100分是常事，口语尤其出色。学校举办英语学科节，全年级四位英语老师一致推荐她当节目主持人。老师问她："你的口语这么好，是怎么练的呀？"

女儿羞涩地回答："我是看美国电视剧练的……"

女儿此言非虚。她是追星族，喜欢贾斯汀·比伯、泰勒·斯威夫特、斯佳丽·约翰逊、詹妮弗·劳伦斯等。她听他们的歌，看他们的电影，贾斯汀·比伯和泰勒·斯威夫特的演唱会她都去现场听过，欧美电视连续剧、综艺节目等也是她喜欢的。她学英语最初的动机是模仿偶像，更深更多地了解偶像。她越学越上瘾，别的同学只把英语当功课，她把英语融入了生活中，有时自言自语都用英语。最近她又喜欢上了绕舌歌，天天在家哼唱。由于英语水平大幅提升，她学其他功课的兴趣和信心也大增，不管上什么课她都爱思考、爱发言。下课后，趁老师收拾书本的工夫，她跑上讲台，跟老师探讨问题，请教刚才没学明白的地方，跟老师们都混得很熟。回到家，不管是物理、生物、政治、历史、地理等哪一科刚学过的知识，她都爱跟我讨论，各抒己见……

我把女儿学英语的变化讲给一位亲戚听，只见她冷冷问道："你觉得她考100分就可以了吗？她是班里的前几名就不错了吗？"

我当然懂她的意思：高考是残酷的，出国留学亦不容易，职场竞争更是"弱肉强食"，哪儿哪儿都不相信眼泪！所以，为了将来生存得容易些，现在就要逼自己，苦自己，进步进步再进步，提高提高再提高，直到把自己提高到学霸级别，你才……你也不能稍微喘口气！

那这种苦日子何时才会是个头呢？

教育最初的意义是"开导"和"引出"。教育的3个目标"提供信息、训练能力、激发兴趣"中，我们往往只偏重第一个目标，也只能实现第一个目标，但这在网络时代是远远不够的。教师的角色应不仅仅是知识传授者，还应当激发学生的好奇心、学习欲望和建立科学的生活方式，这需要老师和家长们大幅提高自身素质，重新胜任"教育者"的角色，而不是光顾着把压力强加给孩子，以此掩盖自己的失职和失责。

（《南风窗》双周刊2016年第2期）

我们距休息有多远

◎周　拓

前些日子参加一个以"休闲文化"为主题的研讨会，听了一些与会者的发言，心里多少有点感觉怪怪的，大家坐在一间豪华的会议室里大谈休闲，是不是太奢侈？真的如某些学者所言，我们已经步入休闲时代了？

若干年前人们就戏称"文化是个筐，什么都可以往里装"。既然有"食文化""茶文化""旅游文化"等说法，那么把休闲也说成一种文化，当也无可非议。不过，究竟什么是休闲文化，休闲文化又涵盖哪些方面，是不是唱唱歌跳跳舞四处旅游在海滩上晒晒太阳就"休闲"了就"文化"了？恐怕没这么简单，也不宜这么笼统而论。真要把"休闲"提升为"文化"，这一概念还真得好好梳理一下。

休闲乃是人的一种自由状态，没有心灵的自由和行为的自在，是谈不上什么休闲的。就文化生态学而言，休闲文化的生成当依赖于一种良好的文化生态，没有一个适于休闲的良好环境，谈什么休闲文化确实有些奢侈。许多人都言及近几十年来我国经济的飞速发展、GDP的增长、生活水平的提高、假期的增多（既有双休日又有长假）等，这些似乎都昭示着我们已经进入休闲时代。然而，尽管经济发展了生活水平提高了，可我们真的休闲了吗？真的形成休闲文化了吗？试问一下：当漫天雾霾遍地堵车时，我们如何休闲？长假外出旅游，其结果比上班还累还伤脑筋，我们又如何休闲？

大家都熟知那个富翁和渔夫在海滩上晒太阳的故事：富翁劝渔夫多打鱼多赚钱将来也成为富翁。渔夫问成为富翁干什么，富翁说到那时你就可以像我一样躺在沙滩上晒太阳了。渔夫回答说，我这不是已经躺在这里晒太阳了吗。有人从休闲文化的层面分析说，同样是躺在海滩上晒太阳，对富翁来说是休闲，对渔夫则不是。如此界定就有些令人费解了，难道休闲仅仅是富人的专利，与穷人无涉？那位渔夫出海打完鱼回来之后，无忧无虑地躺在沙滩上晒晒太阳，怎么不是休闲？相反，那位富翁虽然非常舒适地躺在沙滩上，可他心里放不下的事儿说不定比渔夫还要多得多呢！不要以为有钱有闲了就有"休闲文化"。休闲并非有钱人的专利，当然食不果腹也谈不上什么休闲。实际上，有许多人尤其是欧美诸国的人，他们并不一味地多挣钱，往往喜欢把更多的时间和精力放在休闲上。前面说了，休闲的前提是休闲者是否拥有心灵的自由和行为的自在。休闲是没有功利性的，不是被动的，不是被组织被安排被统一调度的，它完全是一种发自内心的自愿行为。那种全国统一放假一窝蜂地外出旅游，除了让一些第三产业赚个盆满钵溢之外，旅行者得到真正的休闲了吗？唱歌跳舞打球游泳以及其他许多文体活动，都是很不错的休闲方式，但如果把这些活动当作一项任务去完成，当作一项政绩去运作，那就很难纳入休闲之列了。

休闲文化一方面是说休闲是一种文化，另一方面也指那些为休闲而形成的文化。一旦把休闲上升为文化，就不能不考虑它的蕴含和品位，不能不考虑它所具有的精神向度了。不管怎么说，既然是文化那就必须承载人文的精神，或者说，人文性乃休闲文化不可或缺的一个要素。人们时常对古人的寄情山水津津乐道，琴棋书画亦被视为一种高雅的休闲，但若借此逃避现实，恐怕就不足取了吧？那种士大夫式的及时行乐醉生梦死，与现代文明的休闲方式是格格不入的。如今，看电视几乎成了现代家庭每天都少不了的休闲方式，看动画片也是儿童最好的休闲。比如《喜羊羊与灰太狼》就一度火爆荧屏。可这部动画片究竟蕴含了多少人文精神呢？曾有一位在美国读博的女生，为感谢美国房东对她的种种照顾，春节回国探亲时特意买了一套装帧精美的《喜羊羊与灰太狼》，作为礼物送给了房东的两个孩子。没想到第二天房东就把书退了回来，还非常生气地质问她，怎么能给孩子看这样的书呢？在他们看来，书中的许多东西（比如暴力）是有违现代文明的观念的。

人文性、知识性、趣味性的浓淡厚薄决定了休闲品质的高低优劣，真正的休闲文化给予人的不仅仅是身体的舒适、精神的愉悦，还有不同层次的美的享受。说到底，休闲只能是社会个体的自由的文化选择，要想尽快地步入休闲时代，那就必须踏踏实实地从营造一个良好的文化生态和人文环境开始！

（《杂文月刊·原创版》2016年第2期）

就这样被你"网"住

◎寒　石

对我们这代人来说，互联网是种不自觉的存在：电脑的普及让我们学会了打字，网络的出现让我们学会使用电子邮箱，之后是QQ聊天、博客、微信和从网上获得各种信息……似乎有只无形的手在推着我们学习、运用这些最基本的网络工具，而不像我们的儿女，鸟或者鱼一样融入其中。面对互联网，我们有孩子面对陌生世界的局促与忐忑，同时却又实实在在地感受并享用着互联网带来的种种便利与好处。

去年"双十一"期间，在杭读书的儿子给我发微信，说要买双皮鞋，作为给我的生日礼物。我表示谢谢儿子，鞋就不必买了，我有。儿子说还是买一双吧，反正过年也是要买的。我默许。儿子又说等会他找好款式发微信过来让我确认，我说"不必了，你觉得好就行，老爸相信你的眼光"。那一刻，对我来说，那双未来的鞋款式如何、适不适脚都已经不重要了。有意思的是，儿子他妈得知儿子要给我买鞋时，明确反对，认为等他自己挣钱了表达这份心意不迟。后来在获悉儿子同时也要给她买时，也默应了。

两天后，两双鞋先后快递到家。

现在回想起来，我们家这个年，是从去年"双十一"开始的，两双鞋是我们家的第一笔年货。

"双十一"又称网上购物节。我不太明白，由"11月11日"这个日子到网上购物节的嬗变过程以及其中的因果关系，反正你只要记得每年这个由四个"1"组成的日子就是用来在网上下单购（或许用"抢"更贴切）物的就是了。这就是互联网给人们生活带来的重大改变之一。互联网是张无所不能的网，把世界一网打尽的同时，它彻底改变了世界，包括人们的生活。

过年前，一场30年不遇的寒流，把今年的年货价推到前所未有的高度，青菜居然卖到十几元一斤，海鲜更是奇货可居。几趟菜场、超市逛下来，感觉越接近春节价格越有攀高的趋势。我在微信里感慨今年这年有些过不起了。儿子自告奋勇，说去网上看看。很快回复，还真有网售海鲜的：鲳鱼半斤以上300元一公斤，红膏炝蟹每只40元……跟市场价比，我觉得这价格相对可以接受，但担心质量无法保证。儿子说通过网上支付平台，可保基本无风险，"您老人家只管在家里收货就行"。两天后一单8只红膏炝蟹到货。

过年新全年新。过年，家家户户免不了要洒扫庭除。我在微信抱怨：要过年了，你们娘儿俩倒好，一个还在忙读书（指儿子），一个还在忙"生活"（指儿子他妈），最"闲"的人（指我自己）却要承担家里最繁重的清理打扫任务……儿子他妈动了恻隐之心，给我发了个"泪流满面"的表情。儿子支招，说不如在网上找个钟点工得了。我有些心动，问他价格。答曰：每小时四五十元。我高喊"用不起！一天四五百元，老爸辛苦几天，一家子可多吃10个红膏炝蟹呢"。儿子他妈在微信里为我的英明决策"鼓掌"鼓励，儿子对我的决定表示"同情"，我则开始"流泪"了。

到了除夕，年像张网，铺天盖地撒开了，条条祝福是经纬线，绽开的烟火是一个个闪光的结。说到祝福问候，最能体现时代发展与互联网优越。以前是电话，朋友同事亲戚间，打个电话问候一下，表达亲近与祝福。后来是短信、QQ，一条条一个个热情洋溢地发，倒也不嫌烦。今年用上了微信，拟上一条，在几个朋友圈里一发完事，感觉是从未有过的轻松畅快。

跟往年一样，吃完年夜饭，一家子自觉进入央视"春晚"模式。倒不是说央视"春晚"有多高大上，只是觉得，年是华夏的年，节是同本的节，就该有个相对应的平台，央视"春晚"理应当仁不让。尽管这些年对央视"春晚"的吐槽越来越甚。但是，我家今年的"春晚"模式与往年又有显著不同。随着节目展开，我发现一家子各忙其事：儿子忙于集福卡，儿子他妈忙于抢红包，只有我还在关注"春晚"本身，却也不忘时不时在朋友圈发发对于春晚的感想，春晚节目反倒显得不重要了。

网是一种渔获工具，用网把鱼从水中捕捞上来，是鱼的不幸。让人始料未及的是，互联网的发展，已经很少有人敢说自己不是此"网"中之鱼了。当我们这代人也自觉不自觉沦为"网中物"之后，幸或不幸，也只有自己去品味、去取舍了。

（《宁波日报》"笔谭"2016年2月26日）

不做"看客"

◎许金芳

在聊天群和朋友圈中常能看到有人分享地铁里、公交车上斗嘴打架的视频。视频里当事者暴戾毕露，女的"撕衣大战"，男的"拳击比赛"，围观者要么侧目以对，要么举起手机拍照，罕有人拉架劝和。视频分享到网络上，看客如看动作电影一般不亦乐乎。

还有，闲暇去河畔欣赏落日，去钓鱼，看见河岸住家把整笼整笼恶臭的垃圾往河里倒，爱河的人，你能看得过去？在美丽的公园散步，见到一位少年郎把那个几百年都化解不了的汽水瓶扔进音乐喷水池里，你能看得过去？在城郊骑车健身，闻到刺鼻的味道，原来是商人在露天焚烧汽车轮胎营利，你能看得过去？

不知从什么时候起，我们发现周边的许多人好像成了不太容易愤怒的"看客"。看很多人和事都像撑着伞行走在"戴望舒的雨巷"里，淡而凉的感觉。过去，我们被外国人叫"东亚病夫"，那些麻木不仁者即使看到国人被外国人欺负，也只是围观而没有人出来说句公道话。那是多么的可悲啊！鲁迅先生在日本看了那个使他受到强烈刺激的日俄战争影片的被示众者，看到同胞被日军砍下头颅，而许多中国人围着"赏鉴"的画面后，一怒之下，毅然弃医从文，以期唤起"铁屋子"中"熟睡的人们"。

时间虽过去了近百年，中国人民早已站起来，但鲁迅笔下"体格茁壮的看客们"仍然活着。他们兴致勃勃地抱着膀子围观那些"拳打弱女""棒杀老翁""少年溺水"等精彩瞬间，依旧"颈项都伸得很长，仿佛许多鸭，被无形的手捏住了的，向上提着"。

媒体曾报道，福州市一位妇女因家庭纠纷走向河中自杀，上百人围观，竟没有一人援手相救。安徽马鞍山市歹徒当街抢钱，一位老人冲上前揪住歹徒，围观人群聚集到两百多人，老人再三向围观人群呼喊求助，却始终无人出手相帮……读到这些新闻，一股莫名的悲哀袭上心头！社会少了正义，没人愤怒、没人呐喊、没人出手。我们反思过没有，是什么造成了今天这样的局面？究竟是什么将粗犷的人心，磨得冷漠如冰？

邪恶盛行的唯一条件，是善良者的沉默。马丁·路德·金曾说过："历史将会记录，在这个社会转型期，最大的悲剧不是坏人的嚣张，而是好人的过度沉默。"躲在角落里做"沉默的大多数"，你以为你是好人，你今天不生气，不站出来的话，明天你，还有我，还有你我的下一代，就很可能成为沉默的牺牲者、受害人！

帮人就是帮自己，帮人就是帮社会。GDP增幅再大，如果胆气方面我们成了侏儒，强国梦恐怕只能流于空谈。人的血管里流淌着社会主义核心价值观的热血，对遭道德谴责法律制裁的丑恶行为，有社会责任感的人会一身豪气，义愤填膺，奋不顾身地与之斗争。

人人都应呼吁并身体力行　当他人的权益受到侵害和公共安全发生危机时，有血性的人，一定会不做"看客"而挺身而出。嫉恶如仇、见义勇为一直是我们民族倡导的一种风尚，对假的泛滥、恶的横行、权的变质、美的沉沦的宽恕，从一定程度讲也是一种违法犯罪行为，维护社会治安和公民合法权利，人人有责。面对丑恶，面对违法犯罪现象，冷漠地充当"看客"，不仅是道德层面的损失，更是对法律的亵渎。

我们在谴责"看客"行为的同时，但愿更多的人能彰显正义与爱心，这是构建和谐社会不可或缺的内容。是非面前能拍案，愤怒的时候会愤怒，是一个人爱憎分明、热爱生活的起码要求。

（《湖州日报》"苕溪闲情" 2016年2月6日）

山药，那个蛋

◎王　瑢

朋友小聚，席间一位山西朋友说起买山药。小贩手一指，问他，要几根？粗的细的？他其实是要买土豆。

一入秋，小区菜场里卖山药的一下子多起来了。铁棍山药细瘦纤长，看着像是营养不良。浑身毛，手摸上去刺刺拉拉，价格却要比那种肥大顺直、少毛溜滑的山药贵得多。山西人习惯称山药为"长山药"，而把土豆叫"山药"，俗称"山药蛋"。形象一目了然。上海朋友就笑，你在说绕口令吧？

土豆学名马铃薯。上海人叫"洋山芋"，山东人叫"地豆子"，广东、香港一带的人则喜欢称"薯仔"。想到"山药蛋派"小说流代表人物赵树理，与以孙犁为代表的"荷花淀派"，写实而具象。山西盛产长山药与山药蛋，似乎是山药蛋种得更多些。一是便于长久保存，再是更适合沙地种植。如果把长山药或是山药蛋种在河边，你再尝尝。入口寡淡，不香不糯不软，如同嚼蜡。难吃。无论长山药还是山药蛋，都爬藤，可以长好长好长，随便扎个篱笆，随它爬去。山药蛋开花还结果，但这果子不能吃。奶奶说，早前乡下种啥都不施农药，用也极少，虫子太多时偶尔杀杀。田间种植多用腐熟的有机肥优质厩肥，就是人烘尿肥或是鸡烘肥土杂肥等等。乡人们日间都有个习惯，随身背只竹篓子，里头搁一扒粪叉子。走哪拾哪，随走捡拾动物干粪。若是营养好，奶奶说，藤叶腋下会长出状似小球的东西来，这是"珠芽"，可以吃，但产量实在太少，乡人习惯用它来繁殖。少说也要等上一年，山药蛋才长到可能结小球的程度。到后究竟结还是不结？那还真是难说。紫山药蛋开白花，黄山药蛋开紫花。为啥不是什么山药开什么花？奶奶笑，说你小脑瓜里整天奇奇怪怪都想些啥。紫山药蛋的颜色真够紫的，像紫药水，搁锅里煮煮。咦？紫色完全消失不见。豆角里有一种紫豆角，比绿豆角更有嚼头，奶奶的最爱，她牙齿早已经掉光了，边吃边来一句，"嗯好，吃起来肉津津的"。陕西"秋紫豆"、河北"锅里变"、山西"太原紫"，下锅之前通通是紫色，入锅翻炒没几下，嘿，颜色没了。真怪。

山西以北有种风味特色小吃——"水晶饺"。绝对高大上。没亲眼见识过的，根本无法想象。要两只手捧一只来吃。大不大？饺子皮透明，里边有什么馅料，青山绿水，清清楚楚。这种饺子的皮，是用山药蛋捣成泥做的。当然要掺一定比例的面粉，不然不黏，捏不住口。这种水晶饺子不能水煮，一下水便好比泥牛入海，踪影全无，眼前七荤八素一锅，一塌糊涂。必须上笼蒸。有人送了几袋"松针茶"给奶奶。我奶奶从来不喝茶，绿茶、红茶根本四六不懂。要做水晶饺了，奶奶捏一撮松针茶叶出来，笼屉里浅浅地铺上一层，蒸熟后的饺子有股清鲜的松针香气。味道殊绝。奶奶去世后，我再没吃过这样美味的饺子。可惜我哥不爱吃，他嘴巴一撇嘟囔道，这啥味道，这还算是饺子吧。那是什么呢？他又讲不出个所以然来。

烤山药蛋真好吃。最好到田间地头去。奶奶牵着小人儿，随便找一处，就地刨个坑，捡拾些柴火放坑里点着，火苗将熄未熄时，把从地里刚掘出来的山药蛋扔进去，重新填土，连同那些将熄未熄的柴火一同深埋起来。好了，不用管它。要焖上一阵。奶奶去忙别的，我就在地里疯跑撒欢。没觉就是小半天。返回来把坑刨开。一股热气腾走，香味丝丝飘散。山药蛋早就熟了。奶奶两手调换着，把烤好的山药蛋拍一拍，吹去浮土，掰开看，满瓤儿的松软沙白。小人儿迫不及待咬一口，有种本来的绵密清甜。若是天太冷，奶奶就把烤好的山药蛋拿几片晒干的老荷叶包了，走，我们回去，大土炕上吃去。一进家门，小人儿四六不顾，鞋都来不及脱，踩只矮脚板凳爬上炕头。等着吃。屋外不知啥时候下起雪来了。

如今住在城市，人人寄居在空中，如同鸽子。烤山药蛋已成奢望。小火炉能烤山药蛋吧，根本不可能，更遑论什么煤气灶了。想吃只能去买。我家小区门口，每到冬天，有个山东老头天天都在，蹬一辆自己加工过的三轮板车，上面立着一只巨大无比的铁皮桶，边上竖块自制木头牌，横七扭八几个黑墨大字——烤山芋烤玉米。上海人称红薯为"山芋"。山西人一直奇怪，山药蛋这东西，土得掉渣的传统食物，祖祖辈辈种下来，上海人偏要前面加多一个"洋"字。日怪。似乎是没见过有卖烤洋山芋的？有人买来烤山芋就手剥着吃。身后的铁皮桶灰头土脸，中间隐约可见四个字，"油漆专用"。

新山药蛋下来，是在每年的六七月份。洗净切丝，不必焯水，与辣口的青椒快速生炒，临出锅时撒一撮新蒜末下去，再喷一股子山西陈醋，吃吧！地道的家常小菜。我们小区门前有时看见有卖长山药的乡人，脚边躺着一只竹编篮子，里面是自家地里刨出的长山药。不称重，论根卖。乡人从来不吆喝，默默于一处角落里蹲了。就那么守着。来买的人径自挑挑拣拣，而后默默付钱。大家互不讲话，宛若一幕生活情景默片。

北方储存山药蛋，乡人多是在崖头上打一个洞，一人半来深，然后把山药蛋装袋，一袋一袋搬进去。记忆中，太原一家一户有自己的菜窖，主要就是用来储存山药蛋、大白菜。储藏之前，院子里找一块平地，躲开大太阳，山药蛋通通铺开，晾上一阵子。是为去水汽。各家各户老小倾巢出动。有一种山药蛋乡人是绝不卖的，即使卖，城里人也未必会买。歪瓜裂枣，卖相太差。那是在地里给核桃虫咬过的。长这么难看，谁会吃呢？奶奶笑眯眯地来一句，这种山药蛋，味道其实最好，虫子多聪明，它们整天地里钻地里爬，靠山药蛋活着，还能不清楚啥个样最好？

不准备入窖的山药蛋怎么办？吃不了烂掉多可惜。大部分要直接加工成山药粉。先把山药蛋彻底清洗，接着打得粉粉碎，然后放在黑釉粗瓷大缸里不停搅拌。缸里自然要加水，加多加少，家家有各自标准，看着办。一遍一遍用力搅吧。缸里的水要一遍一遍澄清，再一遍一遍加新的清水进去。一澄一搅。搅搅搅搅。颇似《红高粱》里酿酒场面。生动而蒸腾。搅的人满身大汗，不能停，胳膊实在酸软无力时，换个人接过去继续搅，很快又搅出一身汗。终于搅差不多时，捞去缸里残渣，水基本澄清，山药粉算大功告成。眼前大缸的底子上，水下厚厚一层，白腻莹润，像寒冬长夜过后，黛色砖瓦上的细细清雪。

北方乡村的冬天，漫长而艰难，冰雪纷飞，北风呼啸，除了筒子白大萝卜，还有什么好拿来打打牙祭呢？山药粉条最受欢迎。耐煮又有嚼头。冻豆腐早早放锅底煮着去，一锅炖菜差不多要熟了，抓一大把焯过水的宽粉条进去。来一壶早已温好的烈酒。还未及品尝，舌间味觉已于瞬间苏醒。百姓人家的朴素日子，就这样变得滚热而欢乐起来。能离得开山药——蛋？

（《文汇报》"笔会"2016年3月20日）

如何设计人脉

◎尼德罗

记得多年前的大学期间，一位被成功学洗脑的同学对我表示，我是她的人脉。我当时感到很好笑，虽然我知道这可能是属于她拐弯抹角对我认同的一种方式，但这样的表达真的很"机场书店"。在此之前，我在机场书店里，恰好看到了《设计人脉》这本经典的成功学作品。

这几年创业大潮兴起，成功学的书籍一直卖得不错，档次也高出了不少。KK 的《失控》、彼得·蒂尔的《从 0 到 1》，甚至刘慈欣的《三体》，都可以被列入基础书单。许多创业者试图得到的，不是与作者对话的思维愉悦，而是直接获得宝贵的创业指南。披着欲望的外衣，进行功利的阅读，《失控》与《设计人脉》其实并没有区别。与阅读类似的还有社交，对结识成功人士的饥渴，构成了他们参加各类沙龙论坛的最大动力。仿佛只要加了微信，就实现了人脉的扩展。

微博爆发的年代，一个粉丝几百万的博主，就认为自己获得了一份报纸的传播权力；而在微信爆发的年代，人们继续认为，添加朋友就是人脉扩展。两种幻觉，何其相似，背后的原因大抵都是对社交媒体的盲目乐观。

人是社会动物，我们存在于人与人的互动中。尽管"人脉"这一概念本身就显得非常功利，但沿着这一概念进行分析，并非毫无道理。无论远亲还是近邻，亲朋还是好友，或者同事、生意上的伙伴，都可以成为我们的"人脉"。社交媒体的爆发，则催生了许多人扩展人脉的欲望。互联网让许多东西下沉，其中也包括了人脉的设计权。

人脉是否可以设计？答案是肯定的。事实上，人脉设计的准则就是一个"信"字。但在人脉设计权下沉之后，横向的扩展，浅度的联系，被误认为是人脉设计的准则。在一些创业火热的孵化器内，每天都存在着各类主要用于人脉扩展的活动。毫无疑问，绝大多数活动的发言都没有任何意义，那些窜入会场的××总监、××经理，目的也仅仅是发名片、加微信。

这些人在设计人脉时，天然认为"你认识我"很重要。然而，"认识我"和"认可我"有着天壤之别。在今天，认识一个人已经简单到前所未有的地步，反过来，认可一个人，也艰难到前所未有的地步。爆发式的社交媒体，让不认识你到认识你变得很简单，而如何从认识你到认可你，需要的是你在有限的互动中，展现出你的睿智与品行。假如你有一个与他长期合作的项目，那么你的执行力、判断力，是否信守诺言，都将成为一个宝贵的获得认可的机遇。可惜的是，大部分人都因为忙着扩张人脉，而难以发自内心地做好每一个细节，最终失去了获得认可的机会。

这是一个丰裕的时代，不仅食物丰裕、财富丰裕，社交也极度丰裕。在此情况下，设计人脉的准则反而不是广泛，而是精深。我们需要的是舍弃扩张的姿态，抓住每一次互动的机会，做好每一件小事，以信守诺言、认真负责的态度行为，以捕获认识人的认可与信赖。

（《南方都市报》2016年3月6日）

怎一个潮字了得

◎叶永烈

2016年1月24日那场霸王级的世纪寒潮"扫荡"华夏大地。酷冷之中，就连广州也飘起雪花，唯一没有降雪的省份只有海南。

那阵子，"候鸟"的我正"躲"在海口。记得几日前海口还艳阳高照，气温高达26度，我只穿一件衬衫而已。寒风从广东刮过琼州海峡，温度计里的水银柱萧瑟地缩到10摄氏度以下，这在海口已经算是很冷很冷的日子，当地朋友说二三十年没见过。海口的房子装的是"抵抗"炎暑的单冷空调，家家户户没有暖气。那天我在打的时一拉开车门，一股暖气扑面而来，这是我在海口头一回遇上热空调。

寒潮来到海南，毕竟已是强弩之末，对于我来说这冷算不了什么，穿上件毛线衣、棉毛裤，就可以抵挡了。令我最为难受的却是一个字：潮！

寒流造成连日阴雨，二十来天不见太阳，那大雨、小雨、牛毛细雨，从早到晚说下就下，淅淅沥沥，无穷无尽，"到黄昏点点滴滴"。还有几回我外出时感到脸上冰冰的，却见不到雨滴，空中飘忽着比牛毛细雨还小的水珠，雨非雨，雾非雾，介于雨与雾之间。

海南无霾，那些日子却多雾。时而浓雾似粥，时而淡雾如纱，更多的时候近处似无雾，远望却朦胧。尤其是清晨与黄昏，雾总是在身边缭绕，挥之不去，驱之复来。

"差不多可以从空气中拧出一把水。"人们常用这样的话，形容空气的潮湿。把这话用在那些日子的海南，恰如其分。海南是岛，四周是海，水汽非常充足，遇冷就从空气中"挤"出水，形成不走的云、不住的雨、不散的雾，也造成空气中水汽极度的饱和。

海南不冷，我平日总是喜欢敞开窗户睡觉。于是饱和的水汽在夜间就从窗口大摇大摆地闯入，凝结在地砖上，弄得地上全是水。清早我一起床，见到室内仿佛也下了一场雨！乳白色的匾形顶灯反射在"铺"了一层水的地砖上，看上去像是一轮明月。就连卫生间四墙的瓷砖上，也挂满豆大的"汗珠"。我每走一步都得小心翼翼。正因为这样，在海口家家户户不铺地板，只铺地砖，地板遇潮很容易变形。我曾在博鳌一家五星级大酒店的餐厅里见到铺着地板，但是那地板受潮已经呈波浪形了。

我拿出照相机，拍摄那地面上全是水的客厅，很快就发现镜头表面也蒙了一层细小的水珠。开了房门，大楼走廊上的地砖也仿佛刚从水里捞出来似的。逆光望去，上面清晰地印着一个个鞋印，"福尔摩斯"似乎可以从中推断谁家今早有人出去或者进来。乘电梯下楼，电梯四壁也"镀"上一层水膜。走出大楼，虽然昨夜没有下过雨，我见到椰子树的叶尖挂着晶莹的水珠，轿车司机正在忙着擦去车窗玻璃上的水。

在海南住久了，我发现阳台是天然的"湿度计"。海南的阳台几乎都是敞开的。在湿度很大的日子里，阳台的地面始终是湿漉漉的。衣服晾在那里，尽管不时有风吹动，却晾了几天还是湿汀汀的。我站在阳台上看下去，家家户户的阳台上都晾满干不了的衣服。只要阳台是湿的，就表明空气很潮湿。从此，只要看到阳台一片水湿，我就不敢开窗，也就不再发生地砖出水的"险情"，但是一连多日不能开窗，室内空气变得沉闷而污浊。我不由得叹息，这次第，怎一个潮字了得?!

霉与潮如影随形。我从超市买了一包八宝饭，随手放在橱柜里。两天之后拿出来打算放进蒸锅，却发现已经长满白毛，只得赶紧丢进垃圾桶。这跟上海的黄梅天很相似。比我高几层的一位"候鸟"的家，在空关之后地板上出现一团又一团扇面大小的绿色霉斑，而我家没有一星霉点。经我授以化学"秘诀"——离开时喷洒除霉剂，从此家中无霉斑。也正因为出于防霉的考虑，我在海南没有买牛皮、羊皮沙发，而是买橡胶木做的沙发式椅子。

海南潮湿的气候，也使我受益。在上海，每到冬日，我年年脚后跟因干燥而皲裂。我笑称这是因为我的名字"永烈"（永裂）造成的。到了海南岛，裂缝就自然愈合了。

我离开海口是在傍晚时分。客机穿越厚厚的铅灰色的云层，忽然之间，豁然开朗，西边的天空一片金灿灿晚霞，那般耀眼，那样热烈。哦，久违了，红日！我兴奋地用相机一阵猛拍，虽说这近黄昏的夕阳曾是那么地司空见惯。

回到上海，"冷"替代了"潮"，我在严寒之中享受阳光，从此告别黏乎乎的海岛之潮。

（《新民晚报》"夜光杯" 2016 年 3 月 16 日）

不如就在今天

◎海 黎

一位大学学英文的朋友，毕业后从事了完全不同的职业。十几年过去，她突然感慨，看到英文时，心里会悄悄地动一下：我有时看翻译书翻译得那么倒胃口，真想动笔翻译一下。我赶紧鼓励她：你完全可以翻译童书啊，童书简单，翻着玩也是好的，当爱好吧，想做就赶紧做。

身兼数职的"小巫女"巫昂，从来是想到什么都去做，结果做成了很多事。也正因如此，一些有疯狂想法的人，喜欢来找她说自己的疯狂计划，巫昂的做法是：只要是不找她借钱，一般是不管三七二十一，怂恿他们先行动。比如有人跟她说："我想开个豆浆店……想了很多年了。"她肯定会让他立刻出门，站到街上问路人，做"你的早餐吃什么"的市场调研，找个理想店址。也许开个豆浆店在这不景气的世道里头倒闭得很快，但是这期间，他至少学会了磨豆浆，虽然店子不复存在，但是他心里头永久地储存了一段"我曾经开了一家豆浆店，店面只有十平方米，但是店里头经常充满了我最爱闻的豆浆味儿"的回忆视频……她说得对极了。不做，你如何知道？

我的一位朋友在北京漂了十年之久，结婚生女，一直租房住，北京房价太高，想住像样一点的，根本是把一辈子搭进去。忽一日，她跟我说，我想回家乡内蒙古了。我说，好啊，其实北京有什么好的，它是别人的，与你无关。果然，她真的行动了，举家往回迁。现在在二线城市安定工作，有公婆照料伙食，孩子快乐，大人轻松，周末一家人去爬山，三天小长假开车两小时回自己父母那儿。她说感到了内心安宁。人生不过是取舍而已。做了，机会是50%，不做，永远是在等待状态。

我的友人李佳，相当有意思。家附近有条老街，有一些特色铺子。李佳说，她的母亲很爱茶，也喜欢老街，闲着无事，能否开个小铺子让老人老有所为？"那地方多贵啊，肯定不行，租金都回不来。"很多人都不看好，可李佳偏去走走问问那些原住民，还真让她碰到了一家小铺子待租，房东自己的房，精力顾不过来，不想开店了，想转租出去，问租金，一千两百元。李佳真是意外之喜。这个钱她出得起。即使赔，也在可控范围内，小茶馆，不费事，到点关门，老有所乐，母亲与那边街坊很快熟识，生意还不错，不但没赔，还略有盈余，关键是老人觉得自己老了还能实现开店梦，别提多乐了。

去丽江的那次我决定相当快，年前的一个旅行淡季，机票价是一年的最低点。周四中午，我发短信给一个女伴：明天去丽江，三天，那边可以看到漂亮的花儿……五分钟后，短信回：好啊，我来订票，你订客栈。做事如此爽快的朋友，如此激励着我快速决定某件事。于是，第二天下午我们已坐在了飞往丽江的航班上，头一天还是下大雨，第二天却是雨过天晴。事实证明，那次临时决定的丽江之行非常愉悦。我后来问那位朋友，你为什么决定一件事会那么快？她笑说：想到就去做。再说就三天，时间总是有的，票价也很低，为什么不去？我的做事原则就是自己高兴，别人也高兴。想多了啥事都做不成。

正好昨天看到亦舒说的一句话，什么事就在今天。想约人喝酒就在今天，因为明天的心情、环境都不一样了，一切都变了。不如就在今天。

现在我一般不会再说等哪天有空时聚一下吧，知道这是句空话，因为这个哪天可能不知是猴年马月了。我会说：今天有空吗？一起出来喝点东西吧。我知道，想见的朋友总是有空的，那个等哪天的永远是没空的，因为他们没时间花在你身上。

（《石家庄日报》"闲情" 2016年3月4日）

何必拉黑

◎郭寿荣

　　微信朋友圈中偶尔会收到此类信息，大致内容是：将此信息复制群发，谁的发送失败，谁就把你拉黑了，你再将他拉黑，不发不知道，一发吓一跳……此类信息是提醒你，朋友圈里并非个个是朋友，或许有人早就把你剔除屏蔽了，你还一厢情愿当人家是朋友，傻也不傻。

　　收到此类信息我相信不少人会好奇心大起，按部就班操作，从中判断朋友真伪。倘若真有被人拉黑，内心一定愤恨不平：老子一向把你当知己，你竟然把我当垃圾，算我眼瞎了，于是以牙还牙，果断拉黑，从此永不联系，形同陌路。

　　我从不去做这样的操作尝试，朋友圈中都是你熟悉的人，起码是认识的人，在这个圈中，谁与你聊得来或聊不来，谁与你观点相近或相左，你跟谁交往如沐春风或如坐针毡……你还不心中有数、一目了然？

　　如果连这些都分辨不清，见人就引为知己、以为人人都必须意气相投、同仇敌忾、掏心掏肺、"拉钩上吊，一百年永不变"——那只能说你做人太唯美太天真太懵懂了，情商智商都有硬伤，给人拉黑被人抛弃在所难免、早晚必然——那样也好，早受打击，早得开悟，早点聪明，快高长大。

　　所谓"朋友"，说到底就是"价值观"合与不合的问题，为人处世似与不似的问题。彼此观点接近，自然如鱼得水，相见恨晚；倘若针锋相对，各不相让，怎么能不割席断义拂袖而去？既然如此，被人"拉黑"，何怨之有？

　　况且，"价值观"也并非固若金汤一成不变，际遇不同，时过境迁，观念常常改变。昨日是今日非，昨日非今日是，有时连自己都会走向自己的对立面。今日信誓旦旦，难保明日不翻云覆雨；今朝情投意合，难保明朝不分道扬镳。"朋友"聚聚散散、敌我逆转屡见不鲜，从个人至群体、国家，莫不如是。

　　"朋友"二字出口容易，求之甚难。真朋友凤毛麟角，得之三生有幸，不得也阿弥陀佛。大千世界多是泛泛之交，点头之交。我不会对人动辄称兄道弟呼朋唤友，以为自己交际有多了得、人脉有多广泛。非我友类，我通常称之为"老乡""同学""同事"或者"熟人"之类，最次是"认得的人"——恰如其分，直截了当；互不相欠，省心省事。

我一般不会主动拉黑别人，是因为我知道人分三六九、一样米养百样人，林子大了什么鸟都有。观点不同，甚至南辕北辙水火不容，再也正常不过。动辄拉黑，反倒显出自己包容有限，心胸欠宽。除非对方触犯了我做人的尊严底线，如此莫说拉黑那样简单轻巧，即使穷究到天涯海角讨要说法，我也会在所不辞。

朋友圈让我见识了丰富多彩的人生百态。在这个大晒场里面，人人都希望把自己最光鲜亮丽的一面展现出来，予人愉悦，给人启示，或寻求共鸣……获取无数点赞，满足内心虚荣。晒者包罗万象，晒生活，晒感情；晒美景，晒美食；晒文字，晒思想……有人阳光灿烂，有人哀怨连绵；有人义正词严，有人道貌岸然；有人小富即安，有人心忧天下……什么样的人就晒什么样的物，晒什么样的物必是什么样的人，铁定不假。

朋友圈中某些人士观点每每是非不分善恶不明，值得商榷。我知道错不在彼，假以时日，真相大白，其必幡然悔悟，我坚信。但看着一些自诩为"高大上"者卖力可劲的表演，却不失为赏心悦目之大喜事。他拉黑不拉黑我没关系，我肯定让他在我圈中"活着"，偶尔看看他们如何蹦跶怎么嘚瑟，我内心泛起某种包厢看戏似的幸福宁静的微笑。

一把年纪了，跟谁处得来就处，处不来就看呗；今日处得来就处，他日处不来也看呗。路遥马力，大浪淘沙；好酒沉底，真金发光。我心明眼亮，啥都知道，啥也不说。茫茫世界，芸芸众生，你方唱罢我登场，五颜六色转缤纷——何必闭目塞听，孤芳自赏，含怨拉黑？

（《羊城晚报》"花地"副刊2016年3月23日）

有点忧愁也无妨

◎鲁 珉

人生旅途中，有欢乐，也会有忧愁，不可能都是欢天喜地而又一帆风顺。

都说童年是无忧无虑的，可事实上也不尽如此。上小学时，我不仅个子矮，瘦瘦的，而且牙非常不整齐，活脱脱一个"小瘪三"的样子。没人关注，没人理睬。那时，我知道了有一个词叫自卑，一种无法推掉的忧愁总是填在胸间。

母亲看出了我的小心思，对我说："珉子，这么小有个什么愁头啊，人不能光想着比吃比穿比好看，还要比志气，天天愁也愁不出好的前程来。"愁不出个前程来，对于年少的我来说，几乎没有什么触动，烦恼依然不时填在心中。

上了高中，虽然学习紧张，能够忧愁的时间少了，可依旧还有。那是个情窦初开的年纪，总会因自己的先天条件差而忧愁。很是喜欢前桌的一个女生，只是自卑不敢表白，可偏偏那个清秀的身影总是撞进自己的心房，她的一举一动，一笑一转身，总会左右着我的视线，左右着我的喜与愁。

那时我的高中只有两年。恰恰在高二的那个春天，母亲大病一场，我哪能把精力全都用在学习备考上呢，成天忧愁满脸，老师和同学们都一起替我着急。

母亲终于在高考前夕病愈回家了，可我高考还是失利了，最后只得去读一所中专，一份新的忧愁又弥漫在心间。青春年少的我，总有舒展不开的眉头，心里幻想着大学生活，就有一种不服气。

中专毕业后的两年，我又参加了高考，终于跨进了梦中的大学。当坐在大学宽敞的教室里，看着同学们一个个聚精会神地学习时，我心想，若不是那种忧愁，或许我就不会坐在这里了。

大学毕业工作了，新的忧愁也来了。愁找女朋友，愁工作没成绩，愁买房。后来，有了家，有了女儿，也还是在愁，愁女儿上学，愁女儿成长……

就是这种愁，不仅给了我压力，也给我增添了很多的动力，无形中把那种忧愁变成了向上的推力。努力工作，用心培养女儿，虽然快乐逐渐居上风，但偶尔依然会平添些新的忧愁。

时光荏苒，随着对事对物的淡然，忧愁自然少了。那些年少时的忧伤、青春时的忧愁，虽早已成为昨天的记忆，可每每想起，依然可以嗅到那过去岁月的青涩味道。

正如悲剧大师欧里庇得斯所言："人的生命与忧愁是同一天出生的双胞胎。"所以，红尘浮世，忧愁难断，且行且悟，有点忧愁也无妨。

（《合肥日报》副刊 2016 年 3 月 13 日）

与自身、与周遭的世界和解

◎李海燕

因为对"吃"这个行为怀有无限热爱与尊重，并倾向于认为"对待食物的态度就是对待生活的态度"，其实不太能理解那种"饱了就行吃什么无所谓"的人，更别说是厌食症患者了。本着严谨科学的态度请教过医生，医生将厌食症归为"心因性生理障碍"，换句话说，是心理疾病的一种。

想起这个，是因为最近接连有不好的消息传来：先是华东师大的教师江绪林，接着是已出版过两本颇有分量的历史专著的天才少年林嘉文，二人都因抑郁症自杀。任何时候，生命的离去都让人觉得惋惜，特别是近些年，抑郁症这类心理疾病日益成为一个公共话题，那么，无论厌食还是厌世，都是一个需要认真对待的问题。

在多数文化类型的生命观里，自杀都算不上体面的告别世界的方式。特别是在中国人的传统观念里，别说自杀，精神疾患也是极不体面需要讳疾忌医的。也是到了近些年，人们才逐渐认识到，心理、精神疾患是自然人生命旅程中的一部分，或轻或重谁都有可能得，得了需要专业的医生治，和其他疾病相比这个病并不应该受到歧视……

因为文化观的原因，以及因为所知甚少而引起的偏见，自杀、精神疾患不论是对本人还是对亲属来说，都有着比普通生老病死更为沉重的压力。学会和这类人、这样的生命过程相处，是现代人应该补上的一堂文明课。

从前读同事孙京涛翻译的《黛安·阿勃丝传》，黛安这位摄影界的凡·高拍摄的都是主流人眼中的"非正常人"，但在她眼里，残疾者最高贵，他们异于常人是因为他们是上天的宠儿。

世上总有些这样的"宠儿"——世人更爱称他们"倒霉蛋儿"，经历了幼年时期没来由的高烧、轻易的感染、莫名其妙的过敏……连滚带爬地跌入了青春期，又陷入了头疼、抑郁、自伤，连自己都讨厌自己。好不容易爬出青春的沼泽，藏好伤人伤己都是一流好手的快刀，擦净嘴角咬牙硬撑咬出的血迹，渐次把自己伪装成一名宽容、明朗、合群的五好中年，连自己也快信以为真了，准备长舒一口气呢。一抬头，猛见更年期已狞笑着等在前面……

少年时有位朋友，单薄羸弱，一年四季手脚冰凉，整个人透着惨白的金属气息，像一块冬天冻透的铁，但凡有热乎乎的肉身贴过来，便要立刻被牢牢粘住扯下一块皮来似的。还有的时候，一阵冷风掠过，立时抖如筛糠，仿佛心脏被人攥了一下又一下。或者干脆起了一脸一身的风疹，其自述，妖怪在神仙的法器、咒语面前现了原形，也不过就是这样的仓皇和羞耻吧？那些在骄阳与暴雨中风一样奔跑的健康少年，投过来的不解或者同情的目光，却是凌迟一般把那仓皇与羞耻又加深了一遍。

这个世上有许多人和我们不一样，就像抑郁症患者回答不了"你哪里不如意""到底有什么想不开的"一样，他们只是丧失了生活的能力和欲望。人对自身的了解，并不比对这个陌生的世界了解得更多。最近看到的一篇科普文章介绍说，人类并不是一个"联合独立体"，而是一个"超级有机体"。也就是说，"你"并不是由你一个人控制的，你的身体里还有无数个人类和非人类个体在操控着"你"的一切——行为、情绪、思维、情惑……你以为你在独立思考，实际上你脑海中冒出的想法很可能是另一个人的。单单是你内脏里的微生物就能产生影响你情绪的神经递质，有些会通过操控你的食欲来让你摄入它们自己偏爱的食物，那个深夜吵着要吃生煎包的"你"就很可能并不是你；有些寄生虫会控制你的大脑，让你性情大变，更容易做出冒险行为，或者直接精神分裂。就连我们认为最能准确确认一个人身份的DNA也不靠谱，多胞胎之间会发生基因置换、一个孩子身上可能带着他未能正常出生的兄姐的基因、女性的大脑带有未知男性的DNA……

人类是如此的不同，我们对自身及同类的了解是如此之少，以至于我实在没有底气去对生命、疾病说点什么。我只能企求所有的人类——别伤害自己，世界和其他人也不要这样做。

春光大好，实在不宜于谈论这么沉重的话题。春天的美，在于生命最初的鹅黄与嫩绿。萌芽、蓓蕾……生命的汁液熔岩一样流淌。但金黄的智慧之叶确实是秋天的颜色，是走向衰亡的症候。但愿我们在生命的四季轮回中，有足够的活力、有足够的智慧，与周遭的世界、与我们自身，达成和解。

（《大众日报》"丰收" 2016 年 3 月 4 日）

所有一切终将在死亡面前消解

◎李　悦

"逝者如斯夫 dead"是我关注了很久的一个微博账号。这个被称作"网络入殓师"的账号，专门收集去世的微博用户信息。几乎每天，他都会发布一条逝者信息：点明 ID，记录去世原委，摘录生前微博，最后道一句"晚安，谢谢大家点蜡祝福"。

都说死亡是世间唯一绝对公平的事。阅读这个微博，点进他发布的逝者账号浏览生前记录，我却总是对死亡的公正性产生疑问。在发布的数百位逝者中，有人病痛多年，每天与命运角力，微博里满是对生的渴望与留恋；有人被抑郁折磨，苦不堪言，一条条微博记录下离去前的心路历程；还有车祸、溺水、猝死、遇害……太多人来不及思考生死，就仓促离世。

这其中甚至还有粉丝。那个人生命里的最后一条微博是看了"逝者如斯夫 dead"发布的信息，感慨"能够无痛无病地活着，不缺吃穿，还有什么不满足的……只能说活着真好"之后没多久，他就遭遇车祸去世，自己的 ID 也被写在"逝者如斯夫 dead"中。

难怪就连博主本人也曾发出这样的感慨：有的人想活，有的人想死，我真想做个转命在线交易系统。

如今，"逝者如斯夫 dead"已经是一个有着超过 19 万粉丝的大号，博主本人也曾多次接受媒体采访。他坚定地认为"死亡是不公平的"——在他发布的逝者中，有年至耄耋的老人，有咿呀学语的幼童，有备受关注的波士顿马拉松爆炸案遇难者，有大声疾呼、恳求关注的尘肺病人，有患病后被家人冷漠相对、"想方设法从手里抠钱"的伤心人，有治病期间"从相拥而泣到相视一笑"、发誓来世托生个癞蛤蟆也要一公一母做夫妻的恩爱伴侣。就连博主本人在撰写 140 字的悼念信息时，也会因为逝者微博内容的不同而产生情感上的差别，而网友对于每个逝者故事的反应更是各不相同。生不同，死有别。除了每人都有的最后那句"晚安，谢谢大家点蜡祝福"，死亡又怎么会是公平的呢？

死亡不公,人生各异。没有吸引眼球的故事,只有简单平淡的叙述。我想,恰恰是差异背后掩藏的共性打动了我们。阅读一条条微博信息,点击浏览陌生逝者的人生记录,我们仿佛碰触到了那一个个曾经鲜活的生命。他们曾和我们一样,为家庭生活辛勤奔波,为烦恼琐事忧愁羁绊,为梦想明天鼓足勇气,为小欣喜、小确幸欢呼雀跃。还有,他们和我们一样,在微博为抖机灵的段子点赞,为无聊视频笑成狗,为"网见不平"转发怒吼,没完没了自拍、晒娃、秀恩爱。

而这样的我们,也和他们一样,将在某一天注定消亡。

于是,在一条条信息上下滑动的瞬间,面对一位位逝者在微博上留下的生命痕迹,我们得以暂时从自己眼前的人生中跳脱出来。关于青春流逝的怅惘,关于未知前路的迷茫,所有梦想、情感遭遇的挫折与痛苦,都在死亡这一最终归宿面前得以消解。在一条条逝者故事凝结的140字微博信息中,死亡不再是不可言及的黑暗存在——死亡,它是受苦难者最终的解脱,是享幸福者迟来的劫数。它是如此冷酷地不公,却又如此冷酷地公平。我们经历过的喜怒哀乐在死亡面前,以最诡异最难以理喻的"总量不变"的方式达成世间难得的平等。

这是怎样的一种平等?在"逝者如斯夫dead"发布的一条微博里,我找到了答案。这是一个出生就受病痛折磨、5岁10个月就离开世界的孩子。他的母亲记录了儿子5年多来的生命历程。离别之刻,她转发了漫画作家白铅笔创作的一组漫画。漫画配诗写道:

"我哭着来到地球上,看到的是你的笑脸。我平静地离开这里时,看到的是你的泪眼。但是妈妈,请你不要太伤心,这个世界,我来过,也爱过。"

来过,爱过,这也许就是我们每个人,竭尽此生所要追求的、所盼得到的,唯一的公平。

（《中国青年报》"屋檐下"2016年4月12日）

别再污名化“抑郁症”

◎何日辉

2016年3月27日，四川师范大学学生凶杀案震惊社会，死者芦海清被室友滕某残忍杀害，身首异处。

而嫌犯母亲在接受采访时说嫌犯初中时患过精神抑郁疾病，但小时候性格很外向，比较调皮，喜欢足球、篮球，成长阶段也是很快乐的。

消息一出，议论纷纷。有评论说嫌犯是自闭症，还因自闭症而休学一年。对此，有网友回应：“请还抑郁症、自闭症一个公道！抑郁症和自闭症患者很善良，请不要污蔑他们了，太无耻了！”

作为一位长期在精神心理领域从事临床研究和治疗的专业人士，我首先要澄清一下概念：自闭症不是自我封闭，而是儿童孤独症的同义词，是广泛性发育障碍的一种亚型，以男性多见，起病于婴幼儿期，主要表现为不同程度的言语发育障碍、人际交往障碍、兴趣狭窄和行为方式刻板。可见，嫌犯肯定不是自闭症患者，幼时按照其妈妈的说法是很正常的孩子。所以，请不要以自闭症的名义污蔑“星星的孩子”！

滕某是否真的患有抑郁症？有人怀疑这是家长脱罪之举。如果嫌犯的母亲所描述嫌犯自杀的经历属实，则嫌犯有患抑郁症的可能性。但问题是，单纯的抑郁症是不会杀害他人的。如果嫌犯真有抑郁症，那么肯定不是单纯抑郁症，有可能是伴发“反社会性人格改变”，甚至是“反社会性人格障碍”。

从心理学角度，抑郁症是出于各种原因患者不断自我否定导致的结果，甚至导致自杀。抑郁症患者经常陷入负面情绪驱动下的单向思维导致的恶性循环，逐渐出现很多抑郁症的症状。

诚然，我们也会看到媒体报道患产后抑郁症的年轻妈妈，抱着自己的孩子跳楼。从心理学角度来看，这种行为实际上是妈妈对于孩子的一种爱，是自杀，只不过这种爱是盲目的。

那么，反社会性人格改变或反社会性人格障碍，和抑郁症是怎样一种关系呢？通常来说，有两种可能性。

其一，抑郁症患者在病情发展过程中带来多种人格改变，这是抑郁症并发症，其中一种是反社会性，但往往是患病前患者已有反社会人格。这种反社会性攻击行为一般有明确的针对性 俗称"冤有头债有主"，他们伤害的多是与他有过节儿的人，不会伤及无辜。

其二，抑郁症与反社会性人格障碍是共病关系。就是说这两种病相对独立，又相互作用。往往是反社会性人格障碍在先，抑郁症在后。

反社会性人格障碍患者，往往和社会难以融合。因为他们缺乏自我反省能力，在遇到打击和挫折时，会把责任推卸给他人或社会，心情越来越压抑，最后出现自杀的念头。但临死前，要想办法报复社会。近年来出现的一些校园凶杀案、公交车纵火案，行凶者多数是反社会性人格障碍患者。媒体报道甚至一些专家，曾将他们看成"精神病患者"，这其实是错误的。

话说得再明确一点，便是单纯的抑郁症患者只会伤害自己，不会伤害他人；而单纯的反社会性人格障碍患者则只会伤害他人，不会伤害自己；如果一个人既伤害自己，又伤害他人，则往往是抑郁症伴有反社会性人格改变或反社会性人格障碍。

很多精神科专家或心理专家对此也没有清晰判断。我们不能再污名化抑郁症，否则是对抑郁症患者和家属的极大伤害。

（《南方周末》"微信公众号"2016年4月25日）

今天吃什么？

◎何　昕

都说高中生是家里的重点保护动物，自从闺女升入高一，我就养成了每日三省吾身的好习惯：早饭吃什么？午饭吃什么？晚饭吃什么？殚精竭虑，费尽心思，白头发都多了几根根。

之所以这么费劲，都是因为闺女嘴巴太刁钻。不对口味的不吃，两天内重样的不吃，没有肉不吃，有特殊气味的不吃……可供我选择的就没多少了。明知道这是病，饿饿就好了，可是有几个家长敢和青春期的高中生较劲。嘴里一边骂着，还是乖乖做了她喜欢吃的。

看着满大街活泼健康的孩子，原以为像我这样受折磨的不多，结果当我加入这所高中送饭家长队伍中后，才知道闺女的种种症状已经算是非常正常的，让家长头疼的孩子有的是，这下我心里平衡多了。

有个高二女生吃饭特点是定量。据她妈妈说，吃水饺一定是12个，一个不能多一个不能少，馒头一个，包子若干个，稀饭她家的饭碗一碗，等等，哪次送多了，就闹公主脾气。我猜这姑娘一定是学理科的，如此精确，分明是做化学实验的架势啊。后来一确认，还真是让我猜对了。

一般印象中吃饭挑剔的是女孩子，没想到有一位高三的男生有过之而无不及。最喜欢吃米饭，面食、五谷杂粮一概不喜欢。每次吃馒头像吃药似的，最多吃半个。明明是北方人，也不知道怎么会口味变异。去年，米饭哥办身份证的时候，才注意到一件事。自己指纹太浅，系统竟然很难识别。父母都正常，怎么回事呢？咨询医生后得知，很有可能是缺乏维生素导致的。从此，他妈妈想尽了各种办法，哄着他多吃大米之外的粮食，做米糊、发糕、杂粮馒头。为了能吃一点粮食，要加上N倍的牛奶鸡蛋白糖，指纹总算是合格了。

最突出的要算一位水果女生。这位女生据说为了控制体重，晚饭只吃水果，从来不吃饭。于是，她妈妈送饭其实是送水果，几种水果每样来一点。看起来比做饭省事多了，实则不然。天气逐渐转凉入冬以后，水果女生的爸爸认为：天冷了吃水果太凉对身体不好，还是要吃饭，而女生还是坚持不吃饭。父女俩针尖对麦芒，女生的妈妈夹在中间左右为难，后来她想了个两全其美的办法。在家里对女生爸爸说送饭云，从外边快餐店买。从家里出来要么直接奔了超市闲逛，要么去学校附近溜达一圈，等到时间差不多了再回家。结果到后来，她逛超市顺手买的东西攒了一大堆，那粗心的老公竟然还没意识到发生了什么。水果女生才上高二，这个秘密能否保持到高考呢？我非常好奇。

话又说回来了，别人家的我不知道，我的烦恼纯属自作自受。闺女小时候，我是看着书养孩子，育儿理论说了：要尊重孩子的意愿，让孩子自己选择，比如吃饭。于是，我就信了，让她自己选吃什么。后来，就成了这样。事到如今，我才后知后觉地对某些专家的说法产生了深深怀疑。早知如此，还不如像我妈当年对我那样：做啥吃啥，爱吃不吃，看你饿了怎么办！

（《北京晚报》"闲情" 2016年4月13日）

你看见坟墓，我却看见鲜花

◎冯　仑

所谓理想，就是把我们的愿景放在价值观的尺度上去度量，然后再决定人生往哪里走、走多远、和谁走。

我开始做生意是被迫的，但我习惯于用自己的价值观来引导我将要做的任何判断，因此，我一直把丧事当喜事办。因为我总觉得自己要去心中期待的某个地方。这时，我会想起鲁迅的一部小说《过客》：

这个过客腿脚不好，他一直不停地走。有一天，他到一个茶水摊，分别与一个老人和一个小孩对话，询问前方的路该怎么走。老人告诉他，过了一个坟地，再往前一拐，差不多就到了。小孩告诉他，看见一片鲜花，你再往前走就到了。

同样一个地方，老人眼里看见的是坟墓，小孩眼里看见的是鲜花，可见两个人的视野和心态是截然不同的；而这个过客心里只有一句话——我要走，我要走，我要走。

我在创业和折腾的过程中经常会想起这个故事，我心里有两个地方可以去，一个是坟墓，一个是鲜花，不管哪个，总之就是"我要走"的状态。这种想法陪伴着我，让我从开始很被动地创业，到后来哪怕负债累累、人生已经到了最绝望的时候，始终没有放弃，仍然把丧事当喜事办。因为我意识到，理想是希望的风，是黑暗尽头的那道光，有了它，我能驱走黑暗与恐惧，虽然不知道前方有多远，但是依然有坚持下去的力量。

50岁生日前夕，我决定送自己一份很特别的、有纪念意义的生日礼物——去台湾骑自行车环岛旅行。那时正值酷暑，我每天骑行80多公里，总共环岛5500公里，路上看到有个老太太比我还猛，她磕头环岛。我问她，您怎么走？她说我就拜拜拜拜拜，一直拜，没停过。我很是佩服，送给她一瓶水，她接着继续拜。

我真的很难想象，一个瘦老太太单薄的身躯下，哪来的这么大的能量？但她有一个答案：心里有佛，有信念，有理想和快乐的天堂，所以才有如此的毅力和能量，不停地拜下去，也许有一天膝盖流血她仍然浑然不知，也许有一天她会劳累晕眩，但她心里追求的天堂不会坠落。

再说一个崔永元的故事。原来我们俩很不搭界，我相信他对"黑心开发商"抱有道德上的不满，而我在央视看到的小崔似乎也有点装，老讲"长征理想"什么的。后来，我听一个朋友说小崔在做一项"口述历史"的整理工作；再后来某天，我和小崔在香格里拉见面，他送了我一些小人书和他们口述史的资料，我才发现原来屏幕以外的小崔很了不起。

有个夏天，我把这个故事讲给王石听，还带着王石去了小崔的工作室。在小崔的工作室里，我们看到了一个花十几二十年的时间做有责任感的男人，这个男人没事儿找事儿，把别人的事儿当自己的事儿，自己的事儿反而不当回事儿，搞得自己都快抑郁了，还在操心民族的历史能否记录下来。这着实感动了我，也感动了王石。后来我们和小崔成了好朋友，也参与到了"口述历史"的项目中，共同记录这个时代以及这个时代中人们的想法和事迹。

古人讲：势必有坚韧不拔之志，才有坚韧不拔之力。志向是能带来毅力的，就像磕头环岛的老太太，如果她心里没有佛，怎会有毅力去磕头环岛？毅力依附于信念和理想之上，不是欺骗也不是虚妄。理想除了让我们获得能量、财富外，还能在我们遭遇痛苦和不幸时支撑我们活下去。否则，当我们遇到巨大的困难时，很可能会选择逃避，甚至会在不为人知的时候选择死亡。

在这个纷繁、价值观多元的时代，希望我们对"理想"这个词不再拒绝，不再隔膜，不再离它而去，而是从脚下做起，一天天努力，直到成功为止。

（《青年博览》2016年第13期）

我们打的两场战争

◎潘国本

为了人的私利，数千年来，人类在征服和打赢的期求中，不能自拔，持久地打着两场战争。

第一场战争，人类以万物为对手。人类在一边，万物在一边，顺者可昌，逆者必亡。人类凭借自己的小聪明，结交草木虫兽中可爱的、可口的、百依百顺的，对与人类不合拍的草木虫兽，极尽烧杀掳掠，将一切平坦肥沃和山清水秀的地盘，搜罗身边，做成自己的乐园，让一些无视人类、个性张扬的异类，去逃、去痛、去死、去服从。它们不像我们强词夺理，也不会挥舞刀枪、调控水火，忍无可忍中，只有退却和搬迁，向沼泽，向沙漠，向悬崖峭壁，向两极和海洋。为了生存，克服恶劣，改变食性，增强生育，变性变色，野蛮生长，修炼休眠，构建新的生物链。一些寻不到住、挨不了饿、吃不消冷热、保护不了后生的，带着众多绝技和基因，永别地球。人类只想赢个满盆满钵，毫不在意草木虫兽的感受。我们已不满足一般性成功，一再去寻找爆炸性成功。我们在一心想高产的农田中，使用格杀勿论的农药，让稻田只有稻苗，不再有青蛙、蚱蜢和田螺，让麦田只有麦苗，不再有野花和杂草。我们，肆无忌惮地毁虐万物共同创建的地球乐园。

明明是草木虫兽和人类共生共栖的地方，怎么就成了人类的一统天下？明明万物和人类都是地球的客人，怎么我们就自命是地球的主人？明明人类是万物的孽障，怎么就自信是它们中的灵长？明明是一系列专制非法行为，怎么就自我定义为弘扬文明？明明万物各有所长，怎么人类就高等优秀，草木虫兽就低下野蛮？它们越忍气吞声，我们就越得意忘形；它们越退让，我们就越嚣张。我们到一处，弄脏一处，天翻地覆一处，还倒打一耙，反诬带有反抗情绪的生命，为毒草、害虫、顽劣！

在这场战争中，我们已经排放4000亿立方米污水，污染了地球生物赖以度日的62万平方公里的农田和5.5万亿立方米的水体。与此同时，这个小小地球上，我们已从1000年前的6500万，飞升为现今的72亿，而周边的生物，已从难以计数的数千万种，锐减到150万种，时下，物种的灭绝速度，已比从前快了100到1000倍，还在以每天灭绝75个物种的速度猛增。

我们一路通吃，然后，将自己败成地球上的孤家寡人。

第二场战争，人与人互为对手。我一边，他人一边，或者我们一边，他们另一边。"我与我们"，视"他与他们"为地狱，是敌是友，一切以"我和我们"的利害画线。

这场战争中，我与我们，从每个日出到每个日落，执迷于征服和打赢，彼此斗了七荤八素、遍体鳞伤。在利害面前，曾经趁人高危，落井下石、上屋抽梯；曾经趁人急难，大放"驴打滚"高利贷。一部分人为了奴役另一部分人，地球上出现过"日耳曼优秀人种""大东亚共荣圈"诸多怪论，也有了一次世界大战和二次世界大战。一战死伤3000万人（死1000万），殃及15亿人口；二战死伤1.9亿人（死6000万），殃及20多亿人口。

人类完败。

纵使"私利"是上帝植入生物体内的一种不可排除的病毒，为这个"病毒"，我们为什么非要斗得你死我活，不能合作共赢？为什么非要一方大赢，另一方大输？一方全是痛快，另一方只有痛苦？为什么不能一方赢这边，另一方赢那边，两方都赢？为什么不能像水中鱼，一些赢在水表面，一些赢在水中层，再一些赢在水底？

寻找共赢，应该是人类文明健康发展的第一主题。合作共赢，在考验人类管好自己的大智慧，也在考验人类提升自己品位的大智慧。正是因为我们缺乏这种智慧，人类未能避开一战和二战。

这种智慧，无处不要，也无处不在。

厦门大学周振东教授举过一个例子：有位青年企业家，大学毕业后，在一个只有小学文化的泉州老板手下打工。几年后，他想创业，请老板出资，自己经营，利润和老板三七分成，老板听完直摇头："怎么能这样分呢？"他吓傻了，忙说也可以二八分。老板说："不！是倒过来，你拿七，我拿三。"他大吃一惊，连问为什么。泉州老板说："如果你是傻子，你的企业不会赚钱，你就是分给我八，我也分不到什么钱。如果你是一个聪明人，企业会赚钱，但10块钱，你只拿3块，你就会心疼。你那么聪明，要么消极怠工，不想企业多赚钱，或者赚了想方设法贪我的钱。你就是给我八，我还是分不到钱。不如你七，我三，这样你就会拼命为企业赚钱。我虽然拿三，还是比存银行赚更多钱。"这个青年还是困惑："七三开，我还是可以贪你的钱啊！你就不怕？"泉州老板笑了："你是聪明人，拿回扣、做假账，不可能太离谱，拿的都是蝇头小利，你有这个工夫，还不如多为企业赚钱，你分得更多。什么样的回扣可以超过利润的70%呢？再说，一旦被我发现，你连70%都没有了，你会那么傻吗？一个企业，利润你可以拿70%，企业几乎就是你的了，你有必要贪污自己的企业吗？"再一个共赢例子如，马云在纽约经济俱乐部向商界人士阐述阿里巴巴的美国策略时说，他会取与传统的中国出口不一样的贸易方式，帮助美国创业者（比如车厘子农场主）销售产品到中国。类似这样的方式，会成为中国经济新的增长点。

当我们在"帮助他、利益他、尊重他、包容他，甚至为了他"的时候，这个他，哪怕是东晋周处，哪怕是水浒中的鼓上蚤、金毛犬，也会有非常业绩显现。

与一个胆小的人合作攀岩，很不明智，但请他去驾驶轿车，那就把这份缺点也发扬成了优长。即使一个污点、一种病毒，如果得上一次恰当的合作，仍然可以共赢。对方有99个缺点，只有一个优点，如果从发扬优点出发，得到合作的那个优点，会得以放大，放大的过程是优点裂变的过程，会将缺陷挤向边缘，变得意想不到的可亲。墨黑，本是一种污秽，智慧让它与一支羊毫、几滴清水精诚合作，世上就来了难得的水墨画。水和墨成就国画、小鱼红烧腌菜、八戒跟随唐僧、丁国顺扬琴伴奏与闵惠芬二胡主奏《江河水》，都是合作共赢范例。

每个人都渴望被重视，每个生命都不应被忽视。只要是人参加的活动，挤压和打斗永远是下策，无论是人对万物，或者一个集团对另一个集团，单赢注定没有出路。单赢，站在谦让和妥协的对立面，以一人、一方为主宰，豢养的都是痛和恨，最后连自己也会像恐龙那样，在地球消失。

单赢必定造成伤害，任何伤害都必然两败俱伤，且"不是不报，时候未到"。

觉得他方无用，常常是目力不够；觉得某个是毒害，常常是思维的偏执。

以消灭无用和毒害为目标，文明不复存在；真正将无用和毒害都消灭光了，人类也就将自己也消灭了。越是爱护他们，我们才真正强大，真正在爱护自己。

　　一个我与他、我们与他们以及人类与万物合作共赢的时代，正向我们走来。未来，合作共赢会是人类的道德规范，也应是我们的思维习惯和伦理共识。

　　到时，任何他和他们，都会因为我和我们的存在，而觉得十分美好。

（《杂文月刊》2016 年第 7 期）

网络时代，我们需要"保卫"汉语吗？

◎刘　伟

很多很多年后，我们会记得"你不是一个人在战斗"，还是"岂曰无衣，与子同袍"；会记得"男默女泪"，还是"行人驻足听，寡妇起彷徨"？

网络日益普及，社交媒体高速发展，快速催生出新词、流行语。

被多数人以"好玩儿"的心态迅速吸收、使用的网言网语，对于汉语——一个已经存在数千年的优秀古老语言意味着什么？

是新创意，还是污染源？能迅速发酵，会不会积累沉淀？而对奔袭而来的网言网语，汉语需不需要被"保卫"？

新词是怎样产生的？

近日，中国教育部和国家语委发布了《中国语言生活状况报告》，盘点了2015年的热词和流行语，包括"互联网＋""世界那么大，我想去看看""主要看气质""重要的事情说三遍"等都榜上有名。

从时下流行的互联网和工业、商业、金融业等的创新融合，到一份网上被热议的女教师辞职信；从歌手晒照片后引发的网友跟风晒图游戏，到起源于国外的流行说法，都会被收进每年的"热词榜"；常年从事传媒语言研究的中国传媒大学教授侯敏则从2006年开始，每年都要编一本新词手册，收录当年出现的400到500个新词语。

在她看来，这些词语分为几类。其中比较重要的一类是一年中出现的新的事物、现象、观念、认识和科技成果，比如"互联网＋"，有效保持和利用水资源的"海绵城市"，指代在线课程开发模式的"慕课"，伴随微信这个新事物出现的"点赞"等。

第二类是随着一些词语的语义磨损出现的替代词。比如当人们觉得说"很好"已经不足以形成巨大的冲击力时，会改说"巨好""超好"等，虽然"超"原本是一个动词。

第三类是网络上出现的减缩造词，比如前些年人们用得很多的"人艰不拆""不明觉厉""喜大普奔""城会玩""何弃疗"等。

"其实减缩造词一直都有。"侯敏说，"语言变化的一个原则就是省力、经济，当一个长的词语用多了，人们就会简化。"她给出的一个例子是"高等学校入学考试"。"现在人们说'高考'久了，反而很少能说出全称了。"她说。

事实上，全民造词的现象并非中国所独有。

在英国牛津大学出版社列出的2012年度网络热词中，"Omnishambles"就是利用构词法造出来表示"局面完全失控，出现系列差错和误算"的混乱状态。从"喜大普奔"到"Omnishambles"，你或许能看到相似的地方。此外，"Mobot"把莫·法拉赫的名字和"机器人"连在一起，用来形容这位英国中长跑运动员获得奥运金牌后的庆祝舞蹈动作。还有"YOLO"，是"You only live once"（你只能活一次）的首字母缩写。这些新词的产生与构词方式都和汉语相似。

"其实每年都会出现新词和新的流行语，反映出社会变化和变革。"侯敏说，"这些词中，有些可能转瞬即逝，有些则可能被一直保留在我们的语言中。"

什么词能留下来？

深谙古汉语一度让彭敏成为"网红"。

33岁的彭敏小时候最早读的是《唐诗三百首》和《古文观止》。对古汉语的浓厚兴趣让他成为2015年《中国成语大会》和《中国汉字听写大会》的双料年度总冠军。

在彭敏看来，中国民间对于汉语言的介入改造从古至今从未停止过。

"周朝的时候就有专门的采诗官，到各地去采集民间的歌谣，把民间当时的流行语言记录下来。"他说。

随着中国的发展，语言也有了很大的变化。"到了元朝，语言中俗语越来越多，假如李白看到了关汉卿写的东西，说不定会觉得语言被糟蹋了。"他说，"到了新文化运动之后，很多新的词进入了字典。比如'对号入座'，古人如果看了可能会觉得很俗，他们不一定理解什么是'号'。"

侯敏对此表示认同。"社会变化越快，新词语出现得也就越快越多，"她说，"试想在一个男耕女织的宁静乡村，可能很多年语言都不会有太大变化。"

新的问题是：新的词语能有多强的生命力？

侯敏曾经对2006到2010年中出现的2976个新词语在2011年的使用状况进

行了分析。其中，有170个词语在主流媒体十几亿字的语料库中，一年被使用超过1000次，比如"微博""保障房""动车组""醉驾""给力"等，占总数的5.71%，370个词语年使用频次在100到999之间，包括"学区房""囧""人肉搜索""凤凰男"等，占总数的12.43%，686个年使用频次在10到99之间，比如"孩奴""脖友"等，占总数的23.04%。

余下的有四分之一在低频使用中，还有三分之一彻底被遗忘。比如还有多少人记得，什么是"撞峰"，什么是"裸烟"，"楼断断"又是什么典故？

侯敏认为，一般能够被留下的那部分词语大多是用来描述新出现的事物。根据一些句子的缩减造词，如果那个句子不是特别常用，通常会慢慢消亡。

一些流行语甚至走进了被认为是最重要汉字教育读本的《新华字典》。在第十一版的字典里出现了"晒""奴"和"门"等字在网络上的用法。比如"晒"的解释是"展示，多指在网络上公开透露自己的信息"，例如"晒工资"；"奴"的解释是"为了支付贷款等而不得不拼命工作的人"，例如"房奴"；"门"的解释是"事件，多指负面的事件"，例如"学历门"。

入侵还是注入活力？

对于迅速出现的新词汇，有人表示接受，有人表示质疑：它们究竟是为汉语注入新的活力，还是"污染"了汉语？

一些人尤其是上了年纪的人表示，越来越听不懂年轻人讲话了。

彭敏所在的期刊社中有很多老学者。他们的主编五十来岁。一次他们说到"人艰不拆"这个词，主编就完全不明白他们在讲什么。后来彭敏告诉他，那是网民的创造，意思是"人生已经如此艰难，有些事情就不要拆穿"。

2015年《中国青年报》一个问卷调查结果显示，1601名受访者中64.2%认为当下网络流行语入侵汉语现象严重，46%的受访者担心会污染汉语。

在这样的背景下，很多人认为应该加强传统文化方面的引导。

语文出版社上个月宣布对中小学语文教科书做了修订，新的小学课本中关于传统文化的内容增加到了30%，初中课本中增加到了40%。从今年秋季开始，来自湖南、河南、广东、辽宁等地的超过400万名小学一年级和初一学生将会用上这本新的教材。

电视播出各种传统语言类的节目，比如《中国诗词大会》《中国成语大会》

等，也提升了全社会学习、了解传统文化的兴趣。获胜后，彭敏和队友的PM2.5组合成了文化偶像，曾被学校请去讲课。"希望对青少年能有一点儿带动作用吧。"他说。

网络也带火了一大批试图把传统文化与流行语进行结合的年轻人，比如26岁的张方。

2012年，张方曾经结合当时很火的"杜甫很忙"系列图片把流行歌曲《最炫民族风》歌词每句改成了杜甫的诗，引得网友大呼"太有才了"。

后来他又用古风来翻译网上的流行语。比如"能靠长相吃饭却偏偏要靠才华"，他翻译成"陌上公子颜如玉，偏向红尘费思绪"；"我的内心几乎是崩溃的"，翻译成"吾心已溃，如崖如坠"；"重要的事情说三遍"，翻译成"言一隅，当以三隅反复之"；"你咋不上天呢"，翻译成"何不乘风归去，莫惧琼楼玉宇"。

"有些人觉得古典很遥远。因此我这样做，是希望能够借助社会与网络热点的平台把古文推广出去。"他说，网络语言的门槛低，更容易被接受，但是这并不意味着古典的语言就会被取代，会慢慢消失。

他告诉记者，自己曾经在人人网上做了两个公众号，一个是关于网上热点的，开号半个月就有了30万粉丝；还有一个叫"刘备"，是关于古文化的，做了几个月粉丝数量也不到4万。但是后来当他转到其他社交平台，"刘备"的4万粉丝一直跟着他，而网络热点公众号早已无人记得。

"我们现在看到的古文、古诗是经过了几千年大浪淘沙之后得以保留的。生命力不强的都已经被淘汰了，留下的都是精华中的精华。"他说，"而出现的这些新词、流行语，到了千百年后说不定只能剩下一两句了。"

侯敏对这个自然选择的过程表示认同。"在古代，没有电视和手机，很多人把语言的锤炼当成一大乐事，他们对自己的文字很敬畏，因此才会'吟安一个字，捻断数茎须'。"她说，"现在人失去了这种敬畏。"

她给出的一个例子是某报纸曾经用过的"屌丝"一词。"媒体用这样低俗的词起了非常不好的作用，这样的词语会污染我们的语言。其实人都有追求美的本性，只怕这样的词语多了，我们的孩子分不清什么是美了。"

"应该让人们回归对语言的敬畏，让孩子知道什么是语言之美。"她说。

（《新华网》2016年6月23日）

小剧场话剧为何遭遇寒流

◎杨秀玲

日前，北京刚刚落成的天桥艺术中心正式启动，下设大、中、小三个剧场。大剧场上演经典音乐剧《剧院魅影》，座无虚席；中剧场上演田沁鑫导演的话剧《北京法源寺》，一票难求；相反，同在一个剧场上演的一部小剧场话剧却遭遇寒流。《北京日报》引用业内人士话讲，"现在有的小剧场话剧上座率还不到一成"。是小剧场话剧遭遇了"严冬"，还是周期轮回，大限将至，是值得深思的问题。

小剧场话剧从20世纪末至今已经火了近二十年。当初，由于话剧市场凋零才逼出了小剧场话剧，并且涌现出一批至今仍为娱乐界津津乐道的经典作品，如《绝对信号》《恋爱的犀牛》等。在小剧场话剧带动下，大剧场话剧跟着风生水起，走出低谷。

如今，小剧场话剧遭遇寒流，究其原因有三：其一，快餐式话剧让观者感到乏味。近年来，由于小剧场话剧搞的人多，品质良莠不齐，使得不少作品近亲繁殖，主题日趋浅薄，题材凸显窄化，而脱离生活、要卖点、抖机灵的现象更是严重。小剧场话剧先天的"先锋性"明显示弱，成为制约小剧场话剧发展的致命短板。于是，有关小剧场话剧"真正挖掘生活，贴近现实的好作品太少"的呼声越来越高，比如在津曾火爆一时的《开心麻花》，近来就遭到观众"吐槽"。其二，好剧本少是小剧场话剧的软肋。我们不得不承认，像《日出》《雷雨》《茶馆》这样的经典佳作常演不衰，越演越精，根本原因在于剧本好。而好的剧本不是关在屋里杜撰出来的，需要深入生活，观察生活，继而挖掘生活。近两年，天津的小剧场话剧有蓬勃发展之势，有些题材符合当下社会现实和年轻人的审美需求，继而赢得了不错的票房收入。原因在于，在快节奏、高压力的都市生活中，许多年轻消费群体寄希望在笑声中达到减压目的，至于剧情是否合理、事件是否抓人、人物是否突出对他们来说无关紧要，只要道白融入网上语汇，故事充满黑色幽默，情节添加搞笑元素，能挑逗"笑神经"就OK

了。但话剧不同于相声，逗哏就好，话剧也不同于小品，幽默就行，不能让观众傻笑之后连为什么笑都记不清了。其三，大戏的精湛凸显小戏的单薄。近两年，话剧市场有多部名声在外的大戏搬上舞台，如《我在天堂等你》《蒋公的面子》《战马》等，这些戏或以剧情抓人，或以场面入胜，或多或少挤压了小剧场的人气。其四，大环境变化冷落小剧场。如企业包场选大弃小，电影大片、荧屏热剧抢占市场，小剧场过于集中在闹市区等，都在一定程度上影响了观众上座率。

要想让小剧场话剧重新火起来，一是趁寒流倒逼小剧场话剧挤压泡沫，在戏剧品质方面抓"大"戒"小"。二是小剧场话剧整个产业链条不能松散，要设身处地考虑观众的感受。三是抢占市场靠"三要"：一要有好剧本，二要有好导演，三要有好演员，三者缺一不可。

（《天津日报》"满庭芳"2016年2月22日）

哈佛要招穷学生

◎吴　澧

当今美国大学招生，最大的政治正确叫多元化。这并不意味着华人或亚裔特别受欢迎。所谓多元化 diversity，其实是个 codeword（藏有秘密含义的词），指的是尽量多招黑人，多招西班牙语裔。兄弟在美国拿了学位离校时，中国朋友来送行。有位电机系教授反复叮嘱：系里有笔只给黑人的奖学金，你在其他学校帮忙找找合适的，一定请他来我们这里读研究生。这位老兄已经干了四五年，如果带上黑人博士生，转正为终身教授就不担心了。工程专业的黑人研究生，比熊猫还稀有。要是系里不让这位教授转正，他带着研究生投奔别的学校，校长心里一定恨不得操起扫把，撵着系主任满校园追打。

而哈佛这样的顶尖名校，又多一层考虑。哈佛一向以培养领导人才自许。最顶尖的领导人才，自然是美国总统。如果学生多来自上层家庭，以前无所谓。哈佛校友肯尼迪竞选总统时，他去穷州西弗吉尼亚拉票。照片上，盛装华服的肯尼迪坐在一群衣衫褴褛的矿工中间。那时的人看了感动：屈尊纡贵啊，真是人民的好总统。但在民权运动之后，再有这种照片，《纽约时报》必定全线开火：不知民生维艰，这人能当总统吗？现在竞选，要像出身贫苦的克林顿那样，一开口就说中普通人的痛点，选民都说 He is one of us（他是我们中的一个，他和我们一样）。尽管婚姻出轨，民众还是觉得克林顿是好总统，并无弹劾意向。

奥巴马和克林顿一样，也是出身下层；也是在好大学里读了国际政治，对世界大势有着远超一般美国人的了解；然后上了顶尖法学院，神经给逻辑开了锋，挑词结句精确锐利，足以应付政界的唇枪舌剑。哈佛现在要招的是奥巴马般的黑学生和克林顿般的穷学生。肯尼迪那样的，如今大概只能当到国务卿，在联合国和那些出身世家，曾在美国留学的各国外交部长们谈笑风生。

但是，招生时考虑族裔因素，违反美国宪法平等原则，遭到越来越多的法律挑战。这挑战主要还不是来自白人，而是来自华人和亚裔。2014年11月，非营利组织"公平代表计划"（The Project on Fair Representation）起诉哈佛大学，指控哈佛对中学成绩优秀的亚裔暗设配额，将亚裔压制在新生人数的17%（被起诉后，2015年这一比例提升到25%）；而那些不设限的名校，比例却在40%左右。

另一方面，招生时考虑贫困因素，虽然争议较少，却有一个致命弱点。美国家家填税表，家庭经济状况早已数据化。如果像"公平代表计划"所要求的那样，哈佛被迫公布历年招生的原始资料，研究机构就可以算出考虑贫困因素之后的新生应有族裔分布。要是哈佛以照顾贫困为名，暗行多招黑人之实，人们就可以问：为什么同样条件的西弗吉尼亚白人穷生被剔除？这官司打起来，哈佛名头再大，也要输掉裤子。

于是哈佛需要一个新的招生政策，能满足两项要求：（1）字面上很堂皇，各族裔一视同仁，实际招生中却能大幅提高黑人和西语裔的入学率；（2）能够经受大数据的考查，常用统计方法很难揭穿（1）的堂皇。哈佛教育学院2016年1月20日所公布的招生改革建议书《逆转潮流》（*Turning the Tide*），为新政策画出了大致轮廓。

本文没有足够篇幅全面讨论这份建议书，只能举两个例子。美国有些高中学生上很多满分5分的高级课程（一般课程为4分），以提高中学平均成绩，并表明自己的学习"热情"。建议书主张招生官员不要看课程数量，而要看学生在若干真正有兴趣的课程里的学习质量。黑人贫民区的学校通常只能开出有限高级课程，减少招生时考虑的课程数量，就将差校与名牌中学拉平了。而"真正兴趣"又是主观判断，无法像分数那样量化，难以统计处理。一个差校学生很吃力地攻读高级化学课程，尽管成绩一般，却也可以认为是对化学具有超常的兴趣。

要进美国名牌大学，成绩之外，还要看社会责任感。建议书主张招生官员只关注一两项社区活动，家务劳动也包括在内。富家子弟可以坐飞机去非洲为饥民发放食品，但是，如果他们反而对家人不够关心，岂不很奇怪？而黑人和西语裔生育率高，孩子多，学生也就更可能参与那类看护弟妹献爱心的家务劳动。这也是减少数量，并引入更多主观判断。

现在还不能预料这些建议会在多大程度上成为现实。如何分配优质教育资源，平衡各路利益持有者，即使在富裕的美国，也是一个争议不休的当代难题。

（《南方周末》"微信公众号"2016年2月17日）

经典歌曲不妨想唱就唱

◎韩浩月

日前，马云关于音乐教育的一番言论引发了社会各方的关注。他说：中国老师教得相当好，但在育人方面令人失望，尤其是音乐、美术等艺术教育方面没有得到应该得到的重视，孩子们的想象力没有发挥。

马云在这里提到了音乐教育的重要性及存在的问题，但是不曾涉及音乐教育的内容，即"唱什么""怎么唱"的问题。

儿歌创作陷入窘境，现在已经少有人专门给孩子们创作歌曲了，这一代儿童也是受流行音乐影响最为普遍的一代，传播渠道的发达，使得孩子们几乎可以无障碍地接触到所有最新流行的歌曲，当《爱情买卖》《小苹果》等口水歌频频从孩子口中唱出，我们该做何感想？

网络上也时常出现儿童演唱"歌词重口味"歌曲的现象，比如"伤情宝宝撕心裂肺唱情歌""六岁儿童唱情歌"等，在视频网站均有很高点击率，网友以传播这些歌曲为乐，对此不以为意。

流行歌曲里的卿卿我我，甚至语法错乱，会不会给孩子带来不良影响？在教育专家看来，这是应当警惕的问题，家长们对此也持认同态度，但如何把孩子与流行歌曲隔开，也是一个令人挠头的问题。也有人觉得，不必过于恐惧流行歌曲对孩子的影响，如同速食食品一样，流行歌曲的"危害"，并没想象的那么严重。

经典歌曲其实也面临着同样的问题。孩子不宜唱流行歌曲里的情歌，那么唱经典歌曲中的情歌会适宜吗？首先，我们要搞清楚什么样的歌才算经典。真正的经典歌曲，一定是经过时间过滤的，传递的价值观一定要是朴素的，歌曲里的情感，一定要是真挚的，事实证明，能够传唱下来的经典歌曲，其生命力来自于歌曲内部蕴含的情感力量，即便是情歌，在歌词背后，沉淀的是人们对一种情感的理解，对一种生活方式的追求。我个人认为，儿童唱这样的经典歌曲，是要抱支持态度的。

经典歌曲本身，也有一个自我淘汰的过程，那些经不住时间考验的作品，已经被人们遗忘到脑后。现在比较有争议的是，孩子们是否适宜唱一些曾经的政治歌曲，有的人对此是持反对态度的，反对有反对的理由，但要意识到，这些歌曲在经历时代的冲刷后，本身的含义也在发生变化，人们已把注意力焦点转移到了歌曲本身，对于孩子们而言，优美的旋律永远是新鲜的。

（《京华时报》"文娱·评论" 2016年4月7日）

转发前，我们应该想什么？

◎任　丽

　　新闻热点层出不穷，应该用什么样的思考过程去接收客观的信息，获得有价值的帮助，而不是人云亦云，跟着别人转发刷屏，成为制造恐慌或传播谣言的帮凶？苏格拉底"思想的三个筛子"，或许可以帮助我们过滤这些信息。

　　首先判断一下，这个信息是不是真实的。比如和颐酒店事件，从当事人的角度来看，她表述出来的是真实的吗？从酒店方面的发言来看，他的陈述是真实的吗？在公安机关的调查结果没有出来之前，我们其实很容易偏听偏信。别说我们没有亲身经历，即便目睹，也未必能洞悉全貌。如果事件有多方质疑的，保持一个中立的态度，静待这个事件最终继续发展，或许更好。

　　不过，在万众讨论的热点事件中，保持冷静并不容易，你可能觉得自己没参与，就很没存在感，或者我不是一个冷漠的人，怎么能够对一个弱女子遭受这样的伤害而无动于衷呢？作为一个有血性的中国人，作为一个可能的潜在受害者，没有参与进来，难道不是极为不负责任、没有道德良知吗？

　　而实际上，差不多7亿多的浏览量，多你一个转发也不多，少你一个也不少，没有参与进来，并不代表你不关心这件事情。只是，事实尚不清楚，评论岂不是无本之木？如果事实反转，自己的感悟也就多余了。

　　苏格拉底说的第二个筛子是，你要去看一看，这个事情，是不是善的。中国有句古话叫"好事不出门，坏事传千里"，可见人们热衷去传播恶的东西。

　　的确，传播恶的东西，让我们站在了道德制高点，我们那些在日常中被压抑的、被扭曲的、被不公正对待的部分都通过恶的热点的传播无限放大。我们终于可以扬眉吐气一回，我们可以去批判他人的过错、职能部门的失职，而将自己在现实社会中的失落发挥得淋漓尽致。

　　不过，传播恶的东西过后，你仍然无法从中获得你所渴望的尊重与认可，反而会有一种深深的失落。这就是为什么经常会有人希望发生点什么，以激起他又一轮的情感兴奋，以掩盖他脆弱的内在。

和颐酒店事件首先是一个暴力事件，由于众人参与传播，集体无意识的不安全感被无限放大，让大家感觉到一种不可名状的恐惧。恐惧之外，被屏蔽的信息是，当时前台的电话被打爆了，很多酒店的客人在向警方报案，为什么这些鼓舞人心的信息没有有效传递出去呢？

　　希望我们不要忽视朋友圈里那些善的东西，那些春花秋月，它很容易让人感受到积极的力量，从而激发出自己向善的本能。我成为善的一分子，那么整个社会会不会也向善的方向发展呢？

　　苏格拉底的第三个筛子是它是不是重要。我既不是当事人，亦不是调查的记者，更不是公安机关工作人员，所以我不可能获得一手的最真实的材料，况且这根本不是我的职责，那么这个事情于我本人来说可能并不那么重要。

　　和颐酒店事件暴露出整个社会深深的焦虑与恐慌。实际上真的有这么不安全吗？难道因为这个事件我们以后就不住酒店了吗？单身女孩就不能独自旅行了吗？整个社会的信任与安全感是需要我们每个人去践行，自己没有安全感，再通过传播将恐惧放大，这真不是一个智者的选择。

　　相对于和颐酒店事件，我更愿意说说我的经历。曾经有一次我独自到韩国去旅行，找不到公交车站，就向路边的一位大婶求助。她艰难地蹦出几个英文单词，但最终还是弄懂了我要去哪里。按照她指的方向我顺利找到了公交车站，等车的时候，突然发现一辆小轿车停在了路边。车窗摇下，大婶招手示意我上车。我当时就这么不假思索地打开车门，上了一个陌生人的车。在路上，她用比较蹩脚的英语简单地跟我说了一下，她曾经去过中国的杭州，对中国的印象非常好。所以，人和人之间的这种信任感非常微妙，而且是相互作用的，彼此信任难道不是更美妙吗？

　　从最牛医闹到天价鱼，新闻热点经常在舆论中三翻四转，因着人们的恐惧而被任意解读。对于被舆论选择的事实，我们更加需要独立思考的能力，冷静地观察、冷静地判断。这并不是因为我们对这个社会冷漠，并不是因为我没有投入热情，而是与其用那么多的时间去对一些不明真相的事情进行传播，不如保持清醒的头脑，做好自己分内的事，用实际行动去影响周围的人。

（《中国新闻周刊》2016 年 4 月 25 日总第 753 期）

不是读书无用，而是无用

◎王　昱

种种无用中，最无用的是将自己的一事无成归结为读书所致——我失败不赖我，赖读书没用，要不是当初浪费那么多时间去读书，我也许就有用了。

每隔一段时间，"读书无用"的论调就会出现在人们的生活中。鼓吹者们言之凿凿地举出不少例子：隔壁村的张二，小学都没毕业，生意做得有模有样；刻苦用功十八年的老同学，还是个拿死工资、从牙缝里还房贷的小职员。底气之足，让我瞠目结舌。

在众声喧哗的读书无用论中，我比较注意三种声音。

一种读书无用论的鼓吹者，自己真没读过几天书，但或是其他能力突出，或是运气较好，也取得了不错的成就。你的旧友聚会，或许也有这样一种悲凉的酸楚：极没文化的发小，居然成了大款。我们这些读了十七八年书的，除了学位啥也没有。他们给你倒上茅台酒、递来中华烟，再送你一句加了冰块的风凉话：文化能当饭吃啊？不错，沟通能力、交际能力、执行能力，确实很重要，"成功者"不见得都是读书人，但读不读书，很大程度上决定了一个人究竟能够走多远。

另一种读书无用论者，确实读过几年书，甚至还有相当漂亮、镶着金边儿的学历背景。你跟他聊哲学，他能把纯粹理性批判给你讲得头头是道；你跟他谈美学，他能把斯宾诺莎、海德格尔诸人的美学观梳理得脉络清晰。回翻他的在校表现，还真是可圈可点。但眼下，知识和财富之间的转化很不尽如人意，甚至在清贫愤懑、怀才不遇中挣扎。在功利意图的驱使下，读书不是为性情的雕琢、底蕴的贮藏、襟怀的开阔，完全是为了换得利益，一旦变现受阻，就觉得读书无用。

这些人怯于面对的事实是：不是读书无用，而是你自己无用。你确实是个不错的考试选手，确实从字里行间咂摸出了些墨水味，但失去了书本的荫蔽，你再没有半分优势。你的视角局限在那几本褊狭的书本里，却不知大千世界的无限可能。你只能在故纸堆里与前人对话，却不具备在现实世界里周旋的本事。种种无用中，最无用的是将自己的一事无成归结为读书所致——我失败不赖我，赖读书没用，要不是当初浪费那么多时间去读书，我也许就有用了。读书无用论，给他们提供了那么舒适、有面子、有理由的庇护所，那么理直气壮地回避了自己的无能。

种种读书无用的论调中，最可恶的一种是别有用心者。明知道开卷有益，却巴不得周围所有人都沉浸在玩乐中虚掷青春。每个人的学生时代，都会有这么几个同学：熬夜的黑眼圈挂在脸上，偏偏大言不惭地告诉别人自己从来不学习。明知课堂所学东西的价值，非要激进地说这种填鸭式的教学毫无意义。他们几乎是人格分裂的——一边拼命地读书，一边一脸厌弃地说读书无用。

在他们看来，如果读书无用论能大肆风行，那么每多一个信奉者，自己就少一个对手。如果班上的同学都不读书，那么寥寥几个的保研名额非他莫属。如果同年进单位的新人都不读书，那么获提拔擢升机会的更有可能是自己。目光灼灼盯着一己之位，置社会风气于不顾，是为自私。比自私更浓烈的，是自卑的心理底色。这种人看似很有"谋略"，其实最没用，他不敢光明正大地迎接任何一种透明公开的挑战与竞争，只能动用这样卑劣的手腕，遮掩迫切求胜的病态竞争心理。

在这个涌动着反智情绪的社会中，读书无用论总轻易地受到众多赞扬、读书人的悲凉处境总是被带着嘲讽的态度围观，读书人的负面信息总是被满含鄙夷地放大。说实话，我也被无数次问过，你读北大出来能干什么？不还得跟我一样工作挣钱吗？读那么多书不还得嫁为人妇吗，有什么用？对此，我想说的是：哪怕我们做着同一份工作，我不会同你一样目光灼灼地盯着眼前得失；哪怕我们都将归于家庭的琐碎，我知道琐碎之中也有诗意与温情；哪怕我们都将面对生活的苟且，我会为我的子女在嘈杂中开辟一道安静的缝隙。

而如果我一无所成，我绝不拿读书无用来遮掩我的无用。因为我读过书，油墨已融入骨肉里，而你没有。

（《中国剪报》2016 年 4 月 16 日）

按照"标题"摸大象

◎林永芳

　　钱理群在回答《博客天下》关于"你对学生孔庆东的看法"之问时，感慨说："（他的观点所产生的）争议，从侧面反映了当下一个时代的问题，就是观点越激烈越偏颇，反而越受欢迎。"那么问题来了：为什么"越激烈越偏颇"的东西越受欢迎？这里面，是不是隐藏着人脑神经的某种普适性的激发机制？

　　先来看看另一幕场景。猴年春节前夕的"世纪寒潮"中，有一则"国际新闻"，几乎不费吹灰之力就越过满屏晒雪帖，以气死汪峰的速度登上了头条：中国旅客因航班延误大闹韩国机场，有人掷椅子泄愤，引发小骚乱。

　　众所周知，"中国游客没素质"早已是个屡试不爽、长热不衰的话题。这则新闻成功地再次开启了这一魔盒。网友们迅速各自站队，掀起各执一端的骂战。有的列举"中国游客"在境外惹出的种种负面新闻，什么大闹曼谷机场唱国歌、香港机场打伤地勤人员，等等，力证"Chinese tourists"之所以沦为贬义词纯属咎由自取，谁让他们丢脸丢到全世界且屡教不改；有的则愤怒指责该新闻断章取义言过其实，事实是570多个航班取消、数万旅客在霸王级寒潮中滞留机场得不到妥善安置，那么多人却只给了800张保暖毛毯，旅客只能花约65港元向机场购买一块原本一文不值的纸皮供患病的母亲躺下……

　　该报道很快就经韩国济州道官方人士证实为夸大其词，未扔椅子，没有骚乱，无人被捕。可我更感兴趣的是，假如此事发生在国内，那么新闻标题会不会就成了《××航班延误，寒潮中机场拒绝提供更多御寒物资》，然后评论一边倒，铺天盖地骂航空公司骂旅行社骂政府？或者，同样的内容，假如把标题换成"近万中国旅客因航班延误滞留韩国，机场只提供800份毛毯御寒"，受众又会是何种反应？

　　标题好重要啊！岂止是"题好一半文"，简直就是"题导一半人"，甚至被标题牵着鼻子走的读者远不止一半。如今打开网页，你可以一次次感叹：标题比内容更好看。譬如有人列举不久前的一则热点新闻："大学生家门口掏鸟窝获刑十年半"——单看这行字，怎不义愤填膺：不就是个喜欢爬树的熊孩子嘛，不就是临时起意掏了个鸟窝吗？许多贪官敛财巨万都没判十年半，这是什么依法治国?!……可这行标题不会告诉你，所谓"鸟窝"，其实是国家二级保护动物燕隼的窝；更不会告诉你，该同学本人在网上多次发布相关信息，买卖鹰隼等保护动物，属于明知故犯；而他所谓的"家门口掏鸟"并非一窝、一次，而是差不多快把半个县的燕隼都清空了。法学界人士认为，此案判决非常公正。可新闻一出，竟有近八成网友认为量刑过重。若非后续报道极力纠偏，这一"民意"还能迎来之后的大逆转吗？

事实证明，我们从来就生活在"两个小人儿"的拉锯战中：一个叫"感性"或"冲动"，唆使着我们打了鸡血一般跟着感觉走；一个叫"理性"或"冷静"，像个令人讨厌的家长一样唠叨着"擦亮眼睛，长点脑子，三思而后行"。而绝大多数人，很可能都像贪玩逃课厌学的顽童，最愿意的是跟着前者走。因此，只要标题做得足够好，有计划地引发一两场热点事件一点也不难——这年头，有几个人静得下心来读全文、找真相呢？同理，只要观点足够惊悚，定能以最快速度攻城略寨占尽人心。

蓦然惊觉，原来，我们的喜怒哀乐并非完全归自己掌控。只需稍微巧妙一点儿，便可轻而易举地操纵我们的肾上腺，然后，肾上腺引领脑神经，不知不觉就沿着人家设计好的轨道去做了圣斗士，或者小绵羊。特别是在历史钩沉、大人物的评价之类庞大复杂的东西面前，尤其如此——因为这些主角掌握了巨量资源，在一国一代乃至几代留下了无数印记，这些印记遍及千头万绪、涵盖了无数不同的维度。于是，有心人只需像标题党们那样露出一角、遮住其余，将其中希望大众牢记的那些部位予以"高亮显示"、反复强调，我们就一定会统统成为那"摸象"的盲人，各执一词直至大打出手。

标题照我去战斗，肾上腺引领脑神经。君莫笑，许多时候，自诩聪明的我们，不过是一介提线木偶，在被人精心指定的大象部位尽情地摸，还摸得其乐无穷！

（《杂文月刊》原创版2016年5月上）

"魏则西式悲剧"

◎林　琳

　　近日，一个年轻生命的逝去引发了极大关注——大学生魏则西两年前被查出罹患"滑膜肉瘤"晚期，四处求医后他在网上搜索得知武警北京总队第二医院声称有一种先进技术可以治疗此病。然而，在借钱完成治疗后，癌细胞发生了肺部转移，魏则西于不久前去世。事件背后，"莆田系"医院承包部队医院科室的隐情浮出水面，百度推广和竞价排名再次引发众怒。最新报道显示，国家网信办已会同国家工商总局、国家卫计委成立联合调查组进驻百度公司，对此事件及互联网企业经营事项进行调查并依法处理。

　　百度在此番事件中无疑又扮演了让人诟病的角色——拿人钱财，与人推广，引人上钩。但板子都打在百度身上，就能够避免下一个"魏则西式悲剧"吗？就算地球人都知道了百度推广等同于广告，排名靠前的大多是土豪、金主而非行业翘楚，也难免依然有人被坑被骗。莆田系发家、发展、发达至今已有二三十年，有些莆田系早已经赚得盆满钵满了。

　　魏则西是相信了百度，但他更相信的是武警北京总队第二医院的公立医院属性和三甲头衔，是权威媒体此前关于该院、该科室以及相关医生的那些正面报道。包括他在内的许多人都没想到，公立医院的某个科室也能被承包，公立医院中的某些人也能把救死扶伤做成赤裸裸的以谋利为第一要务的生意。

　　关于公立医院能否把某个科室交出去给其他人、公司经营，2000年，原卫生部出台的《关于城镇医疗机构分类管理的实施意见》规定："政府举办的非营利性医疗机构不得投资与其他组织合资合作设立非独立法人资格的营利性的科室、病区、项目。"遗憾的是，这一规定只针对地方医院，这也使得莆田系承包部队医院科室成为可能。莆田系潜伏在公立医院里，借用公立的信用和名声敛财获利，公众很难甄别。

　　说起莆田系医院，各地的玛丽医院、女子医院以及专治不孕不育的广告总在电视上滚动播出的医院，多有莆田系医院的"身影"，其在公众印象中，重赢利胜于重疗效。可公众的注意力仅仅盯着一个莆田系医院是不够的。因为一家医院尤其是公立医院，要新设某个科室或者将某个科室易主，难道不需要履行审批手续吗？如果医院都被一些游医、庸医甚至不懂医术的人掌控，把仁心仁术换成生意经，医院还是医院吗？种种报道显示，莆田系医院一直用自己的逐利心蚕食并侵蚀着正常的医疗体系和秩序，而我们对此的监管却并不给力。

在一些公共事件中，某一个体成为相关改革推进、相关制度废止的关键人物，比如孙志刚的死之于收容遣送制度的废止，张海超的"开胸验肺"之于职业病诊断制度的修改。如今，魏则西能成为改变医疗领域乱象、治理搜索引擎潜规则的"关键先生"吗？

（《工人日报·评论》2016年5月4日）

中国式思维

◎马建红

　　每年在高考分数公布后、填报志愿前，在高校工作的老师们差不多都会接到一些亲戚朋友的电话，咨询某个分数能不能上"贵校"，报某个专业是不是保险，等等。如果你根据往年的录取情况，"委婉"地告诉对方说这个分数线"恐怕够呛"时，咨询者的下一句话一定是这样的："找找人，花点儿钱能不能上？"遇到这种情况，笔者一般会笑答："你有多少钱？假如你捐个千八百万或给学校捐一座楼的话，我可以帮你问问。"咨询者可能不知道，被咨询的人其实就是个教书匠，上课迟到几分钟都有可能构成"教学事故"，除了课堂上讲什么大抵能说了算之外，其余的事基本上都"办"不了。

　　不过，咨询者的"找人花钱疏通"的心态，倒是颇具普遍性，可以称得上是一种中国式思维。这种思维模式，不仅体现在日常生活问题的处理中，甚至在译介别的国家作家的作品中，也会不自觉地进行一番自认为合理的嫁接，直接歪曲了原著的意思。

　　在林达的著作《一路走来一路读》中，收录了《真理与事实——漫谈翻译与文化》一文。文中讲到，在翻译的过程中，译者经常会因为受自己本土文化的影响，想当然地去理解原作，这样就有可能出现一些笑话，给读译作的人造成误解。林达说他们为了读得快（读自己的母语毕竟是最顺畅的），曾先读了一下《华盛顿邮报》主人格雷厄姆的自传《个人历史》（*Personal History*）的中译本，读的过程中觉得有些不对劲儿，比如格雷厄姆的父亲刚刚买下《华盛顿邮报》时，就制定了一些办报的原则，其中一条是"报纸的第一使命，是报道尽可能接近被确认为事实的真相"，却被译成了"报纸的第一使命是，一旦发现了真理就要宣传它"，报纸为什么是发现"真理"呢？原来是将"truth"即"事实"一词，译做了"真理"！这就会让读者摸不着头脑，因为这样的办报"原则"和新闻应尽快地、尽可能地报道所发生的"事实"根本搭不上界。

　　林达还讲到了书中不少因文化误解而形成的翻译误会。例如在提到报道水门事件过程中的《华盛顿邮报》。接到法院要求报纸交出调查原始材料的传票后，原文译成中文的话应该是："最后传票被撤销了。可是在此之前我们已经花了许多力气和钱。"美国读者都会知道，在这样的情况下，假如《华盛顿邮报》对传票有异议，就必须花钱请律师，花大量的时间和精力与律师讨论如何与司法部门据法争执。然而，林达说看到的中文译本，却将其译作："最后在我们花钱疏通以后，传票被宣布无效。"仅仅这"疏通"二字，就会使中文读者误以为作者是拿着钱去贿赂法官了。对于译者来说，这可能是他生存的文化环境中的条件反射。而对于美国读者来说，这样的阐述是不可能的。

看到林达的这段文字，我们也不得不佩服译者的这种想象力，之所以如此，可能是源于译者对中国式思维的烂熟于心。大概译者真的以为世界各地的法官都需要当事人去"打点"，可以花钱去"疏通"。在法律人圈儿里，流传着这样一个故事：说有一个中国公司在美国被人告上了法庭，经聘请的美国律师分析后，认为我方胜诉的可能性极小，这时中方委托人就问律师，说我们能不能约法官出来吃个饭。听到这个要求，美国律师惊讶得半天合不上嘴。美国律师随后斩钉截铁地回绝了。可后来一开庭，法官就开始怒斥对方当事人及其律师，对于我方铁定要输的官司居然奇迹般地赢了。中方聘请的律师在错愕中问是怎么回事，结果他的委托人很神秘地说，"我们以对方的名义给法官寄了点钱"！

估计这个"黑"中国人的故事是杜撰出来的，不过听过这个"故事"的人却大都认同其中中方委托人思维模式的真实性，格雷厄姆不可能去"花钱疏通"，而国人不去疏通才让人觉得不合常理。因为在我们的社会生活中，无论遇到大事小情，解决的思路基本上就是找关系，凡是能动用的关系，线索一个也不放过，即便没有关系也要"创造"关系，通过"关系"这一人情的纽带疏通"关节"后，金钱就能起到使鬼推磨的奇效了。这种中国式的思维，通俗地说就是"求人办事"，今天你为了孩子入学来求我，明天我为了老人看病去求你，如此往复循环，形成了一个不求人办不了事的怪圈儿，每个人都在埋怨，埋怨完了再继续求人和被求，竟至于连政协委员都不得不大声疾呼要"尽量让国人不求人少求人"了，可见这种思维定式已然影响并蔓延到了何种地步。

这种社会痼疾的消除，需要制度的建构，也需要社会合力的作用，"他山之石，可以攻玉"，还可以借鉴其他国家行之有效的做法，前提条件是对这些做法要有客观真确的了解。所以，像《个人历史》的译者这样，在遭遇外国人应对法律事件的故事时，想当然地认为通过花钱"疏通"关系而解决难题的神翻译，会让不明就里的读者认为，在美国办事，原来也是可以走花钱疏通的路子的，号称法治社会的美国也不过如此罢了，这种出于自身的思维定式而造成的误译，传播的是一种错误的不实的信息，它会影响我们对异质文化或制度之价值的评价和借鉴，作为译者当慎之又慎。

（《北京青年报》2016年5月21日）

大师拒称"大师"

◎陈鲁民

如今最缺少大师，因而有人说"这是一个没有大师的时代"；但似乎又是遍地大师，举目所及，到处都是"大师"的影子。不仅有"围棋大师赛""大师工作室"等，各种音乐大师、文学大师、书法大师也比比皆是，自然还有大名鼎鼎的"王林大师"。

然而，"响水不深，深水不响"，也有些真正具有大师水平的大师，却婉拒大师称呼，坚决不以大师自居。

沈尹默艺术精湛、炉火纯青，被人誉为"数百年来，书家林立，盖无人出其右者"。他却拒绝书法大师的称呼，当有人叫他"大师"时，他就会连声制止说"叫老师"。《申报》一位记者到沈尹默家采访，一见面就叫"沈大师"。沈尹默答道："这里没有'沈大师'，你走错门了。"他解释说："韩愈《师说》作为人师已难，何能为大师。孔子死后才被尊为先师；王羲之生前也未被称为大师，吾辈岂能妄称'大师'呢！"记者深为感动，就写了一篇报道《沈尹默拒称"书法大师"》。

季羡林学富五车，却心怀虚谷，从不接受那些虚名与高帽。他曾一辞"国学大师"之誉说："环顾左右，朋友中国学基础胜于自己者，大有人在。在这样的情况下，我竟独占'国学大师'的尊号，岂不折煞老身！"二辞"泰斗"之誉说："我这样的人，滔滔者天下皆是也。但是，现在却偏偏把我'打'成泰斗。我这个泰斗又从哪里讲起呢？"三辞"国宝"之誉说："是不是因为中国只有一个季羡林，所以他就成为'宝'。但是，中国的赵一钱二孙三李四等等，等等，也都只有一个，难道中国能有13亿'国宝'吗？"

李叔同有一次赴福建灵瑞山讲经，提出三约：一不迎，二不送，三不请斋。看到寺庙贴出标语"欢迎弘一大师讲经"后，要求撤下标语，说："这里只有弘一法师，没有弘一大师。"

这几位大师拒称大师，一是出于谦虚内敛的美德，不喜虚荣，淡泊名利，甘于寂寞；二是表明其清醒睿智。他们深知人外有人，天外有天，学无止境，宁肯低估自己，也不愿虚张声势，好在谁都知道，"最丰满最好的稻穗，往往最贴近地面"（苏格拉底语）。三是他们深知人若是沉溺于虚名，容易招惹麻烦，粉丝找签名，记者来采访，被邀出席活动，参加各种会议、应酬，无谓地费时耗力，这是他们最不愿看到的。

与他们相反，也有一些与大师水准相去甚远的人，却对大师的高帽垂涎三尺，争相佩戴，结果每每成为闹剧，沦为笑柄，也玷污了大师的美称。作家莫言获得诺贝尔文学奖后，有人问他是否觉得自己已经可以被称为大师，莫言谦虚地回答："我永远不敢称大师。大师这个称谓有它内在的含义，谁要是叫我文学大师，我会觉得暗含讽刺意味，我觉得自己远远不够。"

但愿那些自我感觉良好的"伪大师""赝品大师"，想想莫言的真知灼见，学学沈尹默、季羡林、弘一们的高风与低调，收敛浮躁之心，远离哗众取宠，把力气用在提高学问与技艺上，踏踏实实干上十年二十年。到时候学术辉煌、成果累累、名满天下了，兴许你还真能成为"大师级的人物"。

（《解放日报·综合》2016 年 6 月 23 日）

绝望比贫穷更可怕

◎孙立平

　　一个社会当中，仅仅是贫富差距大一点还不要紧，最怕的就是穷人失去向上流动的希望，一种绝望的感觉。

　　我们不能否认经济在迅速发展，我们也不能否认绝大多数人的收入和生活在改善，但是同时我们不能否认近些年来弱势群体的生活状态实际上是有恶化的趋势。为什么？简单地说，即是弱势群体已经被这个社会分离出来，在社会中越来越找不到自己的位置。

　　今天的城市管理、城市规划、城市建设，往往是以牺牲弱者的生存生态为代价的。比如说以前上海曾取缔了大量小食摊、小饭馆，一般市民的感觉是吃早点没有过去方便了，但更为重要的是，十几万人可能就因此失去了谋生的机会。

　　马路上的摊贩实际上涉及了几十万人的生计。当我们对有碍观瞻的"城中村""贫民窟""城乡接合部"进行改造时，可能又有无数的人要丧失立锥之地了。

　　但实际上，我们都是"脏乱差""城乡接合部"的受益者。比如有人说现在的蔬菜价格贵，但我说算是便宜了。因为运菜、卖菜的人就是生活在"脏乱差"的环境中，生活成本很低，才能用这个价格把菜卖给你。如果运菜的都住在二居室里，菜价提高一倍也是不够的。

　　说现在的房价高，但现在建房子、搬砖头的人都是睡在工棚里。如果他们都住在二居室里，那房价又将是个什么水平？所以，我们每个人都是这个生态的受益者，但是我们忘恩负义，成了拆掉"脏乱差"的积极鼓吹者。

　　但同时，我想强调的是，这样说，并不是指城市不需要秩序。我们城市需要秩序、需要管理，这没有错，但是问题就出在我们的管理上。马路上没有秩序行吗？北京一年机动车增加40万辆，现在上班，路上没有小摊小贩，车都走不动，如果都是小摊小贩就别上班了。但是，每天每个时段、每个路段都这么塞吗？有没有这种可能，在平时不怎么塞车的特定路段，早晨上班高峰过去后，10点钟开始可以摆摊，但到下午4点收摊，且要打扫干净。如果这样，一个大城市，可能一下就能多为几十万人提供生存的机会。

因此，关键在于管理。现在我们要么是放任，要么就一刀切。不但弱势群体的生存状态在这样的城市管理中不断恶化，而且矛盾也越来越尖锐。

北京曾有一个崔英杰杀了个城管，但回想起来，这也应属于"黑砖窑"同样的悲剧：扎和被扎的人都是谁呢？也都是弱势群体。如果真正有门路的，也不去当那城管了；如果有门路的，也不会去卖烤肠了。那位被杀的城管其实是一位恪尽职守的城管。而杀人凶手崔英杰也不是个坏蛋，原来在部队上还是优秀战士，复员后先当保安，但几个月领不到工资，就借了300块钱买了辆新车卖烤肠。城管人员没收了他维持生计的车，活路没有了，一刀进去，造成了两条生命的悲剧。

现今社会，如何来保护甚至改善弱势群体的生存生态，已显得非常重要。这其中最重要的还是解决就业问题。而更重要的在于要优化社会结构。通过社会流动，造成这样一种局面，即你可能贫困但不至于绝望。社会当中有弱势群体，从某种意义上来说是不可避免的。但是弱势群体应当是一个虽然贫困但还有希望的群体。如何造就这种状态？这是一个非常重要的问题，需要建立一个有效的流动机制。

我们这个社会目前门槛太高了，穷人改变自己地位的机会少了。前几年，我们就有一个词叫"第二代富人"，也就是财富的继承、社会地位的继承和传递，这个过程已经开始了。同时，最近几年里也出现另外一个词："第二代穷人"，这表明贫困的继承和传递也已出现了。

如今的社会已经提出了一个很现实的问题：我们如何在贫富差距比较大的情况下，形成一个相对畅通的社会流动渠道，用它来抵消贫富差距过大的负面效应。其实，一个社会当中，仅仅是贫富差距大一点还不要紧，最怕的就是穷人失去向上流动的希望，一种绝望的感觉。但是，应当说这样的一种趋势在我们当前的社会当中是存在的。

（《群学书院》2016年6月9日）

一个人的切尔诺贝利

◎古保祥

　　荒无人烟的切尔诺贝利，偶尔会有一两只硕大的老鼠，像疯子一样地掠过眼眸，继而又以凌厉的姿态逃到了远方。一个女子，孤独无依的女子，行走在切尔诺贝利的土地上，周围全是荒草，没有人烟，毫无生机，就好像地狱一样可怕。

　　切尔诺贝利核事故后，乌克兰政府封锁了这座核电站方圆一百公里的区域。这儿原先居住的人群，全部撤离，并且有些人已经得了严重的辐射疾病，基因突变引起的巨大灾难，虽然已经过去了，但核的阴影依旧阴云不散。

　　切尔诺贝利，全欧洲乃至全世界眼中的死亡之地。

　　这个女子的名字叫阿列克谢耶维奇，她是个作家，喜欢写报告文学，尤其是喜欢写关于灾难与战争的题材，她曾先后报道过阿富汗战争、苏联解体等重大事件。当然，政治人物不喜欢她这样的角色，她如实报道的风格自然引起了许多首脑的不满。因此，她曾经一度被关进白俄罗斯的监狱里，出狱后，依然秉性难移，现在，她将自己的目标锁定在切尔诺贝利身上，她想了解事件的真相，她更加相信，这部书一旦问世，会引起举世瞩目的轰动效应。

　　她遭遇到了前所未有的挑战：

　　这儿的水不敢喝，她带的水喝光后，一天一夜，又累又渴，一度倒在一座破屋里，黎明时分，她看到了晨露，喜出望外，靠着收集露水，她用了两个月时间，走完了切尔诺贝利的所有地域。

　　不仅如此，为了更加真实地印证核辐射的危害，她开始到处寻找受切尔诺贝利事故影响的人群，她要采访他们，让他们切实讲述核辐射给大家带来的伤害。

　　在乌克兰，她走访了一百多位当时灾难的见证者，当然，她也遇到了阻碍，乌克兰当局对切尔诺贝利讳莫如深，他们一定不希望有人将这个事件完完整整地讲述出去，因此，她遇到了死亡通牒，在采访第50位受害者时，她被一帮无聊的地痞抓进了一座暗无天日的地窖里。

她没有退缩，而是凭着自己的记忆，在地窖里完成了一大半的纪实文学，这部书，就是有名的《切尔诺贝利的回忆：核灾难口述史》，写到一半时，有人发现了这部书，为了保全这部书，阿列克谢耶维奇用仅有的钱买通了一位小流氓，将这部书带了出去。

这部书出版后，有记者采访她时，她这样说：

一个人的切尔诺贝利，没有比死亡更可怕的存在，连死亡都不害怕了，世界还有什么困难可以阻挡我，这是属于我的切尔诺贝利。

2015年10月8日，2015年度诺贝尔文学奖，颁给了这位充满勇气与力量的女性——斯韦特兰娜·亚历山德罗夫娜·阿列克谢耶维奇，她获奖的理由是：多种声音的作品，一座记录我们时代的苦难和勇气的纪念碑。

胆怯是阻挠成功的致命障碍，勇气却是战胜一切妖魔鬼怪的制胜法宝，一个人的切尔诺贝利，一部豪华的人生著作。

（《格言》2016年6月下）

"社会"在哪里？

◎郭寿荣

家长教育小孩："现在不好好学习，将来走出社会，看你怎么办？"老师教育学生："你现在在学校惹是生非，我们忍你让你，将来走上社会，看谁收拾你！"警察教育劣迹斑斑的少年阿飞："小子，你现在落在我们手里，我们还可以耐心开导你，再不悬崖勒马痛改前非，成年之后走上社会，几时扑街都搞不清啊！"

"社会上"，在哪里？似乎在街上。车水马龙，熙熙攘攘，鱼龙混杂，高深莫测。人人目不斜视，匆匆而过。突然间，巷子里冲出一个小青年，后面紧跟着几个小青年，有的拿棍，有的提刀，似乎在上演一场生死大追杀；这群青年穿过大街，拐进另一条小巷，霎时不见……一个少年，背着行囊，站在十字路口，顿觉江湖险恶，不知何去何从。

似乎在工厂。机器轰鸣，嘈嘈杂杂，一些人来回穿梭，搬运着物品；一些人埋头苦干，组装着配件。一个工头，倒背着双手，来回检阅，鹰一样的眼睛扫视每一个角落；一个少年，手忙脚乱，几次将配件撒落在地，几次被工头严厉呵斥。

似乎在单位。办公室整洁明亮井然有序。一个少年，初来乍到，干什么都循规蹈矩按部就班，同事夸赞，领导表扬，少年心中充满希望。慢慢地，少年发现，干得多不如干得少，干得好不如干得巧；会干不如会吹，会吹不如会拍；表面一团和气，背地相互算计……少年，不，中年，迷惘了。

社会似乎在工地，在市场，在公司，在各种人际圈子中……一切人群聚集的地方，一切人与人之间必须相互关联相互影响的地方，就是社会，都是社会。少年明白了小时候家长对自己的期望、老师对自己的教育、警察对自己的警告。对，走上社会，学好学坏，成功与失败，荣耀与耻辱，万众敬仰还是千夫所指，碌碌无为还是建功立业……全在自己一念间。得失全在己，半点不由人。

你若光明磊落，社会何敢阴谋诡计？你若正气凛然，社会何来乌烟瘴气？你若奉公守法，社会何出歪门邪道？不要说蚍蜉撼大树不自量力，不要说螳螂挡巨车自取灭亡，面对丑恶不公，你首先尿了萎了缴械投降了，社会又如何能风清气正阳光明媚？正因为很多人都得过且过委曲求全，丑恶才敢横冲直撞肆无忌惮；只要有一个人敢如堂吉诃德一般奋起抗争，丑恶也必有所收敛顾忌，不敢太得意忘形。这个人，这只领头羊，责无旁贷，应该是你。

你若是块真金，当在社会蒙尘受垢之时，请不要过分相信"是金子总会发光的"，你就等吧盼吧，期限或许一万年……这种口号式的叫喊，苍白空泛，徒劳无益，非但不能励志自省，且还自欺欺人，最多暂时享受了一下自慰的快感，快感消失之后，一样无尽的失望愤怒抑郁颓唐……当不公降临之时，何不高声呐喊？当不公持续之时，可敢死磕到底？尊严和权利如果不能正常收获，以卵击石是最后的选择；即使昙花一现，也必如耀目流星，发出万丈光芒。

你想要什么样的社会，你就必须成为什么样的人。你成了什么样的人，然后再要求还你一个什么样的社会。

（《羊城晚报》2016年6月8日）

直播监管，坚决不让衣服掉下来

◎李洪兴

"忽如一夜春风来，一言不合就直播。"这一次，Papi酱开了直播首秀，2000万人在线、1亿以上的点赞，在某种程度上刷新了直播纪录。围观"网红"之余，人们把更多视线投向了网络直播这个领域。

一台电脑、一个摄像头、一副耳机、一个麦克风，对着镜头唱唱跳跳、聊聊天，就有不菲收入。几年前，人们很难想象到这是"工作"的场景，网络直播随着技术的发展，很快成为移动互联网时代的"现象级"风口。据统计，目前我国在线直播平台数量接近200家，用户数量高达2亿，预计到2020年网络直播行业总产值将达1000多亿元。然而，这一种新兴的网络文化现象，在创造社会产值时，也不断暴露各种问题，"直播污垢"不时侵袭而来。

每一种现象的兴起，往往有惊喜，却总少不了"惊吓"，网络直播也如此。从文化部查处的案例看，一些网络平台涉嫌提供含有宣扬淫秽、暴力、教唆犯罪、危害社会公德内容的互联网文化产品。这意味着，相较于对网络直播社交化、互动化的美好想象，恶俗、低俗、媚俗的内容在搅浑池水。更甚者，在巨大经济利益诱导下，"越黄越暴力越出名，打赏越多"的现象成了显规则，一些主播借助色情、暴力、闹剧等形式博名换利。而某些直播平台，为了增加收入，提高知名度、活跃度及流量，逃避社会责任放弃自我监管，变相助长或纵容着各类色情、暴力内容的传播。当内容生产遭遇恶意低俗、当行业发展碰到野蛮生长，主管部门的监管就需要切实发挥应有的作用。

看到一个行业发展的隐患并改进，是监管部门应有的职责。就网络直播而言，文化部早在2011年就出台了《互联网文化管理暂行规定》，现在又发出了《关于加强网络表演管理工作的通知》。可以说，不管是对互联网文化传播中的违法违规内容的审查，还是对网络表演者作为直接责任人的追究，这一系列制度约束的努力，都值得肯定。不过，文化执法也存在现实困境，比如靠随机巡查和群众举报才能发挥效力；又如，间断性的"突然袭击"只能短时有效，要保持网络直播的晴朗更需要常态化的机制。

行业都有自身的发展规律，只有健康成长才能共享获益。正如有平台负责人坦言，"曾有明星说把衣服脱下来之后，穿上要花很长时间"，如果把底线降低了再想提升平台品质，真的没那么容易。可见，监管离不开政府执法，但绿色平台的自审自查，则更需要平台对内容负责、对自律自咎负责。换句话说，直播平台应该鼓励的是积极向上的互联网文化产品，应该主动严惩那些"以秀下限"来践踏社会公序良俗的"网红"言行。正如20余家从事网络表演的主要企业发布的《北京网络直播行业自律公约》，就为规范直播、净化行业开了个好头。不过，公约作为纸面上的约束，能不能真正落到平台管理和自净的行动中，需拭目以待。

应该注意的是，"看得见"的"网红"直播污垢易清理，"看不见"的直播污垢难察觉，对后者更应在立法和机制上未雨绸缪。例如，由于互联网的高度开放性和直播内容的多样性，哪些属于恐怖、残忍、暴力、低俗的范围，应该界定清晰；哪些属于打"擦边球"，应该明确标准；哪些故意把服务器放在国外来逃避直接监管，应该技术升级。诸如此类，伴随着技术的日新月异，都需要在政策法规上细化、在机制规范上具体。

网络直播，或许在开启一个"人人都是电视台"的新时代，当然也会衍生不少"变异新物种"，如果没有画好"红线"通上带电的"高压线"，"黄色暴力"等低俗化就可能成为它红火的"招牌"。因此，直播平台不妨先从"把脱下来的衣服穿上去"做起，让各路"网红"直播先"衣冠楚楚"起来，才可能"文质彬彬，然后君子"。

（《人民网》2016年7月18日）

教育松绑，方出大师

◎王开东

    "金字塔的建造者，绝不会是奴隶，而只能是一批欢快的自由人。"1560年，瑞士钟表匠布克在游览金字塔时，做出这一石破天惊的推断。很长的时间，这个推论都被当作一个笑料。

    然而，400多年之后，即2003年，埃及最高文物委员会宣布：通过对吉萨附近600处墓葬的发掘考证，金字塔是由当地具有自由身份的农民和手工业者建造的，而非希罗多德在《历史》中所记载——由30万奴隶所建造。

    历史在这里发生了一个拐点，穿过漫漫的历史烟尘，400多年前，那个叫布克的小小钟表匠，究竟凭什么否定了伟大的希罗多德？何以一眼就能洞穿金字塔是自由人建造的？

    埃及国家博物馆馆长多玛斯对布克产生了浓厚的兴趣，他一定要破解这个谜团。

    真相一步步被揭开：布克原是法国的一名天主教信徒，1536年，因反对罗马教廷的刻板教规，锒铛入狱。由于他是一位钟表制作大师，囚禁期间，被狱警安排制作钟表。在那个失去自由的地方，布克发现自己无论如何都不能制作出日误差低于1/10秒的钟表；而在入狱之前，在自家的作坊里，布克能轻松制造出误差低于1/100秒的钟表。为什么会出现这种情况呢？布克苦苦思索。

    起先，布克以为是制造钟表的环境太差，后来布克越狱逃跑，又过上了自由的生活。在更糟糕的环境里，布克制造钟表的水准，竟然奇迹般地恢复了。此时，布克才发现真正影响钟表准确度的不是环境，而是制作钟表时的心情。在布克的资料中，多玛斯发现了这么两段话："一个钟表匠在不满和愤懑中，要想圆满地完成制作钟表的1200道工序，是不可能的；在对抗和憎恨中，要精确地磨锉出一块钟表所需要的254个零件，更是比登天还难。"

    正因为如此，布克才能大胆推断："金字塔这么浩大的工程，被建造得那么精细，各个环节被衔接得那么天衣无缝，建造者必定是一批怀有虔诚之心的自由人。难以想象，一群有懈怠行为和对抗思想的奴隶，能让金字塔的巨石之间连一片小小的刀片都插不进去。"

布克后来成为瑞士钟表业的奠基人与开创者。

也就是说，在过分指导和严格监管的地方，别指望有奇迹发生，因为人的能力，唯有在身心和谐的情况下，才能发挥到最佳水平。

电光石火，石破天惊，我想到了我们的教育。

当前，我们的教育生态，恰恰就是以束缚、控制、压制、监管为特征；以大负荷、高速度和快节奏为根本；以每节课都是最后一课，每次测验都是最后一考相要挟。我们把水灵灵的教育业，弄成了干巴巴的制造业。我们只有制造，没有教育。

而真的教育必须是：你的心不再被恐惧占领，不再被理想、符号、词语所裹挟，你必须敞开你所有的心灵和毛孔，直接和世界肌肤接触。你能闻见世界的味道和气息，触摸到它的柔软和质地，你的所见才是真实、永恒、不受时间限制的东西。当然，你要真正地实现它，还需要深刻的洞察力、领悟力以及坚忍力，你得永远保持你的敏感，并且和惯常的习性赛跑。

唯有自由的人，才有感悟的闲暇、创造的快乐。我们每天都在创造，我们为自己的创造而感动，我们独立赋予自己学习的意义，选择我们自以为有价值的生命质感。这个时候，我们的灵感在飞扬，思维在穿越，微笑和友谊都在潜滋暗长。

金字塔必须由自由人建造、教育，也必须在自由中产生。教育，如何真正地发生？注定要让学生获得自由，免于恐惧。在现有的教育体制下，我们永远不会培养出真正的大师。

（《意林》2016年第12期）

新话语系统背后的大众价值观

◎公方彬

最近有两件事引起笔者关注和思考。其中一件是中国游泳选手傅园慧在里约奥运期间以率真而独特的话语风靡网络；另一件是江苏省委书记李强在江苏首场"县委书记讲坛"后提出要求：今后省内会议发言，包括书面报告，不要在开头讲"尊敬的某书记，尊敬的某省长"，尊敬放在心里，工作落到实处；省内开会，不要对省领导的讲话言必称"重要讲话"，重要不重要不在于说，关键在落实。这两件事看似风马牛不相及，细品起来却有关联，它们都内含着社会变迁与社会生态变化的重要信息。

过去几十年来，中国总体上拥有一种标准的话语系统。改革开放前，我们不仅有统一的话语系统，甚至有相似或相近的思维方式和价值判断。改革开放后，历经港台风和西方思潮冲击，我们的话语系统和价值观念发生巨大变化，但政治话语系统变化不是很大。

正是这样的背景才使两人的话语更加值得关注。过去，运动员获奖后的感言是有标准模式和规定元素的，如果不按标准模式，很可能因"不讲政治"而受到社会舆论的批评，但显然傅园慧的话语与惯常的标准模式相去甚远。或许有人会说，两人的看法和做法都富有个性色彩，不具有广泛性和代表性。但事实可能远非如此简单。傅园慧话语系统的改变折射的是社会大众的价值观变化，李强的要求则表明其对现代政治的理解，对政治文明或新政治观的理解。即使他不是直接切入这些本质内涵，客观上仍捅破了一层纸：政治活动与政治人物正在由高大上回归本位。

我们知道，在西方大多数国家，因为宗教信仰与文化传统的原因，民众一般不太仰视政治人物与政治活动。比如法国先贤祠中安葬了72位对法兰西有特殊贡献的人物，其中仅有11人是政治家，其他则主要是思想家、艺术家和文化大师。过去我们的话语系统包含一些明显特点和重要价值元素，比如官本位与等级制度、统一思想与集中权力、全民讲政治等。这已反映在各种社会活动中，比如经济活动中也充满了军事术语："桥头堡""歼灭战""突击队""排头兵""大兵团作战"等。

作为比较，西方的话语系统也与其文化源头有关，即所谓西方文明有三个源头：古希腊文明、基督教文化、罗马法。在此基础上注入了文艺复兴时的人文主义，再加上价值观多元，从而形成与我们过去单一性话语系统大相径庭的话语系统。比如我们关于南海问题原则立场的宣传片可以到纽约时代广场去播放，西方人觉得亦无不可。

从社会结构和政治体制方面讲也是如此。社会主义制度是一元化领导，要求集中力量办大事，这就意味着政治上、思想上的统一，因而必然构成大众的同一种话语系统。而西方的多党制和多元价值并存，必然形成多种话语系统或主流价值观基础上的多元并存，没人要求某一种话语系统。

随着中国融入世界以及随之而来的价值目标多元化，中国社会仰视政治人物的传统文化心理正在发生改变。从这个意义上讲，江苏省委书记李强的讲话顺应了时代。同时，因为强调把尊敬放到心里，这种表达也给出了从政者的努力方向，即过去那种官位意味着受敬重的时代已经或正在结束，唯真诚尽心服务大众，方可赢得尊重。

话语系统带有根本性，因为它是价值观的外化，反过来强化价值观。看一下文艺复兴、工业革命、中国的白话运动，这一点都不言自明。随着网络时代的来临、社会价值观的丰富，更加注重自身独立思考的人们开始形成一种与过去政治思维和价值系统不同的新系统。这个过程和趋势投射到话语系统上时表现得不可逆转。既然如此，当下我们要认真考虑的就是应该建立一种什么样的话语系统，保证有效转换而不紊乱。

话语系统转变的影响涵盖社会价值系统和政治系统。怎样才能避免出现混乱？很重要的是顺应时代进行扬弃，比如政治范畴突出政治伦理规则和职责，避免过度单独依赖所谓高尚，尤其不能以官的大小标识高尚与否。当然，最重要的是在新话语系统中进一步注入丰富的人文精神。总而言之，新话语系统的转变是一个重大命题，也是系统工程。

（《人民网》原创版2016年8月25日）

意识规则和规则意识

◎陈庆贵

  以"中国式过马路""中国式排队""中国式旅游"为主要表现，少数国人不守规则的"中国式××"乱象，非但不是"礼仪之邦""炎黄子孙"应有的好名声，甚或可视为现代文明亚健康症。"中国式××"虽屡于公共空间发酵引发诟病，却照旧顽固重复其发作惯性和周期律。每及会诊"中国式××"，专家庶几异口同声以"国人缺乏规则意识"归因。其实，如是诊断未免只见树木不见森林。

  一向以来，不少人将意识规则与规则意识混淆，甚至咬定意识规则就是规则意识。其实，意识规则与规则意识是两码事，前者性属认知层面的观念信仰，后者性属行为层面的行动习惯；前者决定后者，后者从属前者，而非相反。美国学者威廉·詹姆斯说过："人的思想是万物之因。你播种一种观念，就收获一种行为；你播种一种行为，就收获一种习惯；你播种一种习惯，就收获一种性格；你播种一种性格，就收获一种命运。"畅销书作家杰克·霍吉也在《习惯的力量》一书中断言："我们每天高达90%的行为是出于习惯。"

  民众对交通规则的遵守程度，堪称一个国家和社会遵守规则状况最敏感最广泛最直接的标尺，借此可管窥其他领域遵守规则状况之一斑。所谓"中国式过马路"，本是网友对国人集体闯红灯乱象的调侃，然而折射的是当下社会诸多规则被架空的现实尴尬。设若说，有人用生命为不守规则买单，只是让人伤心泪奔的话；"不见棺材不掉泪"甚或"见了棺材不掉泪"的"王大胆"们不长记性，依然"天堂有路他不走，地狱无门他自来"则让人欲哭无泪。比不守规则更可怕的是，不少国人并非不知规则，而是不信规则；不是不守规则，而是认为不必守规则。

  观念出错必然传导错误习惯，换言之，意识规则倒错必然导致规则意识落空。早在古希腊，先哲们就已洞悉人群有时好比羊群，只要有一个行动，其他人也会跟上。20世纪美国政治学家威尔逊和犯罪学家凯琳提出"破窗理论"，异曲同工地揭示同一现象:"如果有人打坏了一幢建筑物的窗户玻璃,而这扇窗户又得不到及时的维修,别人就可能受到某些示范性的纵容去打烂更多的窗户。"习惯的力量到底有多大?培根在《论习惯》中断言:"如果说个人的习惯只是把一个人变成了机械,使他的生活仿佛由习惯所驱动,那么社会的习惯,却具有一种更可怕的力量。"

常闻国人感喟,国内司机斑马线意识淡薄,人给车让路;国外行人优先成为习惯,车给人让路。老外规则意识并非与生俱来,而是制度约束催生的结果。公共生活规则,自然需要公众认同。换言之,公民规则意识养成,有赖公共规则民主商定。当规则与多数人无关时,权利意识与规则意识必然无从谈起。以一些地方禁放烟花爆竹等观赏性立规说事,因为规则制定疏于公众参与,缺乏民意基础,结果自然难逃落空。近年高层推进"开门立法",便是扩大公众参与制定规则。公民规则意识发育,还有赖于规则公信。比如行人闯红灯早有法律法规明文惩戒措施,现实中却鲜见"有法必依,执法必严"的案例。试想,假如当初第一个闯红灯者被依法严惩不贷,会有如今法不责众的尴尬窘境吗?

将不守规则归因规则意识,也失之简单。事实上,国人从不缺乏规则意识,只是他们信奉潜规而非显规罢了。吴思在《潜规则》一书中,透过历史表象揭示出隐藏在正式规则之下、实际上支配着社会运行的不成文规矩,并命名谓之"潜规则",进而得出潜规则产生在于现实利害计算与趋利避害的洞见。某地"最美女交警"半年给交通违规县领导开出138张罚单,被指"不懂事""不入流""不合群",便是潜规则传染性普遍性顽固性的最好佐证。想想,"中国式××"的背后,哪一个不闪现着潜规则的魅影?

康德表示:"有两种伟大的事物,我们越是经常、越是执着地思考它们,我们心中就越是充满永远新鲜、有增无已的赞叹和敬畏——我们头上的灿烂星空,我们心中的道德法则。"追求心灵自由和遵守各种规则乃现代文明人起码底线,然而,真要守住底线,恐怕还需漫长补课。

(《杂文月刊》原创版2016年7月上)

新媒体需要严肃的人文味道

◎韩浩月

新媒体如一道鸿沟，不仅让传统媒体人感到了界线的存在，也让其他艺术领域的人，感到了一阵茫然与失落。新媒体的内容与运营高手，多来自新人类，也有传统媒体人转型成功，在新媒体领域占有了一席之地，但对于其他诸如作家、导演、画家等庞大的艺术群体而言，新媒体完全是陌生的，他们对于新媒体的态度，要么是拒绝、排斥的，要么是敬而远之的。

正是在这样的背景下，贾樟柯主动拥抱新媒体，才变得有意思起来。据报道，贾樟柯不但宣布入股了一家新媒体公司，同时依托微信公众平台，推出了新媒体影像项目"柯首映"。简而言之，贾樟柯也开始玩公众号了。这是一位不甘寂寞的导演，前不久，贾樟柯刚在故乡山西汾阳贾家庄兴建了一座以自己名字命名的艺术中心，让一个货真价实的乡村拥有一座一流的艺术中心，这很有开创性。这次进军新媒体，也一样有开创性。

喜欢他的影迷习惯叫他老贾，或者贾科长。贾科长玩新媒体虽貌似赶了个晚集，但在导演领域乃至艺术家领域，如此高调开张的，好歹算占了个第一位。这能起到一定的带头示范作用，或会鼓励其他对新媒体跃跃欲试的导演们，通过新媒体的渠道，来表达自己的电影态度，或寻找电影理念新的表达方式，如果顺带着能琢磨出来好的商业机会，则是意外收获了。

眼下新媒体受欢迎的视频内容，主要由以下几部分构成，一是由明星自拍的超短视频，二是网红制造的以吐槽为主的视频短片，三是以记录突发事件为主的手机视频，四是时长十几二十分钟的故事短片。贾樟柯的影像内容，属于第四类。这类内容，通常制作较为普通，目的要么是为了满足个人爱好，要么是借植入广告赚钱，极少出现精品，贾樟柯的介入，或会引领这一领域的视频内容往精品化方向发展。

当然，就算是贾樟柯，也无法凭一己之力改变现状。像贾樟柯这样通常被归类于严肃导演行列的人，其实是与新媒体格格不入的。了解或熟悉新媒体的人会知道，新媒体大约是什么状况，新媒体的内容构成，要么是"知音体"类的狗血文章，要么是行文从头到尾都是网络语言，外加时不时蹦出脏话的"新成功学"文字，一些传统媒体人转型成功后的新媒体平台，所做的事情也不过是对新、老知识进行粗糙加工，与《读者》杂志抢夺订户，先灌"心灵鸡汤"，再卖烟酒糖茶……

悲观一点看，在电影市场上被定义为小众电影导演的贾樟柯，到了新媒体市场，一样会是小众，贾樟柯的粉丝们不过又多了一个渠道，去观看他推荐的作品而已，很难想象，贾樟柯的新媒体平台，会出现数量庞大的订户——新媒体的竞争，会比电影市场更残酷。

悲观归悲观，但贾樟柯介入新媒体还是一件好事情，据报道，"柯首映"将每周向用户推送两部来自全球各地、从未在中国内地播映过的优秀电影短片，贾樟柯希望通过此举，重新恢复"电影短片"概念……这值得鼓掌，新媒体不缺烂俗的内容，不缺"心灵鸡汤"，唯独缺少一些既有观赏价值又有人文味道的优质作品，这样的作品在新媒体中能不能占到主流位置不重要，重要的是它们的存在，能满足另外一部分新媒体用户的需求，能让轻飘的新媒体，多一点厚重。

（《京华时报》2016年7月8日）

敬　告

　　由于编选时间仓促、工作量大，未及与所选作者一一取得联系，请见谅。

　　现仍有部分作者地址不详，为及时奉上稿酬，请有关作者与责任编辑赵维宁联系。

地址：沈阳市和平区十一纬路25号

邮编：110003

电话：024—23284306

E-mail：249972579@qq.com

辽宁人民出版社

2016.12